10|18

12, avenue d'Italie — Paris XIIIe

Sur l'auteur

Sous le nom de Margaret Frazer se cachent en fait deux auteurs, américaines, l'une ayant déjà publié des policiers contemporains, l'autre passionnée par l'Angleterre du xve siècle. Leur collaboration commence en 1992 avec le premier roman de la série mettant en scène mère Frevisse, *Le Conte de la novice*, et se poursuit pendant six ouvrages avant que l'une des deux ne retourne au xxe siècle, laissant la seconde poursuivre seule l'aventure.

LE CONTE DE LA SERVANTE

PAR

MARGARET FRAZER

Traduit de l'américain
par Christian FOURNIER

10|18

INÉDIT

« Grands Détectives »
dirigé par Jean-Claude Zylberstein

Du même auteur
aux Éditions 10/18

LE CONTE DE LA NOVICE, n° 3234

Titre original :
The Servant's Tale

ISBN 2-264-02998-6

« Car, tout vicieux que soit notre intérieur,
On nous tiendra pour sages et pures de péché. »

« Le conte de la Femme de Bath »
Geoffrey Chaucer

CHAPITRE PREMIER

La maison était située sur la sente boueuse qui partait de l'église du village, bien en retrait, comme ses deux voisines, de la rue principale de Prior Byfield. Pareille aux autres maisons du hameau, elle présentait une armature de lourdes poutres carrées, couverte d'un toit de chaume, avec des murs en torchis renforcé de claies tressées, finement enduits. Le seuil de son unique porte était presque de plain-pied avec le sol : seule une dalle de pierre placée devant le protégeait de l'usure et de la boue apportée de l'extérieur.

Tous les matins, la première tâche de Meg depuis qu'elle était entrée dans la maison comme l'épousée de Barnaby avait été de balayer le seuil et la pierre ou de les brosser à grande eau. Mais à les voir aujourd'hui maculés de boue, on comprenait douloureusement qu'elle était tout bonnement trop lasse pour se soucier encore de cette corvée. Au lieu de cela, elle se tenait dans l'entrée, les yeux fixés sur les ténèbres de l'intérieur, attendant qu'ils s'habituent à l'obscurité, contente de ce pauvre répit.

C'était le temps de Noël, froid d'une âpreté humide et pourrie qui vous pénétrait jusqu'à la moelle des os. Dans quelques jours, ce serait le Jour de l'an 1434, quoique selon certains l'année ne commençât qu'en mars et que selon d'autres, plus rares, ce fût le solstice d'hiver passé de peu qui marquait le bout de l'an. Dans tous les cas, c'était la douzième année du règne d'Henri VI, encore que cela ne comptait pas vraiment pour elle. Une année venait après l'autre, chacune était pire que la précédente, quoi qu'elle fît, quels que fussent ses efforts, alors à quoi bon continuer ?

Mais le désespoir était un péché, c'est ce qu'avait dit le père Henry dans son sermon de la moisson. En ce jour-là, on avait de bons motifs de parler de désespoir si l'on considérait à quel triste degré la moisson avait été mauvaise, avec pour seule perspective ouverte aux villageois un hiver de famine.

Et maintenant, debout à l'entrée de sa chaumière, malgré le père Henry elle se sentait céder un peu au désespoir, nonobstant le denier tout neuf qu'elle dissimulait dans son poing fermé.

Elle travaillait au prieuré à chaque occasion, et ces deux derniers jours où mère Edith s'était trouvée alitée, malade, Meg y avait carrément pris ses quartiers, dormant avec les converses sur une paillasse jetée à même le sol de la cuisine. Heureusement que Barnaby était parti depuis trois jours ; elle avait pu confier à Sym et à Hewe le soin de veiller au grain à la maison. Après tout, ils avaient seize et treize ans, et ils n'arrêtaient pas de lui dire qu'ils étaient presque des hommes.

Presque, mais apparemment pas tout à fait.

Son nez le lui avait appris avant même que son regard ne pût percer les ombres de la chaumière.

Deux jours — elle n'était jamais restée absente de chez elle aussi longtemps depuis son mariage. Quand elle avait tourné le coin de l'église, elle avait contemplé sa maison avec des yeux neufs : elle avait vu son chaume noirci par les années et l'humidité, effondré par endroits sur la poutre maîtresse de la charpente. Et l'enduit censé empêcher les murs de pourrir dans les intempéries s'effritait en plaques inégales, laissant le torchis à nu sous la pluie. L'étable — abandonnée depuis que la dernière bête en avait disparu — s'affaissait comme un ivrogne contre l'extrémité de la bâtisse.

La perte de leur bétail avait été le pire désastre. Barnaby avait vendu la vache un an plus tôt, et le bœuf à l'automne dernier. Chaque fois, il s'était trouvé gris, incapable d'en tirer un bon prix. Sans son bœuf, il se trouvait exclu de l'effectif des laboureurs du village, ce qui voulait dire qu'il ne pouvait plus assurer les journées de travail dues au seigneur comme redevance pour ses pièces de terre et sa chaumière.

Une fois, Meg était allée trouver le père Clement, c'était après avoir perdu son troisième enfant en bas âge, pour se lamenter sur ce deuil et les excès de boisson de Barnaby. Il lui avait dit de prier, car toutes les épreuves qui la frappaient lui venaient de par la volonté de Dieu, et si elle supportait patiemment ses ennuis terrestres, elle souffrirait moins longtemps les peines du Purgatoire pour entrer plus vite dans la joie éternelle du Paradis.

Mais le père Clement était mort depuis un an, et sans doute endurait-il à présent ses propres peines au Purgatoire, tandis que les choses avaient lentement mais inexorablement continué à se dégrader ; et à cette heure, sous le ciel gris et lourd, devant sa maison à l'abandon et ses fils incapables, le Paradis semblait bien loin et le désespoir tout proche.

Mais ça n'en restait pas moins un péché et, faisant le signe de la croix en guise de pénitence à moitié sincère, Meg pénétra à l'intérieur.

La porte unique de la chaumière donnait dans la pièce unique de la chaumière. Sur la droite se tenaient les animaux — la chèvre et une douzaine de poulets — que l'on gardait dans la maison pour leur chaleur et leur sûreté. Sur la gauche, la partie la plus vaste de la maison, avec le foyer entouré de pierres au milieu de la pièce et ce qui tenait lieu de mobilier — le banc, deux tabourets, la table, le coffre, le lit, la maigre vaisselle. Il aurait dû se dégager du foyer un peu de chaleur, le faible rougeoiement de braises bien rassemblées ; mais il était aussi noir que le reste. Meg alla se pencher dessus, mais pas pour allumer du feu. Elle souleva une pierre du pourtour, que rien ne différenciait de ses voisines, et elle fouilla la terre meuble au-dessous, y trouva un petit pot en terre bouché par un tampon d'étoffe : elle le tira du sol, l'ouvrit et y déposa son denier. Il y tomba avec un bruit métallique qui montrait qu'il n'y était pas tout seul, même s'il n'avait pas beaucoup de confrères pour l'y accueillir. Elle replaça le tampon dans le pot, puis le pot dans la terre et la pierre par-dessus, en prenant soin de presser la terre tout autour avec ses doigts.

C'est alors seulement que Meg gagna la fenêtre et fit coulisser le volet. Le jour ne fit que souligner encore davantage la négligence de ses fils. Elle se mit à l'ouvrage d'un air sombre, car la colère devant la mauvaise conduite de ses enfants était permise, voire bonne si elle amenait à les corriger.

D'abord, les animaux — Nankin et les poulets. Il fallait les nourrir, et nettoyer leurs excréments qui empuantissaient la pièce. Ces jours-ci, Nankin n'avait pas de lait, mais le printemps reviendrait et il y aurait un nouveau chevreau à manger et du lait pour l'été. Nankin depuis bien des années ne faisait jamais défaut, mais elle devenait vieille et Meg doutait fort qu'elle eût encore beaucoup de printemps devant elle. Si le chevreau de cette année était une chevrette, il serait temps alors de manger Nankin.

Mais s'ils avaient attendu trop longtemps ? Si elle ne donnait plus de chevreau ? C'était le souci qui tourmentait Meg alors qu'elle faisait la tournée des nids à la recherche d'un œuf qu'elle ne trouva pas. Les poules pondaient moins souvent en hiver. Et encore moins quand on ne les nourrissait pas bien ou qu'on ne les tenait pas au chaud. Certains hivers, elles donnaient un œuf ou deux par semaine. Mais depuis le début du mois de décembre, il n'y en avait eu que trois. Bah, que pouvait-on attendre d'autre ?

Il n'aurait pas fallu qu'elle aille au prieuré, ou en tout cas qu'elle y couche, même quand l'occasion s'en présentait. Mais c'est qu'elle avait besoin de l'argent que lui rapportait son travail, aussi peu que ce fût. Un problème venant après l'autre — le mauvais caractère de Barnaby, son goût pour la boisson, le bœuf vendu, sa tendance à bâcler le travail qu'on lui donnait à la place, l'abandon dans lequel il laissait ses pièces de terre et le bien qu'il tenait du seigneur — il avait perdu toute faveur auprès du receveur de lord Lovel. C'était presque une surprise que ce fût lui à qui l'on eût confié la tâche de trouver une charrette tirée par un cheval, de se rendre à Oxford pour y prendre livraison d'un fût de vin et de l'apporter au manoir de lord Lovel pour le banquet de Noël. Certes, cela ne suffirait pas à amender toutes ses dettes, mais pourvu qu'il s'y prît bien et sans retard, c'était un début.

Meg serait satisfaite s'il accomplissait cette tâche comme on le lui avait demandé et s'il ramenait la charrette et son cheval à leur propriétaire en un seul morceau. Ils avaient dû les emprunter à Gilbey Dunn, et il s'était bien fait prier quoiqu'il fût leur voisin le plus proche et tenu au service du seigneur tout autant qu'eux. Il était de ceux qui ne se feraient pas faute de réclamer des dommages si le cheval boitait en rentrant à l'écurie ou si la charrette revenait un tout petit peu abîmée. L'inquiétude sur ce point, ainsi que sur les occasions de s'enivrer que Barnaby avait pu trouver pendant le voyage, se mêlait dans son esprit à l'incertitude sur l'heure de son retour.

Était-il déjà en retard ? Elle en savait encore moins que lui sur le monde qui s'étendait au-delà des champs et des pâturages qui bornaient le terroir de Prior Byfield, et elle n'était donc nullement en mesure de juger de la longueur de son absence ou du jour où il aurait dû rentrer.

Mais se ronger sur le sort de Barnaby n'allait pas remettre la maison en ordre. Par Dieu sait quel miracle, il y avait assez d'eau dans un des seaux près de la porte pour abreuver Nankin et les poulets. Et en cherchant bien parmi les cendres du foyer, elle trouva une petite étincelle encore vive dans un morceau de braise, suffisamment pour la ressusciter avec quelques brins d'herbe sèche et en soufflant dessus. Elle fit repartir un bon feu, qui tint le froid à distance pendant qu'elle allait chercher de l'eau au puits du village, les deux seaux accrochés de part et d'autre de son cou.

À son retour, elle mit de l'eau à bouillir et commença à nettoyer les flocons d'avoine séchés sur la table. Cette table était le seul bon meuble qu'elle avait. Les planches épaisses et bien rabotées de son plateau reposaient sur des tréteaux solides dont les montants présentaient un motif finement sculpté de rinceaux et de feuilles. Quand ses enfants étaient petits, elle s'asseyait à côté d'eux sur le sol de terre battue et leur faisait suivre du doigt les motifs tout en leur racontant des histoires sur la belle maison d'où la table devait provenir. Elle n'était jamais allée dans une belle maison, mais dans l'église elle avait vu la chaire, le calice et la chasuble brodée, et les Lovel avaient une fois traversé le village sur leurs chevaux, faucon au poing, leurs habits rehaussés de pierres précieuses et de broderies ; et puis le mari de la tante de Meg avait passé toute une soirée quand elle était petite à lui raconter des histoires remplies de couronnes, de paons et de tapisseries aux couleurs brillantes. Avec tout cela, elle avait inventé des histoires pour Sym et Hewe. Ses autres bébés, les petites filles et l'autre garçon, n'avaient pas vécu assez longtemps pour qu'elle leur raconte des histoires.

Mais, comme la maison et elle-même, la table avait souffert avec les années. En dépit de ses efforts et de ses reproches, le plateau était balafré en tous les endroits où Barnaby, Sym et Hewe se plaisaient à ficher leur couteau au lieu de le poser à côté de leur écuelle, comme des gens normaux. Malgré son énergie à le frotter, même avec du sable, il n'y avait pas moyen de le réparer. Mais cela ne l'empêcha pas de le briquer en ce jour. C'est son acharnement qui l'avait tenue sur pied toute sa vie, particulièrement en ces dernières années où Barnaby plongeait de plus en plus dans la boisson et où les garçons commençaient à faire les quatre cents coups. C'est son acharnement qui la menait à la porte du prieuré de Sainte-Frideswide, pour essayer de gagner l'argent nécessaire au rachat au moins du bœuf. Et peut-être que... mais c'était là son espoir secret; et comme en réponse à sa pensée inachevée, l'arrivée de quelqu'un sur le seuil vint obscurcir la chaumière et Meg releva la tête pour apercevoir Hewe dans l'entrée, qui clignait des yeux comme sous l'effet de la surprise.

Elle avait eu encore un enfant après lui, mais il était mort et Hewe était donc son dernier rejeton, son bébé, celui dont elle prenait le plus de soin. Avec la lumière rasante sur sa joue, elle était un peu déconcertée de distinguer une barbe naissante qui y mettait des reflets d'or. Il était blond, mince, les os délicats, mais son enfance s'effaçait vite. L'âge d'homme s'annonçait; et à treize ans il ne restait plus beaucoup de temps pour l'arracher à la piètre condition de son père et de son frère.

— Te voilà enfin rentré, lui dit Meg rudement. Et où est ton frère? Sûrement pas à l'ouvrage.

Hewe haussa les épaules avec indifférence et se laissa tomber sur le banc.

— C'est le temps de Noël et Dieu nous a donné douze jours de repos, alors pourquoi ce bruit, la mère?

— C'est seulement la corvée due à lord Lovel qui est suspendue. Pour notre ouvrage, il n'y a point de vacances, et tu as été négligent.

Elle désigna vivement la chèvre et les poulets à l'autre bout de la pièce.

Hewe renifla avec un nouveau haussement d'épaules.

— Moi, l'odeur ne me gêne pas. Vous avez passé trop de temps avec les sœurs, la mère ; cela vous rend difficile.

— Les bêtes ont leurs crottes de deux jours sous les pattes et je ne veux plus voir ça ici ! Et tu ferais mieux de t'y mettre si tu as envie de manger quelque chose avant que je reparte, ajouta-t-elle, anticipant la réponse qu'elle le voyait prêt à lancer. Soit je nettoie, soit je fais la cuisine. Je ne vais pas faire les deux, et je ne préparerai pas à manger dans une maison qui pue.

— Eh bien, est-ce qu'au moins il ne pourrait pas faire plus chaud ici ? Il n'y a presque pas de feu, et je suis mort de faim.

— Tout ce qui restait de bois est déjà sur le feu et tu peux aller en chercher d'autre si tu veux te réchauffer.

— C'est le travail de Sym, pas le mien !

— Et où est Sym pour s'en occuper ? La plupart des choses que je fais, c'est quelqu'un d'autre qui devait les faire, ou bien qui le devrait. Allez, grouille-toi donc. Occupe-toi du fumier d'abord. Je veux voir ça propre avant de repartir.

— Vous repartez encore ? Qu'est-ce qui est si urgent là-bas pour que vous nous laissiez ici dans le noir et la faim ?

— Ce n'est pas l'urgence ; c'est le liard qu'on me paie pour le faire. Tu sais pourquoi j'en ai besoin.

— Ah, la mère ! Je ne me sens aucune vocation pour la prêtrise, je vous l'ai dit et je vous l'ai redit. Vaudrait mieux que vous restiez avec nous pour nous tenir à l'aise. Et prenez ce que vous avez d'économies pour que le receveur ne soit plus sur le dos du père. Ça serait plus utile.

La plainte lui était familière. C'est ce qu'ils disaient tous, mais Meg savait qu'ils se trompaient. Bien des années avant, elle avait envoyé Hewe chez le père Clement pour y apprendre son alphabet. Fier au début d'être ainsi distingué, il s'était donné du mal et avait appris avec une facilité qui n'avait fait que confirmer les instincts d'une mère. Il était intelligent et, même si ce n'était que pour l'embêter, il posait au père Clement des questions sur son catéchisme qui avaient réduit le pauvre vieillard à des bafouillements confus. Et il y avait plus encore : Hewe pouvait calculer, par exemple, combien il y avait de pièces de quatre deniers dans trois sols sans compter sur ses doigts, tandis que toute la science de Meg en fait d'additions se résumait à la vieille plaisanterie des deux receveurs et du bourreau qui faisaient trois voleurs.

Oui, Hewe serait prêtre si elle pouvait gagner l'argent nécessaire pour l'affranchir de sa condition de vilain[1]. Aussi lui répliqua-t-elle sèchement :

— Mon argent n'est pas pour ton père. C'est lui qui cause sa propre infortune, oui-da, c'est Barnaby, et ton frère tient de lui. Mais il n'y a pas de raison pour que tu vives toi aussi comme une bête, si je peux racheter ta peau. Occupe-toi donc de curer pour que je puisse me mettre à mon ouvrage ici.

Il fit tout bas un bruit grossier mais gagna l'autre bout de la chaumière. Meg se souciait peu de ce qu'il disait tant qu'il obéissait. Elle s'accroupit devant le feu pour nettoyer les écuelles et les cuillères, puis la marmite avec l'eau qu'elle y avait fait chauffer. Elle plaça les écuelles et les cuillères sur la table. Elle vida la marmite et la remplit d'eau claire qu'elle remit à bouillir. Elle posa à côté du foyer le sac d'avoine qui allait être leur souper. Si elle en avait eu un, elle y aurait battu un œuf.

Pourtant, dans un sursaut de fierté, elle sortit de la poche de son tablier un petit paquet serré dans une serviette qu'elle déposa sur la table.

Hewe, dont les yeux semblaient parfois aveugles quand il fallait voir la tâche à faire qui était sous son nez, releva la tête du dernier tas d'ordure et demanda :

1. Le terme technique est « villainage », bien proche en vérité de la condition du serf français, entièrement attaché à la terre de son seigneur. *(N.d.T.)*

— Hé, la mère, qu'est-ce donc là ?

— Un petit quelque chose du prieuré. Elles m'ont dit que je pouvais le prendre comme une gourmandise de Noël, mais je l'ai rapporté à la maison pour toi. Finis ta tâche, puis lave-toi, et je te montrerai ce que c'est, mais tu devras attendre que l'avoine soit prête avant d'y goûter.

Pour une fois, il se lava sans rechigner. Elle lui avait souvent parlé des bonnes choses qu'elles mangeaient au prieuré, mais c'était la première fois qu'elle rapportait quelque chose à la maison.

Quand elle l'appela à table, le ciel couvert s'était éclairci vers l'ouest. Un jour faible, orangé, passait par les interstices du volet pour tomber en raies sur le sol de la chaumière. Il ne réchauffait guère mais sa lumière était la bienvenue ; et lorsque Hewe se pencha en avant pour examiner la serviette, le soleil alluma de lueurs dorées sa pâle chevelure blonde. Meg fourra ses grosses mains râpeuses sous son tablier pour se retenir de la caresser, car elle savait à quel point le moindre geste d'affection lui était désormais insupportable : trop vieux pour vouloir des caresses de sa mère et trop jeune encore pour rechercher celles d'une autre femme.

— Ouvre donc, dit-elle. C'est tout pour toi.

À ce mot, il ouvrit la serviette d'une main avide et elle éclata de rire en voyant la méfiance éberluée peinte sur son visage tandis qu'il fixait ce qui était devant lui.

— C'est du gâteau au cumin, dit-elle d'un ton triomphant. Tu ne trouveras le pareil qu'à la table d'un grand seigneur ou dans un monastère.

Retenant son souffle, elle le vit qui reniflait le gâteau. Pardi, il allait l'aimer, ce goût sucré ; et elle pourrait alors lui faire remarquer que c'était de ce genre de choses qu'il aurait en abondance s'il parvenait à se sortir du village pour entrer dans la prêtrise. Mais tandis qu'elle le guettait, soudain l'étonnement qui se lisait sur sa face devint presque plus important et elle reprit avec un rire caressant :

— Mais va donc. Mange-le. Ton avoine attendra.

S'il le mangeait tout de suite, elle n'aurait pas à l'obliger à partager avec son frère, et cela éviterait une dispute.

À l'improviste, Hewe leva les yeux vers elle. Il tenait le gâteau dans sa main, tout prêt à le goûter, mais au lieu d'y mordre il le lui tendit et demanda :

— On partage, la mère ?

Une chaleur bienfaisante rayonna depuis sa poitrine et Meg crut qu'elle allait pleurer, de voir qu'il pensait à elle au milieu de son plaisir. Pour sûr, pour sûr, son destin serait meilleur. Elle secoua la tête :

— J'en ai goûté un au prieuré. Elles en ont plein, et bien d'autres bonnes choses, de ces choses qui sont à ne pas croire, là-bas dans la cuisine. Celui-là est tout pour toi. Vas-y.

Il ne se le fit pas dire deux fois. Si sa première bouchée était encore hésitante, la seconde ne le fut plus et après cela ce fut tout bonnement une lutte entre l'envie de faire durer le plaisir et celle d'engloutir d'un coup la riche pâtisserie sucrée.

Elle se remit à tourner la bouillie qui était en train d'épaissir sur le feu.

— Voilà le genre de choses qu'un prêtre savant peut manger aussi souvent qu'il le désire...

— Laissez donc, la mère !

Et parce qu'elle ne voulait pas gâter son plaisir, elle ajouta vivement, soucieuse de lui dérider le front :

— Oui-da, je laisse. Je me demande bien où est ton père.

— Probable qu'il est quelque part pas loin à cette heure. Ou peut-être qu'il est en train de chanter sa chanson préférée au milieu de la grande salle du château, le père, pourvu que lord Lovel lui ait donné un verre de quelque chose quand il est arrivé.

Elle lui fit brusquement signe de se taire, mais son autre main qui tournait la bouillie se ralentit. À l'idée de Barnaby en train de boire, elle recommençait à se faire du souci. Un Barnaby ivre était encore moins capable de se tirer des périls d'un voyage par ces temps de brigandage qu'un Barnaby à jeun. Et pour la première fois, la pensée germa dans son cerveau qu'il pouvait être allé jusqu'à mettre en perce le fût de vin avant de l'avoir livré. S'exposer au courroux d'un grand seigneur, c'était quelque chose qu'elle n'osait pas imaginer. Possible aussi qu'il se soit soûlé de manière moins honteuse, et il avait fallu qu'il s'arrête pour cuver son vin en dormant sous la charrette. Peut-être était-il en train de mourir de froid quelque part sur la route à cette minute même.

Qu'est-ce qui serait pis ? se demandait-elle. Avoir un mari en grand danger d'être pendu pour vol par son seigneur, ou le perdre par mort naturelle ?

Il serait dur de se voir privée de mari avant que ses fils ne fussent assez grands pour prendre soin de la veuve, même si elle ne croyait plus guère que la prochaine amende ou la prochaine rossée l'amènerait à renoncer à boire.

Elle adressa rapidement une prière au ciel pour qu'il soit vivant et sobre, par on ne savait quel miracle.

— Hewe, l'avoine est presque prête. Sors vite chercher du bois pour le feu avant de passer à table.

Il se leva en soupirant, mais s'arrêta net en entendant le nom de sa mère que criait une voix à l'extérieur.

— Meg ! Meg, es-tu à la maison ? J'ai de mauvaises nouvelles ! C'est Barnaby !

Alors même qu'elle sentait son cœur vaciller dans sa poitrine, elle décrocha la marmite pour la poser en sécurité sur la table ; un repas brûlé était à la fois un désastre et une honte. Mais Barnaby — qu'avait-il donc fait ? Elle se hâta d'atteindre la porte, le visage grimaçant d'appréhension.

Hewe, qui l'avait devancée, s'effaça pour lui permettre de soulever le loquet et d'ouvrir la porte, interrompant de justesse le geste de la grosse Annie Lauder qui s'apprêtait à frapper, sa face grasse toute rougeaude à cause de l'effort et de l'excitation.

— Oh, ma pauvre ! On l'a trouvé sur la route, salement blessé ! On vient de nous l'amener et je suis venue te chercher aussi vite que j'ai pu.

Jetant les yeux vers la route du village, Meg n'aperçut pas de groupe de manants qui s'approchaient avec Barnaby au milieu d'eux.

— Où ça ? demanda-t-elle en se tordant les mains dans son tablier. Où est-il ?

— Au prieuré, répondit Annie, qui n'avait pas encore repris son souffle. C'est des voyageurs qui l'ont trouvé et comme ils ne le connaissaient pas, ils l'ont transporté à Sainte-Frideswide. Et peut-être que c'est pour le mieux ; sœur Claire essaie de le sauver.

L'esprit de Meg se perdait dans cet océan d'informations : le prieuré, sœur Claire, Barnaby, les voyageurs. Ses jambes fléchirent et elle dut s'appuyer contre le montant de la porte en essayant de tout comprendre. Mais elle parvint à murmurer :

— Est-ce qu'il va mourir ?

— Est-ce que c'étaient des voleurs ? demanda Hewe, empêchant Annie de répondre à sa mère. Est-ce qu'ils ont volé le vin ? Ou le cheval ? Est-ce que la charrette est intacte ?

— On dit que la charrette lui est passée dessus, répondit Annie. C'est tout ce que je sais.

Voyant Meg chanceler, elle se saisit fermement de son bras.

— Tu ferais mieux de t'asseoir. Je vais te chercher ton manteau.

— La charrette ! gémit Meg en se laissant tomber sur la dalle du seuil. Et le vin ! Si le vin est répandu, c'est sûr que le seigneur le pendra !

— Mais seulement s'il en réchappe, ajouta Annie en lui jetant le manteau sur les épaules. Allez, viens donc.

CHAPITRE II

Les douze jours compris entre Noël et l'Épiphanie[1] étaient les temps obscurs de l'année. Les fêtes et la froidure gardaient les gens autour de leurs feux, et les voyageurs étaient rares. Même avec ses deux hôtelleries, Sainte-Frideswide était trop à l'écart des routes principales, dépourvue de l'opulence et du luxe qui auraient pu attirer la noblesse vers son hospitalité pendant les fêtes saintes.

Aussi mère Frevisse, l'hôtelière du prieuré, chargée de ses bâtiments et de leurs hôtes, n'attendait-elle personne en cet après-midi qui déclinait lentement vers le crépuscule et l'heure des vêpres. Mais comme son devoir l'exigeait, tout était toujours prêt, et elle arpentait les lieux pour s'en assurer.

Un gamin déboula par l'entrée de la petite hôtellerie, pour terminer sa course presque dans ses jupes. Il se rétablit et s'inclina profondément avant de lancer :

— Il y a quelqu'un de blessé ! Nous l'avons trouvé sur la route et ils l'apportent ici !

C'était un beau petit garçon, d'environ huit ans, qui avait besoin d'un bon bain ; visiblement, les nouvelles

1. Dans la tradition anglaise, la saison de Noël s'achevait par un dernier repas de fête avec toutes sortes de divertissements le soir du 6 janvier (*Twelfth Night*, ou soir des Rois). *(N.d.T.)*

qu'il apportait l'excitaient davantage qu'elles ne l'accablaient. Frevisse ne le connaissait pas ; il n'appartenait assurément pas au prieuré et son accent, son salut respectueux, la coupe de ses vêtements usés montraient qu'il n'était pas du village. Mais elle n'eut pas loisir d'y réfléchir.

— Où est cet homme ? Que lui est-il arrivé ? demanda-t-elle.

Et dans le même souffle elle ajouta à l'adresse d'un valet qui était près d'elle :

— Sortez leur dire de le transporter céans.

— On l'a trouvé sous une charrette, expliqua l'enfant. Elle était retournée dans un fossé. D'après Bassett, on dirait que le cheval l'a traînée et que l'homme était dessous. Il est tout plein de sang et ils font de leur mieux pour ne pas lui faire mal. Ils sont sur mes pas.

Il tendit le bras et Frevisse congédia le valet d'un signe de tête, puis s'adressant à l'une des femmes :

— Sortez une paillasse. Placez-la dans un endroit bien éclairé. Avec des couvertures. Et qu'on aille chercher sœur Claire.

Sœur Claire était l'infirmière du prieuré et elle s'occupait des blessures et des maladies des religieuses, des hôtes de passage et des villageois.

Avec l'efficacité de la pratique, les converses disposèrent le lit de paille et les couvertures tandis que résonnaient des voix criant « Faites attention, voyons ! » et « Gare à sa jambe ! », annonçant l'arrivée du blessé. À la différence de l'aile neuve, de l'autre côté de la cour, on accédait à celle-ci sans gravir de perron.

Frevisse parvint à la porte d'entrée à temps pour la tenir ouverte devant deux hommes, un grand garçon et une femme, couverts tous quatre des lourds et sombres manteaux des voyageurs d'hiver. Ils entrèrent en passant devant elle, chacun tenant un coin de la longue et solide toile jaune où était allongé le corps du blessé inconscient et veillant à ne pas trop le secouer malgré son poids évident.

— Là-bas près du feu, ordonna-t-elle promptement. Qui est-ce ?

— Cela, nous l'ignorons, madame. Il nous est inconnu et il ne s'est pas réveillé depuis que nous l'avons trouvé, haleta l'homme corpulent, visiblement sous le coup de l'effort.

— Nous allons le prendre en charge maintenant, dit Frevisse. Que la bénédiction de Dieu soit sur vous pour l'humanité que vous avez montrée en l'amenant ici. Là, déposez-le là.

Le plus jeune des deux hommes et le grand garçon échangèrent un regard ironique, mais elle n'eut pas le temps de s'interroger à ce sujet car déjà sœur Claire faisait son entrée. De petite taille, l'infirmière paraissait encore moins grande sous son fardeau : coffret de médecines, paquet de pansements. Elle ne s'en déplaçait pas moins vivement, étant accoutumée à leur poids. Derrière elle s'acheminait plus lentement sœur Amicia, pour ne pas renverser le bassin d'eau brûlante qu'elle portait. Sœur Claire fit le tour du groupe qui entourait le blessé et se mit à l'ouvrage.

L'infirmière jeta un coup d'œil plein de sympathie sur son patient et dit d'une voix étonnamment grave :

— Faites-moi du feu ici. Un brasier. Il faut chasser le froid de ses blessures et l'empêcher de revenir.

Elle se pencha tout près de lui, examina son visage à la mâchoire tombante puis souleva le manteau dont on l'avait recouvert. Les témoins de la scène retinrent brusquement leur souffle à la vue de ses vêtements déchirés et de son corps ensanglanté.

— Il me faudra encore de l'eau. D'autres compresses. Tout de suite ! ordonna sœur Claire sèchement.

Deux des converses sortirent précipitamment. Les autres restèrent, certaines ne quittant pas le blessé des yeux, alors qu'il y en avait qui détournaient leur regard des plaies béantes. Frevisse elle-même, le cœur mieux accroché que la plupart, sentit que son sang se glaçait dans ses veines en contemplant l'étendue du dommage. Visiblement, il avait été traîné sous sa charrette. Le pire était sa main droite, à ce point mutilée qu'elle ne ressemblait presque plus à une main. Son épaule gauche était tordue de façon difforme, il avait le souffle court et était d'une pâleur mortelle sous le masque de sang séché qui lui couvrait le visage.

L'une des converses se signa :

— C'est le vieux Barnaby, dans le village. On dirait bien que cette fois il s'est arrangé pour de bon.

— Est-ce l'un de nos hommes ? interrogea Frevisse, qui ne le reconnaissait pas.

Mais elle avait fort peu de contacts avec les serfs du village, y compris ceux qui appartenaient au prieuré.

— C'est un homme de lord Lovel, intervint Annie Lauder, la robuste lavandière du prieuré, qui ne manquait guère d'être là à chaque fois qu'il survenait quelque chose d'intéressant dans les murs de Sainte-Frideswide. Je le connais.

— A-t-il de la famille ?

— Une femme et deux fils, et cela va consommer leur ruine et tout son bien, pour sûr, ajouta Annie d'une voix remplie de l'assurance de celle qui avait souvent dit que les choses se passeraient ainsi.

— Ce qui est sûr, c'est les dégâts qu'il s'est infligés, observa sœur Claire qui découpait les lambeaux de tissu ensanglanté au moyen d'un petit couteau.

Une fois ses plaies bien visibles, elle reprit :

— Quelle pitié ! Voyez ses côtes ! Il vaudrait mieux aller chercher sa femme.

— J'y vais ! s'écria Annie Lauder. Je connais leur chaumière.

Gonflée de son importance et usant de ses coudes, elle se fraya un chemin dans le groupe des spectateurs et sortit.

— Qui s'occupe d'alimenter mon feu ? demanda sœur Claire sans relever les yeux.

Consciente que l'homme relevait à présent entièrement de la responsabilité de sœur Claire et que sa seule mission était de la servir, Frevisse répondit en faisant signe au valet d'approcher :

— Jak a apporté du bois. Sœur Amicia, si vous voulez vous trouver mal, sortez pour le faire. Et tant que vous y êtes, allez nous chercher d'autres pansements.

Frevisse n'éprouvait aucune sympathie pour les malaises de sœur Amicia ; étant donné que la jeune religieuse se repaissait avidement de tous les détails du spectacle et de chaque parole, il lui semblait que sa nausée était plus un choix qu'une nécessité.

Les voyageurs qui avaient apporté le blessé s'étaient regroupés auprès de l'autre cheminée, à l'extrémité de la salle, où un valet du prieuré était en train de leur faire du feu. Voyant Frevisse approcher, l'homme corpulent qui était le plus âgé d'entre eux se détacha du reste et fit une révérence aussi profonde que celle du petit garçon. Frevisse lui répondit par une légère inclinaison de tête.

— Nous allons vous offrir du feu et de la nourriture avant peu. Le jour tire à sa fin, il est trop tard pour vous remettre en route et j'espère que vous accepterez l'hospitalité de Sainte-Frideswide, à la fois dans votre intérêt et pour vous remercier de la bonté que vous...

Elle s'interrompit, consciente d'un échange muet entre les membres du groupe. Leur chef n'était plus tout jeune, ses cheveux grisonnaient et son visage était creusé par l'âge, le rire et de longues années de tribulations sur les routes, avec autant de temps passé en plein air que sous un toit. Son port altier était empreint de dignité et, l'interrompant, il lui tira son chaperon et fit une nouvelle révérence, profonde et spectaculaire.

— Votre offre est la bienvenue, madame, et nous l'acceptons avec grand bonheur. Un feu généreux, un bon abri, une bonne compagnie sont des bénédictions du Seigneur par ces cruelles nuits d'hiver.

Sa voix puissante coulait comme du satin. Frevisse se sentit consternée :

— Vous n'êtes point de simples voyageurs, dit-elle presque sur un ton d'accusation.

— Non, ma bonne dame. Nous sommes des comédiens, qui cheminons d'un endroit à un autre. Mon nom est Thomas Bassett et voici ma troupe. Et quoique vous nous ayez offert l'hospitalité, nous passerons notre chemin si vous nous en donnez le mot.

Il savait, encore mieux qu'elle, le peu d'empressement que l'on mettait à les recevoir, lui et ses pareils. Les comédiens ambulants étaient des voyageurs sans domicile ni maître, ils n'étaient de nulle part, toujours sur la route, toujours suspects à ceux qui les accueillaient ; et ces soupçons étaient trop souvent fondés, puisque des gens qui dépendaient de la générosité d'autrui avaient fréquemment recours au vol pour arrondir leurs revenus.

Mais l'hésitation de Frevisse dura à peine un moment.

— Le service que vous avez rendu à cet homme, reprit-elle, va peut-être lui sauver la vie. Je vous ai offert l'hospitalité de Sainte-Frideswide et, comme vous l'avez dit, les nuits d'hiver sont cruelles. Il serait ingrat et bien peu chrétien de ma part de revenir sur mon offre. Prenez vos aises, je vous en prie, et acceptez l'accueil que nous pouvons vous donner cette nuit.

Elle sentit qu'à ses paroles la tension palpable de la petite troupe se relâchait. Ils s'étaient préparés à se voir renvoyés et la permission de rester qui leur était accordée provoquait une immense gratitude. Elle se dit qu'ils ne causeraient aucun problème pendant le peu de temps qu'ils seraient dans leurs murs.

— Avez-vous une charrette avec un cheval dont on doive s'occuper ? s'enquit-elle.

— Notre jument, Tisbe, nous suit docilement comme un chien, et elle doit être dans votre cour à l'heure qu'il est à nous attendre, attelée à notre chariot. Nous ne sommes que quatre, sans compter Piers, bien sûr.

En entendant son nom, le petit garçon qu'elle avait déjà vu s'écarta de la femme qui le tenait légèrement par les épaules, avec toute l'aisance d'un mouvement répété — et Frevisse se douta qu'il l'avait souvent répété — puis il fit une belle révérence. Elle répondit d'un salut solennel de la tête. Les charmes de son joli visage avaient probablement arraché plus d'un denier en bien des occasions à des femmes attendries, pensa Frevisse, prenant soin de dissimuler son amusement derrière un visage impassible.

Le comédien aux cheveux blonds que Frevisse avait pris pour un adolescent poussé en graine intervint :

— Je vais m'occuper de Tisbe et du chariot, et je rapporterai ce dont nous avons besoin pour la nuit.

Dès qu'il avait ouvert la bouche, elle l'avait regardé de plus près, et elle se rendit compte qu'il avait bien vingt ans passés, que ce n'était plus un adolescent malgré son corps svelte aux hanches étroites et son visage lisse. Étant donné que ses cheveux étaient si clairs, on n'apercevait sa barbe qu'en la cherchant bien.

— Voici le jeune Joliffe, dit Thomas Bassett en guise de présentation. C'est lui qui joue nos rôles de femmes.

Croisant le regard hardi et pénétrant du jeune homme, Frevisse fut toute prête à croire que jouer la femme était chez lui un talent acquis et non un don de nature, et elle soupçonna que ce n'était pas seulement de l'argent qu'il savait arracher aux femmes quand l'envie lui en prenait. C'est avec une certaine âpreté qu'elle remarqua :

— Mais je suis bien sûre que vous jouerez à l'homme ici.

— En un lieu si sacré, rempli d'humilité par votre

charité, je n'en doute point, répondit Joliffe en faisant la révérence avec élégance.

Frevisse se retint de dire qu'elle était fort sceptique quant à son humilité et elle fut dispensée de répliquer par un glapissement sourd et brutal qui se fit entendre derrière elle, pareil au cri d'un chat projeté sur le feu. Elle pivota vivement. L'attroupement qui persistait autour de Barnaby et de sœur Claire s'était un peu entrouvert pour faire place à une nouvelle arrivante. Elle était petite, menue, tannée et vieillie par les ans, les peines et les intempéries. Frevisse l'avait remarquée dans le prieuré ces derniers mois, mais au vu de sa misère elle l'avait prise pour une veuve. Elle se tenait maintenant toute tassée, effarée, les mains crispées sur la bouche, les yeux écarquillés d'effroi et d'horreur au spectacle du blessé. C'était son mari.

Sœur Claire l'avait fait déposer sur la paillasse et avait achevé de découper ce qui restait de ses vêtements pour mieux examiner ses blessures. À l'exception du pan de tissu qui recouvrait par pudeur son bas-ventre, plus rien ne dissimulait les ravages subis par son corps.

Incapable de détourner son regard, oscillant sur place, la femme commença sa plainte :

— Oh, mon Dieu, mon Dieu, mon Dieu, mon Dieu ! Il ne pourra plus jamais travailler, il ne pourra plus jamais travailler. Regardez-le ! Regardez-le !

À son côté se tenait un enfant au teint pâle qui faisait de son mieux pour ne pas regarder l'homme. Il l'entoura maladroitement de son bras et dit :

— La mère, la mère, ça va s'arranger. Vous verrez, il va guérir.

Mais il n'y croyait pas plus qu'elle.

De l'autre côté de la mère, Annie Lauder ne faisait pas mystère de sa curiosité :

— Vous croyez qu'il va vivre ? On dirait bien qu'il va mourir, si vous voulez mon avis.

— Personne ne vous l'a demandé, coupa sœur Claire fermement. Pour autant que je puisse en juger, il n'y a rien de cassé à l'intérieur, inaccessible pour moi, rien qui doive forcément le tuer, pourvu que je puisse éviter que ses plaies ne s'infectent.

— Sa main, gémit Meg. Sainte Marie, mère de Dieu, regardez sa main. Elle ne guérira jamais. Regardez ça.

Sœur Claire fit comme si elle ne l'avait pas entendue.

— Ce qu'il me faut ici, c'est quelqu'un qui m'aide à lui remettre son épaule en place. Elle n'est que déboîtée, et non pas cassée.

— Ça, je sais le faire, s'écria le troisième acteur en s'avançant. Je l'ai vu faire quelques fois et j'y ai mis la main moi-même. Mais nous aurons besoin de renfort pour le tenir.

C'était un bel homme, de taille moyenne mais vaillamment proportionné, les cheveux noirs et fournis, la démarche confiante et virile. Sœur Claire l'examina froidement, appréciant le secours qu'il lui offrait, et elle reprit :

— Allons-y. Mieux vaut le faire tant qu'il n'a pas repris connaissance. Que quelqu'un fasse sortir la femme. Et le petit. Ça ne va pas être beau à voir.

CHAPITRE III

L'acteur ne s'était pas vanté. Frevisse avait déjà vu remettre des articulations, et elle savait qu'il fallait autant de force que de savoir-faire pour remboîter une épaule. Les tendons qui permettaient à un homme de manier la faux toute une matinée ou de pousser la charrue dans le sillon étaient tout aussi capables de résister aux efforts déployés pour remettre des os à leur place. Malgré son évanouissement, Barnaby poussa des gémissements tandis que deux valets du prieuré le tenaient et que l'acteur tirait sur son bras dans tous les sens avec une apparente rudesse, jusqu'au moment où l'on entendit enfin le déclic de l'os du bras qui rentrait dans l'articulation de l'épaule.

Les valets se relevèrent, échangeant entre eux un sourire de triomphe, tandis que Barnaby s'affaissait dans une sourde plainte.

— Tous mes remerciements, dit sœur Claire. Votre nom, afin que je puisse rendre convenablement grâce à Dieu qui vous a envoyé à nous quand nous étions dans le besoin ?

— Ellis, madame, répondit le comédien aux cheveux noirs en s'inclinant devant elle.

Il rejoignit les autres, le sourire aux lèvres.

Sœur Claire s'adressa aux personnes rassemblées :

— Vous pouvez retourner à vos tâches ou à votre repos, sauf vous, vous et...

Son regard s'arrêta sur sœur Amicia au même instant que celui de Frevisse.

Sœur Amicia était entrée à Sainte-Frideswide parce que, après avoir richement pourvu ses quatre sœurs aînées, son père avait trouvé sa bourse fort amoindrie, et il avait choisi d'économiser ce qui lui en restait et d'accroître son capital dans l'au-delà en offrant sa cadette à Sainte-Frideswide pour en faire une religieuse. En bonne fille, elle avait suivi les ordres de son père et avait pris le voile six ans plus tôt. Mais ni les vœux ni le voile ne suffisaient à en faire une religieuse. Pour l'essentiel, elle était obéissante et disait ses prières avec dévotion; mais malgré la règle, elle s'adonnait aux rubans et autres colifichets que lui apportaient ses sœurs quand elles lui rendaient visite au parloir et voilà que ses regards s'attardaient sur le dos d'Ellis en train de s'éloigner, bien trop consciente de sa taille, de ses muscles, d'une allure qui n'était pas sans beauté.

— ... sœur Amicia. Je crois que vous pouvez regagner le cloître à présent, et voir ce qu'il reste encore à faire à l'infirmerie, acheva sœur Claire en rejoignant la pensée de Frevisse.

Aussi prompte que sœur Claire à se remettre à la tâche, Frevisse reprit :

— Annie, prenez cette toile jaune et mettez-la à tremper pour la nettoyer demain matin. Nous pouvons bien faire cela aussi pour ces gens qui l'ont secouru. Et vous autres, vaquez à vos travaux. Veillez à ce qu'il y ait assez de bois pour ces deux cheminées et que l'on procure de quoi dormir au reste de nos hôtes. Et que quelqu'un aille dire à sa femme qu'elle est libre de revenir à présent. Je vais m'enquérir auprès de mère Alys de ce que la cuisine pourra servir à nos visiteurs. Venez, sœur Amicia.

— Oui, ma mère, murmura sœur Amicia, les yeux baissés, toute humilité, en suivant Frevisse hors de la pièce.

Le chariot et le cheval des comédiens attendaient dans la cour. La jument était une bête efflanquée, dont un des sabots de devant était mal formé, mais elle n'était pas plus maigre que l'on pouvait s'y attendre, pour un animal travaillant sans répit et qui ne goûtait que rarement au picotin. Le jeune Joliffe avait déjà déchargé quelques objets du chariot, et il se tenait maintenant devant Tisbe, lui flattant les naseaux de ses mains jointes tout en murmurant dans son oreille. Frevisse dit à sœur Amicia de poursuivre son chemin et elle se détourna pour s'adresser au jeune homme.

Il lâcha la jument en la voyant s'approcher et fit une révérence aussi humble que celle de Bassett avait été théâtrale. Mais quand il se redressa, il lança un regard critique, et Frevisse éprouva encore la conscience aiguë qu'il était bien plus vieux qu'il n'en avait l'air.

— Je joins mes remerciements à ceux de maître Bassett pour la permission de rester que vous nous accordez, madame, dit-il.

Sa gratitude semblait sincère, ni forcée ni fausse. Mais pour quelqu'un dont la survie dépendait du bon vouloir d'inconnus, il parlait bien hardiment.

Frevisse garda son sentiment pour elle et reprit :

— C'eût été une bien piètre courtoisie de vous faire reprendre la route après une telle générosité. Vous trouverez une écurie pour votre cheval en ressortant par le portail et en prenant à gauche dans l'avant-cour. On vous montrera un endroit pour remiser votre chariot.

Saisissant Tisbe par la bride pour lui faire faire demi-tour, Joliffe répliqua avec désinvolture :

— C'est vrai que la générosité est une denrée rare. C'eût été une honte de laisser passer une occasion aussi patente d'en faire preuve alors qu'elle était si cruellement nécessaire. Et vous voyez que nous nous en trouvons payés en retour.

— Êtes-vous sur la route depuis longtemps ?

— Moi, vous voulez dire, ou l'ensemble de la troupe ? répondit Joliffe en s'assurant que l'arrière du chariot n'allait pas percuter le mur en tournant.

— Je veux dire, depuis combien de temps votre groupe n'a-t-il pas eu de toit pour la nuit ?

— C'est seulement ces deux derniers jours que nous n'avons point trouvé de toit. Nous avons passé — hue, Tisbe, allez, tourne —, nous avons passé le jour de Noël au manoir de Fen Harcourt et nous avons l'intention d'arriver à Oxford pour le Jour de l'an et d'y rester jusqu'au soir des Rois. Maître Bassett connaît bien un des aubergistes.

— Donc, tout ce dont vous avez besoin ici, c'est d'une nuit de repos ?

Joliffe arrêta la jument et reporta toute son attention sur l'hôtelière :

— Pourquoi un tel souci ? demanda-t-il. Nous ne vous sommes rien, pour que vous ayez un tel soin de nous. Vous avez fait votre devoir en nous accordant un abri et en nous promettant le feu et le souper.

Soutenant son regard, Frevisse lui fit une réponse aussi franche que sa question :

— Je sais comme la route peut être rude en hiver et vous avez une femme et un enfant avec vous.

Il eut la bonne grâce de prendre un air presque penaud, mais avant qu'il n'ait pu lui répliquer, la cloche du cloître commença à sonner, pour appeler les religieuses à vêpres. Frevisse inclina la tête en détournant les yeux.

— Veuillez m'excuser, je vous prie, dit-elle. Je reviendrai voir comment vont les choses avant complies.

L'office de vêpres suivit son cours habituel, vigoureux et gracieux à la fois, proclamant la richesse du jour et espérant que les bénédictions qu'il avait amenées seraient éternelles. *Et exultavit spiritus meus in Deo, salvatori meo.* Mon esprit a trouvé la joie en Dieu, mon sauveur, parce qu'il a regardé avec faveur l'humilité de sa servante.

Mais son bon déroulement et sa beauté se trouvaient sévèrement gâchés à Sainte-Frideswide par des reniflements et des enrouements généralisés chez les nonnes.

La maladie avait commencé avant Noël chez les

converses puis avait gagné les religieuses, et elle n'avait pas encore épuisé son cours, quoique sœur Claire — tout occupée par ses cataplasmes et ses décoctions d'herbes — leur assurât que ce serait bientôt le cas. L'enrouement de Frevisse avait déjà commencé à s'atténuer mais elle continuait d'utiliser fréquemment son mouchoir, et n'avait pas encore recouvré son énergie accoutumée. Comme la plupart des sœurs, il fallait qu'elle surveille sa voix en chantant pour éviter de laisser échapper des sons discordants et comme les autres sa vigilance était souvent prise en défaut.

De plus, malheureusement, sœur Claire était encore en compagnie du blessé, de sorte que sa belle voix grave, presque entièrement rétablie de son rhume, n'était pas là pour entraîner les autres. En son absence, la chanteuse la plus puissante était sœur Thomasine dont la voix de soprano, fluette et brillante, dominait à présent les efforts futiles de toutes les autres.

Malgré son apparente fragilité, Thomasine s'était épanouie au cours des douze mois qui s'étaient écoulés depuis sa joyeuse profession de foi définitive. Sa qualité de sainte était une affaire aussi entendue dans le prieuré que les sept offices quotidiens, et Frevisse avait surpris les rumeurs qui couraient parmi les religieuses selon lesquelles c'était parce qu'elle était une sainte et que Dieu lui envoyait sa grâce qu'elle était la seule à ne pas succomber à la présente épidémie d'éternuements et de toux.

Sur ce point, Frevisse se donnait beaucoup de mal pour ne pas avoir d'opinion, car si elle s'en était permis une, peut-être aurait-elle été que sœur Thomasine était préservée de la maladie pour mettre à l'épreuve la patience de Frevisse.

Après les vêpres, la plupart des religieuses prenaient leur période de repos et de méditation avant le dîner. Mais aujourd'hui, Frevisse, avec le sentiment qu'elle n'avait pas rempli tous ses devoirs envers les hôtes du prieuré, retourna à l'hôtellerie. Elle y trouva les comédiens rassemblés autour de la cheminée du bout de la salle, installés au milieu de leurs affaires. La femme de la troupe remuait le contenu d'une marmite tout près des flammes, les rougeoiements changeants parvenant presque à rendre beaux ses traits quelconques. Le petit Piers était recroquevillé près d'elle, il s'était endormi sur un manteau, le visage encore plus doux dans le sommeil que dans la veille. Les trois hommes s'étaient assis face à ce groupe et ils bavardaient sans autre interruption que de fréquents rires. Ellis jeta dans le feu les fragments de la baguette qu'il avait mise en pièces, d'un geste désinvolte et relâché.

L'aisance était absente du groupe massé près de l'autre cheminée. Il ne restait plus que sœur Claire, le blessé, Meg et son fils, ainsi qu'un garçon plus âgé. Un autre fils, pensa Frevisse. C'était bien ; si son mari mourait, la pauvre Meg aurait toujours ses fils, et l'aîné semblait être en âge d'hériter. Le receveur de lord Lovel était un homme équitable ; s'ils pouvaient continuer à honorer leurs charges et leurs redevances, ils conserveraient leur tenure[1] même si Barnaby passait.

Elle alla se placer à un endroit où elle était sûre que sœur Claire s'apercevrait de sa présence, sans pour autant s'imposer, disposée à attendre une pause qui permette à l'infirmière de lui dire si elle pouvait faire autre chose. Les plaies de l'homme avaient été lavées, les plus graves avaient été pansées, y compris la blessure ouverte à la tête. Bien enveloppé dans des couvertures, l'épaule remise, son cas n'avait pas l'air aussi désespéré que tout à l'heure. Il était toujours inconscient ou

1. Dans la société féodale, le paysan « tenait » sa terre et sa maison du seigneur en échange d'une redevance annuelle en argent ou en nature, à laquelle s'ajoutaient diverses obligations de service. Le seigneur restait propriétaire, même en cas de tenure sur plusieurs générations. (*N.d.T.*)

endormi, la tête tournée d'un côté, la bouche mollement entrouverte, mais il respirait par le nez avec tant de peine que celui-ci devait être cassé lui aussi.

Sœur Claire, avec beaucoup de délicatesse, prit la main blessée. Barnaby avança la tête dans sa direction, mais il n'ouvrit les yeux que lorsqu'elle commença à faire lentement bouger son index. Il poussa alors un cri inarticulé et ouvrit grands les yeux. Ceux-ci étaient vitreux et injectés de sang, ils semblaient aveugles. Elle lui lâcha le doigt et il retomba dans le silence, en refermant les yeux.

— Ne faites pas ça, s'il vous plaît ! murmura Meg d'une voix rauque. Ça ne sert à rien. Sa main est fichue et elle ne servira plus jamais.

Elle avait surmonté sa première horreur à présent, même si elle était encore secouée. Effondrée à terre au chevet de son mari, de l'autre côté du lit, elle pressait une de ses mains crispée sur sa maigre poitrine, l'autre fermement serrée sur le bras de son plus jeune fils qui était assis tout contre elle. De ses yeux fatigués et hagards, elle contemplait les vestiges de la main de son mari que sœur Claire finit par reposer ; et elle sembla insensible au geste de son aîné, accroupi derrière elle, qui étendit le bras pour lui poser la main sur l'épaule.

Comme c'est souvent le cas entre frères, les deux garçons ne se ressemblaient guère. Le cadet avait les attaches fines de sa mère, la peau claire et les cheveux blonds qu'elle avait eus peut-être quand elle était jeune, quoique ce temps-là fût bien loin derrière elle maintenant. L'aîné ressemblait davantage à son père, grand, fortement charpenté, les cheveux foncés en bataille, ses traits adolescents déjà sur la voie de l'embonpoint et de l'épaississement de l'âge adulte. Un âge adulte qui allait lui tomber dessus plus tôt qu'il ne l'aurait dû, même au cas où son père en réchapperait.

— Allons, la mère, dit-il, laissez-la faire. Peut-être qu'elle pourra la réparer.

— Rien ne pourra le guérir, Sym. Tais-toi, fit Meg

sans aucune émotion, sans même tourner les yeux vers lui.

Sœur Claire tâta les deux premiers doigts de la main boursouflée qui reposait sur le ventre de Barnaby.

— C'est à ne pas croire, dit-elle, mais il semble que ces os-là soient les seuls brisés ; cependant, ils le sont jusqu'au poignet, et ce ne sont pas des fractures que je peux réduire, car les os sont très petits avec beaucoup d'articulations. Tout ce que je puis faire, c'est lui bander la main en lui redonnant sa forme d'origine, et prier afin qu'elle guérisse de manière qu'il s'en serve à nouveau.

— Vivra-t-il ? demanda le cadet.

— Je ne sais pas. S'il a une blessure à l'intérieur, s'il y a quelque chose de rompu à un endroit que je ne peux voir, ou bien s'il saigne sans que le sang paraisse...

Elle inspira profondément et reprit d'une voix plus ferme, en regardant Meg :

— On ne le saura pas avant un certain temps. S'il passe la nuit et qu'il recouvre ses esprits, alors l'espoir sera permis. Voulez-vous rester ici ou aimeriez-vous mieux rentrer ? Mère Frevisse et moi, nous le veillerons toute la nuit si vous préférez rentrer vous reposer.

— Nous le veillerons, répondit Meg sans hésiter. C'est un des nôtres et c'est nous qui le veillerons. Il vaut mieux qu'il voie des visages connus à son réveil. Ou quand il passera, ajouta-t-elle d'une voix sourde en fixant à nouveau les yeux sur le visage du blessé.

— Je m'occuperai de leur couchage, dit Frevisse. Dites-moi ce qu'il faut que je surveille et allez prendre votre dîner puis à complies. Je veillerai au grain.

— Vous non plus, vous n'avez rien mangé, répliqua sœur Claire. Je vous apporterai votre dîner avec ce dont il aura besoin pour pallier la douleur à son réveil.

Meg se leva.

— Si vous le permettez, je peux m'occuper d'aller

chercher le dîner de madame. Je travaille à la cuisine et je sais m'y retrouver.

— Voilà où je vous ai vue ! s'écria sœur Claire. Vous m'avez apporté le lait chaud épicé dont j'avais besoin pour mère Edith, quand elle a été si malade il y a deux jours.

— Et c'est moi qui l'avais préparé, reprit Meg avec un zèle un peu appuyé.

— Il était excellent et ça lui a fait beaucoup de bien. Oui, apportez son dîner à mère Frevisse. Moi, je m'occuperai des remèdes.

CHAPITRE IV

Meg fit la révérence jusqu'à terre, jeta un coup d'œil sur les garçons pour leur intimer l'ordre silencieux de rester à leur place sans faire de bruit ou de bêtise, puis elle sortit en hâte. Elle quitta l'hôtellerie pour retrouver les froides ténèbres de la cour qu'elle traversa vite, et elle pénétra dans le cloître par la porte des moniales. Ce n'était pas par là qu'elle passait d'habitude, mais le couloir auquel la porte correspondait lui était familier et elle se dirigea vers la cuisine principale où l'attendait une épreuve inévitable : le choc avec la mauvaise humeur de mère Alys.

Mais mère Alys était partie dîner au réfectoire avec les autres religieuses. Ne se trouvaient dans la cuisine que les converses, qui, trop heureuses de l'occasion de l'accabler de questions sur ce qui était arrivé et l'état de son mari, préparèrent une écuelle de panade au fromage qu'elles lui donnèrent avec un gobelet et une cruche de cidre chaud épicé tout en bavardant.

Il faisait bon et clair dans la cuisine grâce à la cheminée et à l'éclairage des lampes. C'étaient de ces choses que Meg appréciait particulièrement durant le temps qu'elle passait au prieuré : les flambées dans les cuisines et le vestibule ; sans oublier celles dans l'appartement de la prieure, voire dans sa chambre pour qu'elle n'ait pas froid quand elle se déshabillait avant la nuit, luxe dont Meg n'avait jamais rêvé avant d'en être témoin dans la réalité. Et les lampes et les bougies allumées dès que les journées étaient un peu couvertes, afin de refouler l'obscurité dans les coins des pièces au lieu de la laisser régner en maîtresse partout. Tout cela et aussi la propreté générale, les dallages lessivés par temps chaud et balayés tous les jours, qu'il vente ou qu'il neige ; sans rien laisser traîner qui vienne gâter la salubrité de l'air, ni paille, ni nourriture vieille de plusieurs jours, ni bestiaux. Les sœurs auraient été scandalisées à la simple idée de dormir dans la même pièce que des poulets et des chèvres !

Elle eut l'impression de se forcer à abandonner un coin de Paradis quand elle ressortit, laissant derrière elle la chaleur et les jacassements bienveillants, pour retrouver la nuit glacée de la cour puis le confort relatif de l'hôtellerie. Sœur Claire était partie, mais l'autre religieuse — c'était mère Frevisse, un personnage plutôt cassant pour quelqu'un chargé des bonnes œuvres principales du prieuré, l'accueil des hôtes — avait entretenu le feu. À sa lueur, elle voyait Hewe et Sym assis au chevet de leur père, les visages différents jusque dans l'expression : Sym de mauvaise humeur tandis qu'Hewe semblait perdu en prière. Elle leur sourit quand ils levèrent la tête, mais elle alla droit vers mère Frevisse et lui tendit ce qu'elle avait apporté.

— Assurément, c'est plus qu'il ne m'en faut, observa mère Frevisse.

Meg chercha désespérément une excuse dans son cerveau mais la religieuse se contenta de poursuivre, comme si cela n'avait aucune importance :

— Je vais donc prendre un peu de ceci et un peu de cidre, et vous vous partagerez le reste. Il vous faut vous nourrir si vous avez l'intention de passer la nuit à veiller. Je pose la cruche près du feu pour qu'elle ne refroidisse pas.

Meg ne savait trop quoi dire, mais mère Frevisse, sans attendre sa réponse, alla bavarder avec la troupe des comédiens.

Meg posa la nourriture devant le feu. La panade était remplie de raisins secs et de sucre, des délices qu'elle n'avait plus goûtées depuis des années. Même le pain était fait surtout de blé et non pas de son : elle n'en avait jamais mangé de plus blanc. Les garçons se serrèrent avidement autour d'elle et elle fut heureuse de partager avec eux, mais elle surveillait attentivement l'écuelle et la leur ôta bien avant qu'ils ne l'aient finie.

— Nous allons en garder pour le reste de la nuit, dit-elle. Si votre père se réveille, le cidre aidera à le réchauffer.

Pour une fois, même Sym ne protesta pas.

Elle se relevait de devant la cheminée où elle venait de reposer la cruche de cidre quand un courant d'air froid signala que la porte venait d'être ouverte et refermée, et le père Henry, le chapelain du prieuré, émergea précipitamment des ténèbres et s'approcha d'eux. Son manteau et son visage rougi semblaient indiquer qu'il avait passé un bon moment dehors, et les mèches rebelles qui entouraient sa tonsure étaient plus échevelées que jamais. Meg et ses fils lui firent la révérence, encore que la mère dût pousser ses garçons du coude pour les rappeler à leurs devoirs. Le père Henry leur adressa un signe de tête, mais son regard inquiet était déjà tourné vers Barnaby.

— J'étais allé à la ferme d'Hamlin pour ondoyer leur petite fille avant qu'elle ne meure. Je viens de rentrer et j'ai appris la nouvelle. A-t-on besoin de moi, mère Frevisse ?

Mère Frevisse s'approcha d'eux.

— D'après sœur Claire, ses blessures sont sérieuses mais il semble bien résister. Il n'a pas repris connaissance, toutefois si cela se produit et si la gangrène ne se met pas dans ses plaies, il pourrait en réchapper. Je suis sûre qu'il a besoin de vos prières, mais pour ce qui est de l'extrême-onction, je crois que c'est à sa femme de décider.

Le père Henry et la religieuse se tournèrent vers Meg

qui se sentit désemparée devant cette responsabilité inattendue, malgré la douceur avec laquelle le prêtre lui posa la question :

— Qu'en pensez-vous ? Faut-il lui administrer les sacrements maintenant, quand nous sommes sûrs qu'il est encore avec nous ?

Meg serra les lèvres et fixa les yeux par terre, en essayant de réfléchir. Elle était toujours déconcertée quand quelqu'un d'important faisait attention à elle ; et l'intérêt du père Henry l'affolait autant que les questions du receveur. Elle n'aurait pas été aussi troublée si elle avait eu en face d'elle le vieux père Clement, le curé du village, qui était une personne ordinaire comme elle. Mais il était mort l'année précédente et on ne lui avait pas encore donné de successeur — quelle honte ! Cependant, ce n'était pas la faute du père Henry. Et voilà qu'il attendait sa réponse, et les mots ne se présentaient pas facilement à elle.

Sœur Claire semblait croire que Barnaby avait une chance d'en réchapper, mais peut-être valait-il mieux être prudents et lui donner l'extrême-onction. Mais il fallait toujours débourser quelques deniers quand on devait recevoir les sacrements. Si Barnaby mourait sans le viatique, le prix à payer serait peut-être son âme, car il était grand pécheur, et de péchés mortels. D'un autre côté, les deniers étaient fort rares et ils le seraient probablement encore plus si Barnaby mourait, ou même en réchappait inapte au travail.

Et s'il mourait, il y aurait d'autres frais, le seigneur se saisirait de leur meilleure bête en gage de mutation[1] ; et puis le relief, une taxe que devait payer Sym pour que lui soit transmise la tenure de son père, et les

1. À l'origine de cette taxe (*heriot*, avec un équivalent attesté en ancien français, « heriet »), la récupération par le seigneur à la mort du vassal de l'équipement militaire qu'il lui avait confié. Puis, toujours quand son vassal meurt, le seigneur prend (reprend) la meilleure bête de son troupeau : c'est le droit de meilleur cheptel. *(N.d.T.)*

frais de la veillée funèbre de Barnaby, et puis le denier du culte pour sa messe de funérailles, le prix de son linceul et du creusement de sa fosse. Tout cela qu'il faudrait prendre sur le peu qu'elle était parvenue à épargner. Ou bien rien du tout, si Barnaby s'en sortait. Mais le père Henry avait proposé de prier pour lui dans tous les cas et pour sûr que Dieu ne négligerait pas les prières du chapelain d'un prieuré. Donc, comme il allait peut-être en réchapper...

— Mieux vaut attendre qu'il soit réveillé, dit-elle. Qu'il sache ce qui se passe.

— Alors mes prières seront pour lui, répondit le père Henry. Faites-moi mander, quelle que soit l'heure de la nuit. Ma maison se trouve entre le mur d'enceinte intérieur et la chapelle.

Il fit mine de partir mais, mue par une idée soudaine et une audace rare, Meg reprit :

— Mon père, pourriez-vous vous charger de mon cadet Hewe...

Et elle le poussait en avant, d'une main ferme malgré sa réticence.

— ... et lui montrer un bon endroit où prier pour son père ?

— La mère... commença Hewe.

Mais Meg l'interrompit aussitôt.

— Le père Clement lui a appris ses lettres et il disait qu'en travaillant il pourrait se faire prêtre. Et c'est mon espoir le plus cher, de voir un jour mon Hewe devenir prêtre. Si vous pouviez lui parler, lui apprendre certaines de vos prières ?

Elle ne savait pas d'où elle tirait cette témérité de solliciter une aussi grande faveur. Mais si Hewe pouvait jeter les yeux dans la maison d'un chapelain, il verrait bien la différence entre une telle vie et le labeur quotidien d'un paysan. C'était pour lui qu'elle se sentait de l'audace. Pour lui — et pour son frère — elle avait trouvé le courage de solliciter du travail au prieuré, afin qu'ils aient un peu plus de garanties contre le désastre où les entraînait l'incurie de Barnaby.

Sa main poussait toujours contre le dos d'Hewe, et sa fermeté avertissait son fils de ne pas protester.

Dieu merci, le père Henry n'eut pas l'air de le prendre mal le moins du monde :

— Bien sûr. Il s'appelle Hewe ? C'est sans doute en l'honneur de notre grand saint Hugh de Lincoln.

Meg acquiesça de la tête, encore qu'elle n'en sût trop rien : Hewe était le prénom de feu son père. Mais le père Henry continuait avec optimisme :

— Quand il voyageait, saint Hugh ne cessait de rechercher les jeunes garçons qui portaient en eux l'espérance de la prêtrise, et il les aidait. Comment un prêtre pourrait-il donc dire non à un garçon du nom de Hewe ? La chapelle est froide en cette saison, mais il y a un prie-Dieu dans mon appartement et le feu est allumé. Nous pourrons y prier pour ton père.

Hewe lança à sa mère un regard de reproche, car depuis la mort du père Clement il s'était tranquillement appliqué toute l'année à oublier ce que le vieux curé lui avait enseigné. Mais alors ses yeux tombèrent sur le corps inconscient de son père et, sans ouvrir la bouche, il suivit le père Henry, tête basse et traînant les pieds.

Meg le vit partir en hochant la tête, indifférente à ce qu'il ressentait car elle savait ce qui était bon pour lui. Le besoin de faire des choses, de s'en sortir, contribuait à la tirer de sa stupeur. Cette décision qu'elle avait prise concernant l'extrême-onction avait remis son esprit en mouvement et elle se tourna vers Sym :

— Il reste la charrette et le cheval, on ne sait pas ce qu'ils sont devenus. Tu devrais aller interroger ces gens qui l'ont ramené, pour savoir où c'est arrivé et dans quel état est la charrette. Le cheval a dû s'échapper, sinon ces gens l'auraient conduit ici en même temps que ton père. Il a dû sans doute retourner chez Gilbey Dunn, mais nous serons plus tranquilles quand nous en serons certains. Retourne au village et essaie de savoir. Si le cheval au moins, que Dieu m'entende, est à bon port, ce sera un souci de moins pour nous. Si ce n'est pas le cas, on n'a pas fini d'entendre Gilbey.

Sym fit la grimace, bien conscient de ce danger. Naguère, ils avaient eu des relations si bonnes avec Gilbey qu'il avait été question de mariage entre sa fille unique et seule héritière et Sym. Mais la fille et sa mère étaient mortes de la fièvre au printemps de l'année d'avant, et la chose s'était arrêtée là.

Sym se leva et resta immobile, les yeux fixés sur les comédiens. Il était moins doué pour la parole que son frère, mais bien plus disposé au travail que son père. Meg souffrait de le voir se durcir sous le poids qui tombait sur ses épaules, ses efforts pour accomplir déjà le travail d'un homme fait. Le pis était qu'il trouvait pour s'évader la même voie que son père, le cabaret. Elle le suivit des yeux alors qu'il s'approchait à grands pas du groupe rassemblé à l'autre bout de la pièce, puis lui cria un peu tard :

— Pense bien à les remercier pour ce qu'ils ont fait !

Mère Frevisse alla placer une nouvelle bûche sur le feu et resta près de l'âtre. Abandonnée à ses pensées, Meg baissa les yeux sur Barnaby, et elle écouta le bruit douloureux qu'il produisait en respirant. Gilbey Dunn avait consenti à laisser Barnaby utiliser sa charrette et son cheval parce que le receveur l'y avait obligé et l'avait dispensé en échange d'une journée de corvée des champs au printemps. Les choses se passaient toujours ainsi : les revers de Barnaby profitaient à quelqu'un d'autre.

Elle avait beau examiner son visage affaissé, elle n'y retrouvait rien du solide jouvenceau que ses parents lui avaient fait épouser. Toujours plongée dans ses réflexions, elle secoua la tête :

— Barnaby le benêt, murmura-t-elle. As-tu fini par faire ta propre perte cette fois ?

Malgré tout ce qu'avait dit sœur Claire, il n'y avait aucun espoir sur sa main droite guérisse. Et si les infirmités qu'on ne pouvait pas voir étaient telles que même s'il en réchappait il fallait qu'elle s'occupe de lui toute sa vie ? Alors, elle devrait renoncer à sa place au prieuré, dont elle avait si désespérément besoin. Et puis il y aurait la charrette rompue à réparer, de l'argent à payer pour le cheval s'il était blessé ou avait été volé. Et où trouver l'argent pour faire d'Hewe un prêtre ? Si seulement saint Hugh était encore de ce monde, avec sa sainte coutume de se charger de garçons prometteurs pour veiller à leur éducation ! Elle n'avait même pas le prix d'un cierge à brûler pour demander au bienheureux son aide. Seulement ses prières, et elle les disait déjà. Pour Hewe, pour Barnaby, pour le salut du cheval, pour que la charrette ne soit pas trop cassée.

À la lueur tremblante du feu de cheminée, elle continuait à regarder le visage de son mari, à prier, à guetter le moindre changement. C'est à peine si elle remarqua que mère Frevisse lui posait délicatement une couverture sur les épaules.

CHAPITRE V

Le froid extrême de l'hiver s'était installé à la Sainte-Catherine, triste et sans neige sous des cieux bouchés, jusqu'au moment où, vers la fin décembre, toute la grisaille glacée du monde semblait s'être fixée dans la moelle des os des religieuses, aussi entièrement que le rhume dans leurs poitrines et leur humeur générale dans un esprit de querelle mesquin.

Emmitouflée sous les multiples couches de laine et de toile dont se composait son habit, Frevisse les trouvait d'un piètre secours contre le froid alors qu'elle attendait à la porte du chauffoir que la rejoignent ses sœurs, têtes dans les épaules et frissonnantes dans la galerie du cloître, pour l'assemblée matinale du chapitre. Voyant les nez rouges et l'air blafard des nouvelles arrivantes, elle savait que son visage devait offrir le même spectacle. La messe du matin était terminée et le temps était venu de l'assemblée quotidienne où les sœurs se réunissaient en chapitre pour discuter les affaires du prieuré et leurs plaintes.

Sainte-Frideswide était assez petit et assez pauvre pour ne pas avoir de salle capitulaire spécialement réservée à ces assemblées. Au lieu de cela, la réunion se tenait dans la même pièce rectangulaire donnant sur le cloître qui servait de chauffoir en hiver et de rendez-vous estival pour l'heure de récréation que les religieuses s'accordaient en fin d'après-midi, au cas où le temps était trop pluvieux pour se promener dans le jardin. On y trouvait l'une des rares cheminées du couvent et en ce rude hiver mère Edith avait permis qu'elle soit utilisée tous les jours.

Frevisse ouvrit la porte sur sa température agréable au moment où les religieuses la rejoignaient. Elles franchirent l'entrée en désordre, se bousculant dans leur hâte. Loin derrière elles, arrivant de son pas ralenti par l'âge, marchait mère Edith, accompagnée et soutenue de part et d'autre par le père Henry et sœur Juliana qui exerçait pour le mois la charge de chapelaine.

La prieure était vieille et avait été malade. Frevisse savait qu'il n'était pas question de la faire se hâter et elle continua à attendre patiemment jusqu'au moment où mère Edith lui adressa un signe de tête, la dispensant de tarder davantage. Frevisse, pleine de gratitude, entra à reculons dans la salle et referma la porte pour ne pas laisser échapper la chaleur que diffusait le grand feu qui brûlait dans l'âtre.

Les autres religieuses étaient déjà rassemblées, réchauffant leurs mains et — grâce au geste furtif dont elles soulevaient leurs jupes noires — leurs jambes, au lieu de s'installer sur les onze tabourets disposés en un double arc de cercle devant le fauteuil de la prieure, face à la cheminée.

Frevisse se glissa avec bonheur parmi elles, jusqu'au moment où le bruit du loquet de la porte qu'une main soulevait donna le signal d'une rapide envolée, chacune allant prendre place devant son tabouret, là où elle devait être. Elle avait remarqué que cette main, qui n'hésitait jamais autrement, le faisait souvent sur ce loquet par les matins d'hiver très froids, accordant ainsi à chacune le temps de regagner son poste.

Le père Henry entra, avec toujours appuyée sur son bras mère Edith. Sœur Juliana les suivait. Il amena la prieure à son fauteuil et l'aida à s'asseoir.

À ce moment les révérences des religieuses semblèrent encore plus profondément respectueuses que d'habitude. Depuis près de deux semaines, ce jour était le premier où mère Edith assistait au chapitre, soit sa plus longue absence depuis plus de trente ans qu'elle était en charge. Ce rhume, qui n'était pour les autres qu'une sévère gêne, lui était tombé sur les poumons et avait failli la tuer. Sœur Claire l'avait combattu avec tout son savoir en fait d'herbes et de cataplasmes urticants, d'inhalations aromatiques et d'infusions fortifiantes ; et elle avait gagné. Et voilà que mère Edith était revenue s'asseoir dans son fauteuil habituel, plus pâle et plus amaigrie qu'au début de l'hiver, enveloppée dans une chaude houppelande fourrée, mais ses yeux reflétant son vif plaisir d'être de retour parmi elles.

Frevisse aussi était fort aise. Pendant sa maladie, la place de la supérieure avait été prise par mère Alys, comme c'était son droit et son devoir en tant que cellérière. Mais mère Alys, même dans ses meilleurs moments, avait mauvais caractère ; et elle était bien pire à l'heure actuelle, ayant épuisé son maigre capital de patience dans l'exaspération que lui causaient sa propre toux et son usage fréquent du mouchoir.

C'est ainsi que pendant le bref moment où les religieuses s'assirent, dans un frôlement de voiles et de jupes déclenché par le geste de mère Edith, Frevisse contempla sa prieure avec une affection soulagée ; puis elle suivit son regard qui, ignorant les autres religieuses, allait chercher sœur Thomasine, assise à la place qu'elle s'était choisie en tant que cadette des nonnes et la plus résolument humble d'entre elles, sur le banc de pierre qui courait le long de la muraille, à son extrémité la plus éloignée du feu.

Cette humilité craintive qui était promesse de valeur chez sœur Thomasine, du temps de son noviciat, s'était relâchée quand elle était devenue pour de bon et à jamais l'épouse du Christ ; mais de temps en temps, mère Edith jugeait bon de lui rappeler que l'humilité et un certain confort de vie n'étaient nullement incompatibles. Elle fit signe du doigt à la jeune nonne de s'approcher. Avec obéissance, sœur Thomasine se leva et vint faire une profonde révérence à ses pieds. Penchée en avant pour ne pas trop forcer sa voix, mère Edith remarqua :

— Vous n'avez pas encore contracté la maladie de cet hiver, n'est-ce pas ?

— Non, ma mère, chuchota sœur Thomasine.

— Et c'est pratiquement votre voix seule qui nous a permis de finir les offices de ce matin, n'est-ce pas ?

Même par humilité, sœur Thomasine n'osait mentir.

— Oui, ma mère.

— Alors, vous allez vous asseoir à la place qui vous est destinée, là sur votre tabouret, au chaud, afin que vous puissiez continuer, grâce à votre bonne santé, d'élever votre voix pour louer le Seigneur tant qu'Il le permet.

Sœur Thomasine s'inclina à nouveau, d'une révérence encore plus profonde, et chuchota :

— Oui, ma mère.

Et elle gagna son tabouret, la tête basse.

Frevisse sentit un spasme d'exaspération ; tant de modestie insistante lui portait sur les nerfs.

— Bien, murmura la supérieure. *In nomine Patris, et Filii, et Spiritus Sancti. Amen.*

Se signant en même temps qu'elle, les moniales courbèrent la tête afin de prier le Saint-Esprit de les guider et de les bénir en cette assemblée. Puis le père Henry lut le chapitre de la règle de saint Benoît prévu pour ce jour, une première fois dans son latin hésitant puis une seconde fois en anglais. La règle était brève, soixante-treize chapitres seulement, et la plupart des chapitres ne faisaient qu'un paragraphe ou deux de longueur, si bien qu'au rythme d'un chapitre par jour, elle était lue dans son intégralité trois fois l'an. Le chapitre 72, à lire le 30 avril, le 30 août et aujourd'hui 30 décembre, insistait sur le « bon zèle » que les sœurs devaient avoir.

— « C'est ainsi qu'elles doivent faire assaut d'honneur entre elles, lut le père Henry, souffrir fort patiemment leurs infirmités réciproques, qu'elles soient de corps ou de caractère ; rivaliser d'obéissance mutuelle — nulle n'adoptant ce qu'elle considère lui être utile personnellement, mais plutôt ce qui profite à autrui... »

Ensuite, il ne fit pas son commentaire habituel. Son rhume était presque fini, mais la teinte cramoisie de son visage pendant sa lecture montrait qu'il ressentait toujours le besoin de tousser, et à la fin il choisit de les bénir rapidement, de la main, les lèvres bougeant sur des paroles muettes, avant de sortir. Quand il fut parti, mère Edith regarda ses filles, remarqua la main levée de sœur Emma et lui fit signe de la tête.

Emma se leva et Frevisse se carra sur son tabouret avec résignation. Sœur Emma était sûre du charme de sa voix ; elle faisait toujours des détours avant d'arriver à ce qu'elle voulait dire, et même en ce jour, très gênée par son rhume, il était clair qu'elle n'allait rien changer à son habitude.

— Nous sommes toutes...

Elle jeta un regard sur sœur Thomasine assise, le visage serein, sans mouchoir à la main.

— ... presque toutes en train de souffrir ensemble durement avec nos douleurs et nos rhumes. Mais au lieu de réduire le devoir que nous avons de nous soucier l'une de l'autre, de prendre soin les unes des autres, cette épreuve commune que nous traversons ne fait qu'accroître le besoin d'agir avec considération. Ces derniers jours, à plusieurs reprises, je suis passée dans l'allée du cloître à un endroit où une personne avait omis d'écarter du pied ses mucosités sur les dalles. Ce geste d'écarter ses mucosités est une chose mentionnée par saint Benoît lui-même dans notre règle, et il semble donc que ce soit une question qui demande à être traitée maintenant, afin que nous puissions vivre honnêtement dans le respect mutuel. Après tout, « le méchant sera arraché de la terre et les pécheurs en seront éradiqués ».

« Un seul proverbe et moins de trois fois le nombre de mots nécessaires pour exprimer son affaire, songea Frevisse ; il faut que le rhume de sœur Emma la gêne cruellement pour la réduire à un tel laconisme. »

Avec la solennité requise, mère Edith tomba d'accord que les bonnes manières étaient nécessaires entre elles, quelle que fût la gravité de leurs maux corporels, et elle décréta qu'elles devaient régner. Il fallait que la personne expectorante écarte du pied ses mucosités sans retard, comme la règle le prescrivait.

— Y a-t-il autre chose ? demanda-t-elle.

Inévitablement, il y eut autre chose. C'était le moment de la journée où l'on devait entendre les accusations et les aveux des fautes, où se distribuaient les punitions et les pénitences. Vinrent les mentions habituelles des petites incivilités qui devaient être pardonnées, les confessions d'imperfections mineures qui troublaient les consciences, et ce, interrompu de quintes de toux et d'éternuements. Tranquillement et sans laisser ces petites choses prendre de l'importance à force d'en parler, mère Edith jugeait et tranchait, tandis que Frevisse, dos tourné vers le feu, s'enfonçait dans une léthargie douillette. Bientôt il lui faudrait se réveiller et revenir à ses devoirs dans le monde glacé, aussi profitait-elle de ce bref intervalle où elle pouvait se chauffer sans rien faire, pendant que l'assemblée suivait son cours.

Celle-ci passa aux rapports sur les affaires du prieuré en général. Mère Alys se leva, se racla la gorge, toussa et déclara :

— Le cochon que nous avons engraissé pour les étrennes des manants ce Noël a été tué hier et il pèse près de cinquante livres, soit davantage que ce que nous attendions. Mais reste à savoir s'il y aura assez de cidre. Mère Frevisse a jugé bon d'en distribuer à des gens dans l'hôtellerie sans me demander la permission ou s'enquérir de mes besoins sur ce point, et si la chose se poursuit, je ne sais où cela finira.

Tirée de sa somnolence, Frevisse rassembla rapidement ses esprits et se rendit compte que mère Alys faisait allusion à la veille et au cidre que Meg lui avait apporté de la cuisine. Elle aurait pu trouver là une ligne de défense, mais au total mieux valait que l'ire de mère Alys s'abatte sur elle plutôt que sur la tête déjà trop chargée de Meg.

— Pouvez-vous répondre à cela, mère Frevisse? demanda mère Edith.

Frevisse se leva :

— Non, ma mère.

— Nous devons observer les règles édictées pour notre bien, reprit la mère supérieure en soupirant, et particulièrement pour la cuisine puisque cet hiver les vivres sont rares et chers. Ils ne doivent pas même être servis aux visiteurs sans que mère Alys ait d'abord été prévenue et qu'elle ait donné sa permission. Pour pénitence, vous vous passerez de votre part de cidre à dîner ces trois prochains jours et vous demanderez pardon à mère Alys de ce manque de courtoisie à son égard.

— Je vous demande pardon pour mon erreur, mère Alys, dit Frevisse, non sans raideur.

Tout en se mouchant, mère Alys hocha la tête avec mauvaise grâce et s'adressant à l'assemblée en général elle observa :

— Si l'on veut servir du cidre aux épices pour les santés des manants[1] dans le verger le soir des Rois, nous devons changer de conduite. Et même si nous le faisons, peut-être le cidre manquera-t-il avant le début du carême.

Elle haussa les sourcils en regardant Frevisse d'un air entendu.

1. La coutume du *wassail*, ou « santé », propre au réveillon du Nouvel An et au soir des Rois, voulait que l'on porte des toasts à la fertilité des arbres fruitiers ou du bétail, avec de la bière ou du cidre épicés. *(N.d.T.)*

Comme toujours, sœur Perpetua fit entendre ses regrets de voir que l'on continuait d'encourager au prieuré de telles frivolités chez les paysans. Même si c'était une très vieille coutume, elle semblait n'avoir que fort peu de rapports avec les fêtes sacrées, selon toutes les autorités religieuses qu'elle avait consultées. Et comme toujours, mère Edith lui donna raison sans décider aucun changement ; puis elle demanda à ses autres subordonnées de lui faire leur rapport.

Chacune à son tour, les religieuses en charge d'une responsabilité répondirent : *Omnia bene*, tout va bien, sauf sœur Claire préoccupée de sa provision de marrube contre la toux, qui n'allait peut-être pas suffire pour l'hiver.

Enfin vint le tour de Frevisse, puisque sa charge d'hôtelière était le plus humble de tous ces offices. Elle fit savoir très brièvement que la nouvelle hôtellerie était vide, tandis que dans l'ancienne il y avait neuf personnes : le serf de lord Lovel, Barnaby Shene, qui était gravement blessé, sa femme et ses deux fils pour s'occuper de lui, et cinq voyageurs parmi lesquels un enfant malade.

— Il s'est réveillé cette nuit avec la gorge enflammée et ce matin il tousse et il a de la fièvre. Si vous le permettez, ma mère, ils resteront jusqu'à ce qu'il aille assez bien pour reprendre la route.

Mère Edith hocha la tête en signe d'acquiescement et regarda ses filles.

— Y a-t-il autre chose qui doive être dit maintenant ? demanda-t-elle.

Après s'être jeté des coups d'œil, toutes firent un signe négatif. La mère supérieure sourit.

— Alors laissez-moi simplement vous rappeler que, quel que soit l'état de notre santé — ou de notre voix —, nous ne devons jamais oublier avant tout que ce qui compte plus que nos sentiments, ce sont nos prières, nos chants, à chacun des offices quotidiens, surtout en cette époque sacrée de l'année. Ce que nous sommes censées réaliser, c'est le salut de notre âme et l'adoration de Dieu. Ce qui compte le plus aux yeux de Dieu, c'est notre être intérieur, et non pas notre apparence extérieure. Souvenez-vous-en au lieu de penser à nos imperfections.

Sa pâleur était encore plus marquée qu'à son arrivée, sa peau vieillie tendue sur le squelette de son visage, son corps émacié sous la bure. Frevisse savait que sœur Claire était prête à l'assister dès que la prieure les renverrait à leurs tâches quotidiennes.

Mais un coup discret à la porte leur fit tourner la tête.

— Entrez, dit mère Edith.

Sa voix était sans force et elle fit signe à mère Alys de répéter son ordre.

À peine cette dernière eut-elle obéi d'une voix cassée mais sonore qu'apparut à l'entrée la tête de la converse qui était censée garder la porte extérieure du cloître :

— C'est Roger Naylor, ma mère, dit-elle, qui réclame la faveur d'un entretien avec vous dès que possible.

Une vague de curiosité parcourut les religieuses. Naylor était l'intendant du prieuré, qui s'occupait de son patrimoine et des autres affaires de ce monde nécessaires à l'entretien de la vie spirituelle de Sainte-Frideswide. Il pénétrait dans le cloître à l'occasion, quand sa charge l'exigeait, pour conférer avec la supérieure. Sur un signe de celle-ci, il fit son entrée dans la salle.

C'était un homme à la triste figure, que Frevisse en était venue à connaître un peu depuis que sa charge d'hôtelière avait commencé à requérir qu'elle quitte plus souvent le cloître. Elle n'était pas sûre de le trouver sympathique, mais elle savait que son long visage ridé, où les sourires étaient rares, cachait un cerveau qui non seulement cherchait toujours activement à faire triompher l'intérêt de Sainte-Frideswide, mais le faisait avec, dans la plupart des cas, un souci d'équité.

Traversant la pièce, il alla mettre un genou en terre devant mère Edith qui lui dit d'une voix douce, sans lui faire signe de se relever :

— Il faut que le problème soit d'une nature extraordinairement sérieuse, maître Naylor, pour que vous vous risquiez à venir jusqu'ici. Qu'y a-t-il ?

— C'est moins un problème effectif pour le moment, madame, qu'un problème qui va se poser si l'on ne s'en occupe tout de suite. Savez-vous qui séjourne en votre hôtellerie à l'heure qu'il est ?

Mère Edith fronça les sourcils, désapprouvant ses propos, ainsi que l'émotion qu'ils suscitaient parmi ses filles.

— Oui, nous savons qui séjourne en notre hôtellerie. Un homme qui est peut-être blessé à mort quoiqu'il soit encore vivant, sa famille qui le soigne, et cinq voyageurs qui prolongent leur séjour à cause d'un enfant malade dans leur groupe.

— Ce ne sont pas de simples voyageurs, bien qu'ils aient sans doute l'intention de continuer à vous le faire croire. Mais j'ai entendu deux d'entre eux qui causaient dans l'écurie. Ce sont des comédiens. Même s'ils veulent nous persuader qu'ils sont d'honnêtes gens, c'est tout ce qu'ils sont, et vous me comprenez.

— Relevez-vous, maître Naylor, reprit mère Edith. Étiez-vous au courant, ma mère ?

Elle avait adressé sa question à Frevisse en la regardant d'un air placide.

— Que c'était des comédiens ? Je le savais. Ils n'ont nullement cherché à me le cacher, ma mère.

— Mais vous ne nous l'avez pas dit ! intervint sœur Fiacre d'une voix scandalisée, d'autant plus inattendue qu'on l'entendait rarement.

Elle était depuis toujours sujette aux crises de nerfs et aux tremblements, qu'elle exprimait la plupart du temps en se tordant les mains ou, dans les cas de désarroi les plus extrêmes, par des accès de larmes. Au cours des derniers mois, une maladie l'avait épuisée au point qu'on lui pardonnait beaucoup de choses. Et à présent elle s'oublia jusqu'à s'écrier :

— Si vous saviez qui ils étaient, mère Frevisse, vous auriez dû le dire !

— Ce n'est point mon habitude, répondit Frevisse sèchement, de dire autre chose que le nombre d'hôtes que nous recevons et la raison de leur séjour. Les assemblées du chapitre ne sont pas une réunion de commères.

— Mais des comédiens ambulants ! cria mère Alys de sa voix rauque. Ce ne sont pas des gens convenables. Ils ne sont assurément pas dignes de séjourner à l'intérieur de nos murs honorables.

Elle lança à Roger Naylor un regard menaçant pour obtenir confirmation. Frevisse s'amusa d'observer qu'il était déchiré entre son envie d'approuver l'opinion de mère Alys et le peu de goût qu'il avait pour son soutien. En tant que cellérière, mère Alys avait un droit de regard sur sa charge et elle ne se privait pas d'en user souvent.

Les yeux fixés sur un point au-dessus de l'épaule gauche de mère Edith, il se contenta de remarquer :

— J'aimerais bien savoir si leur garçon est vraiment malade, ou s'il simule afin de leur permettre de s'attarder parmi nous et de choisir ce qu'ils vont nous voler.

— Mère Frevisse ? interrogea la mère supérieure d'une voix neutre qui donnait à Frevisse la permission de répondre et l'avertissait de refréner sa langue souvent trop prompte.

— Le petit est vraiment malade : il tousse, sa gorge est enflammée et il a de la fièvre. S'il reste tranquillement au chaud, il devrait se rétablir rapidement, mais ce temps affreux serait dangereux pour lui dans son état.

— Et vous êtes sûre qu'il ne simule pas ? insista Naylor.

Sœur Claire se leva. Forte de l'approbation muette de la supérieure, elle prit la parole avec l'assurance de l'autorité :

— Je l'ai vu ce matin. Sa maladie ne fait aucun doute.

— En outre, reprit Frevisse, incapable de se retenir, vous péchez en soupçonnant des gens qui ont rendu service à un blessé et qui n'ont commis aucun tort à notre connaissance.

— Ce sont des gens sans maître, répliqua Naylor. Ils ne relèvent de personne[1] et ne sont de nulle part. Il ne faut jamais faire confiance à cette engeance.

— Certains comédiens ont un protecteur qui leur sert de garant, reprit mère Edith en interrogeant Frevisse du regard.

— Ils ne m'ont pas donné de nom, répondit celle-ci en secouant la tête.

— Et ils n'y auraient pas manqué, intervint mère Alys, s'ils appartenaient à un seigneur.

Sœur Fiacre se dressa avec une violence inhabituelle.

— Et même dans ce cas, on n'est à l'abri de rien. Mon noble père avait pris une troupe sous sa protection, mais quand mon frère a hérité du titre à sa mort il les a chassés, car il s'était aperçu qu'ils abusaient de notre nom à des fins infâmes. Ils sont tous de la même étoffe, et il n'en est pas un d'honnête !

Elle se trouva à bout de souffle après une telle tirade. Autant par un besoin naturel que pour cacher son embarras, elle pressa sa manche sur sa bouche et se rassit en toussotant.

— Cela est aussi injuste que de dire que tous les intendants sont des voleurs parce que certains le sont, répliqua Frevisse, dont l'intention malicieuse visait Naylor tout autant que sœur Fiacre. Tout ce que nous savons de ces gens, c'est qu'ils ont rendu un service honorable à un blessé, qu'ils ont sollicité l'accueil que notre règle nous oblige à leur accorder et qu'ils sont retenus ici par leur enfant malade. Il n'est pas juste de

1. Dans la société féodale, pour avoir sa place dans la pyramide sociale, il fallait absolument dépendre d'un seigneur. *(N.d.T.)*

supposer qu'ils sont différents de ce qu'ils nous sont apparus jusqu'à présent.

— Quand ils révéleront leur vraie nature, il sera trop tard, rétorqua Naylor. Donnez-leur un remède pour l'enfant, avec peut-être une couverture supplémentaire, et chassez-les.

Ils avaient tous deux oublié mère Edith et ils dialoguaient directement. Frevisse reprit avec plus de vivacité qu'elle ne l'aurait souhaité :

— Mieux vaut pâtir par eux que les faire pâtir sans motif.

— Ce sont des vagabonds.

— C'est vrai qu'ils sont sans maître, mais pas sans emploi. Ils ont joué à Fen Harcourt pour Noël et ils donneront des représentations à Oxford quand ils y arriveront.

— Il suffit, décréta mère Edith en levant la main.

Naylor ferma la bouche sur ce qu'il allait dire. Choquée de se rendre compte de sa propre excitation, Frevisse baissa la tête, mit les mains dans ses manches et s'apaisa. Mère Alys se moucha à grand bruit, substituant aux paroles un regard fulminant au milieu de sa trogne rouge, tandis que sœur Fiacre se tordait les mains en silence.

— Il ne nous appartient pas de juger ces gens, fit mère Edith. Il n'y a aucun mal à exercer sur eux une surveillance discrète, et vous pouvez vous en charger, maître Naylor, si vous le souhaitez, pourvu que ce soit sans les offenser. Mais nous leur avons offert l'hospitalité, et la règle nous impose de la leur donner aussi longtemps que convenable, et tant qu'ils ne nous font pas du tort. D'ailleurs, ils peuvent nous rendre service. En cette saison, notre sainte mère l'Église nous commande de nous réjouir. Croyez-vous qu'il soit possible, mère Frevisse, de les faire jouer pour nous ? Une pièce adaptée au lieu et à la saison, demain ou le jour suivant peut-être, s'ils restent jusque-là ?

— Oh, oui, s'il vous plaît ! s'écria sœur Amicia en applaudissant de bon cœur.

Puis, effarée de sa propre inconvenance, elle se plaqua une main sur la bouche.

— Trois Notre-Père à genoux devant l'autel avant l'office de complies ce soir, sœur Amicia, fit mère Edith sans même la regarder.

Les accès de frivolité extravagante de sœur Amicia leur étaient familiers.

— Mère Frevisse ?

— Oui, je crois qu'ils le feraient volontiers. Je vais le leur demander et je vous rapporterai ce qu'ils auront dit.

— Faites. Je pense que cela conclut notre réunion du matin, reprit mère Edith, levant une main vacillante dans un geste qui s'adressait à toutes. Allez et vaquez à vos tâches de ce jour dans la bénédiction du Seigneur.

CHAPITRE VI

Frevisse fut rattrapée par Naylor dans la galerie du cloître. Il n'était pas très grand, tout juste sa taille à elle, mais il se tenait bien droit et leurs regards se croisèrent lorsque, étonnée, elle se tourna pour lui faire face.

— Vous avez été éloquente en faveur de ces gens, ma mère. Pourquoi donc tenez-vous tant à les faire rester ?

Frevisse écarquilla les yeux pour jouer la surprise. Il savait aussi bien qu'elle que la règle interdisait toute conversation oiseuse dans le cloître. Mais Naylor n'avait jamais été quelqu'un d'oiseux, s'il voulait lui parler c'est qu'il avait un bon motif, et elle signala de la tête la porte qui menait du cloître dans la cour pour lui faire comprendre qu'elle lui parlerait à l'extérieur. Mais tandis qu'ils cheminaient, il continua :

— Ces hommes qui errent sur les routes, sans maître ni terre — les comédiens, les mendiants, les jongleurs et toute cette racaille —, ce sont au mieux des coquins et plus vraisemblablement de fieffés gredins. Pourquoi êtes-vous si disposée à tolérer cette engeance céans plus de temps qu'il n'en faut pour les mettre dehors, ma mère ?

Frevisse accéléra le pas et tendit la main pour ouvrir la porte du cloître, mais Naylor fut plus prompt et la devança assez pour l'ouvrir. Frevisse inclina la tête en signe de remerciement pour une part, mais surtout pour lui dissimuler son visage pendant le moment où elle passait devant lui. Elle avait été à peu près prête à affronter sa question, ou quelque chose d'approchant, mais pas le flot de souvenirs qui remontait avec elle.

Cependant, quand il eut fermé la porte et qu'il se retourna vers elle, sa réponse et son expression étaient toutes deux prêtes.

— Je n'ai pas été élevée dans un couvent, maître Naylor. Mes parents étaient du monde. Et fort de ce monde. Je n'en suis plus à croire quelque chose pour la simple raison qu'on le dit. Je ne suis pas non plus ignorante au point de penser que l'on puisse condamner un homme d'entrée, parce qu'il est telle chose plutôt que telle autre. Et pas même parce qu'il est sans maître ni terre. Si je condamne un homme parce qu'il est comédien, en ne sachant sur lui que les histoires que l'on raconte sur ses semblables, alors si j'en juge par les histoires que j'ai entendu raconter sur les intendants, je puis tout aussi facilement condamner un homme parce qu'il l'est.

Roger Naylor plissa les yeux. L'intendant était une figure obligée de la corruption et de la cruauté dans trop de fables, si bien qu'il ne pouvait se méprendre sur ce qu'elle avait voulu dire. Il parut vouloir répondre, mais il se ravisa et, tournant les talons, il s'éloigna, silencieux, à grands pas. Frevisse garda les yeux sur son dos à la rigidité éloquente, trop satisfaite de son triomphe pour regretter le moins du monde ses propos audacieux. Et elle n'avait pas eu aussi chaud depuis plusieurs heures.

— Joli coup pour une nonne aussi gentille, dit une voix moqueuse.

Surprise, Frevisse en se retournant découvrit Joliffe assis sur la marche au pied du puits qui se trouvait de son côté de la cour. Enveloppé dans une cape grise comme les ténèbres, ses cheveux aussi clairs que les pierres de la margelle, il pouvait facilement passer inaperçu tant qu'il restait immobile et muet.

— Drôle d'endroit pour se reposer, répliqua Frevisse.

À cette heure de la matinée en hiver, le puits était encore plongé dans l'obscurité, sous son aubépine ; la croûte de givre qui recouvrait la margelle et la marche révélait le froid qui pouvait régner là.

Joliffe se mit debout et s'approcha d'elle.

— Ou bien non. C'est selon. Ai-je entendu prononcer le mot « comédien » dans votre conversation ? Si je comprends bien, votre intendant se plaignait de notre existence.

— De votre existence ici, sans aucun doute. Que vous existiez ailleurs ne lui ferait probablement ni chaud ni froid.

— Alors, nous sommes sur le départ ?

Il avait posé sa question avec une notable légèreté, comme si cela lui était parfaitement indifférent qu'ils dussent faire leurs bagages et partir dans l'heure. Mais Frevisse avait depuis longtemps appris à déchiffrer l'attitude et le visage d'une personne autant que sa voix. Et elle voyait que si Joliffe avait appris à vivre avec ce destin d'exclu perpétuel, il n'avait pas encore appris à l'aimer.

— Non. Vous resterez aussi longtemps qu'il sera nécessaire pour la santé de Piers, et vous êtes les bienvenus.

Le raidissement presque imperceptible qui s'était créé en lui disparut et il demanda, de façon déconcertante :

— Puis-je en déduire que vous vous êtes faite notre avocate ? Que vous avez persuadé votre prieure de prendre cette décision en surmontant les protestations de maître Naylor, et que vous vous êtes montrée éloquente pour notre cause ?

— Suffisamment éloquente, dirait-on, rétorqua Frevisse sur un ton qui se voulait sévère.

Le sourire de Joliffe dessina des fossettes sur son visage avec toute la friponnerie dont Naylor accusait ses semblables.

— Alors que la bénédiction de saint Genest soit sur vous, madame, pour votre humanité et votre bouche d'or.

Malgré elle, Frevisse se sentit animée par son humour. Elle répliqua dans la même veine :

— Je soupçonne que saint Genest a déjà fort à faire en s'occupant de vous sans penser à moi. Je me contenterai des bénédictions de sainte Frideswide, merci bien. Mais c'est de sœur Claire que vous aurez besoin si vous continuez à rester assis dehors dans le froid de cette manière. N'avez-vous pas plus de cervelle ?

— Hélas, c'est un sujet fort controversé ! répondit Joliffe avec une petite révérence respectueuse. Mais je suis sûr que vous savez parfaitement à quel point il est assommant de vivre claquemuré avec des gens sans discontinuer pendant des heures, des jours et des semaines. Quels que soient les intérêts que l'on partage, l'ennui vous gagne.

Frevisse releva le menton devant une telle effronterie. Mais Joliffe lui décocha un grand sourire, à la fois amical et entendu, et malgré elle sa bouche esquissa un sourire de connivence. Comme c'est souvent le cas, la plaisanterie était mère de vérité ; elle comprenait exactement ce qu'il voulait dire, surtout qu'elle sortait à peine d'une réunion du chapitre. Mais Joliffe ne poussa pas l'avantage que lui créait cet aveu tacite. Il se contenta de dire, en revenant à l'humour :

— Mais je dois vous prévenir, Ellis est dans une humeur noire. La maladie de Piers a réveillé le père en lui et en a fait quelqu'un de dangereux à vivre. Ou du moins de terriblement désagréable.

Étouffant l'envie qu'elle sentait poindre de lui sourire encore, Frevisse reprit :

— Je ne crois pas que Piers soit en grand danger. Au chaud et à l'abri, il va sûrement guérir. Je ne m'étais pas rendu compte que c'était le fils d'Ellis.

Elle jeta un coup d'œil vers le portail de la cour que venait de franchir un homme à cheval, vêtu comme le serviteur d'un noble.

Joliffe suivit son regard mais continua son badinage :

— Peut-être bien que oui et peut-être bien que non. Ellis se plaît à le croire. Mais c'est peut-être le fils de Bassett. Ou peut-être le mien. Rose refuse de le dire, c'est une vraie maligne, Dieu la bénisse, fit-il en soupirant et en plaçant une main théâtrale plus ou moins au niveau de son cœur. Nous serions tous bien plus heureux si Ellis était comme moi, tout sinistre, le cœur en pièces parce qu'un petit garçon est en danger mais toujours d'humeur douce et lisse comme un ruban de soie.

— Mais de temps en temps Ellis prend trop au sérieux cette possibilité qu'il soit le père ?

— C'est le résultat d'un excès de sobriété. Si cet état se prolonge, il commence à avoir des humeurs et des caprices.

— Il est enclin à boire ?

Elle espérait que non. Car s'il l'était, le séjour des comédiens pourrait être moins facile qu'elle ne l'avait espéré.

— Ni bière ni vin. C'est d'émotions qu'il a soif. Quelques jours sans jouer et les sentiments restés inutilisés s'accumulent en lui, le rendant nerveux et très... lassant.

Frevisse retourna cette pensée dans son cerveau. Des émotions inutilisées, retenues trop longtemps, étaient un mal fort ordinaire dans un couvent. Elle pouvait même admettre que sa propre tolérance de l'ennui était plus mince qu'elle ne l'aurait dû ; et le fait était qu'un homme instable pouvait être un fardeau pour son entourage.

— Alors, peut-être ai-je une solution pour vous. Notre mère prieure se demande si vous voudriez jouer pour nous. Quelque chose de convenable, ajouta-t-elle en surprenant une lueur d'excitation impure dans les yeux de Joliffe, pour la saison et pour ce lieu, vous le comprenez bien.

L'expression de Joliffe se transforma pour montrer sa surprise qu'elle puisse imaginer qu'il ait jamais penser autre chose.

— Madame, votre prieure nous honore par sa demande. Je suis sûr que nous avons quelque chose d'approprié à cette saison et à ce lieu.

Elle détourna un instant son regard pour s'assurer qu'un valet s'occupait du nouveau visiteur. Frevisse jugea qu'il était probablement un messager qui cherchait une brève pause contre le froid. N'importe lequel des valets de l'hôtellerie pouvait s'occuper de lui ; il n'avait pas à devenir son affaire.

Joliffe se dirigeait vers l'hôtellerie. Frevisse régla son pas sur le sien, rivalisant avec lui de grandes enjambées. Elle reprit, après mûre réflexion :

— S'il y a une chance pour que Piers soit votre enfant, vous vous êtes mis à l'ouvrage fort jeune.

Elle lança à Joliffe un regard en coin, qui ne fit que répondre à celui de Joliffe vers elle. Elle ajouta, soulevant un sourcil pour poser une question caustique :

— Ou bien peut-être essayez-vous de me scandaliser ?

Joliffe éclata d'un rire à la fois ravi et charmant et s'arrêta pour lui faire une nouvelle révérence théâtrale.

— Vous êtes pareille à Salomon ! C'est une façon pour Rose, ajouta-t-il de manière plus sérieuse, de nous maintenir ensemble. Elle partage entre nous trois la qualité de père et parce qu'aucun d'entre nous ne veut perdre le titre, notre groupe reste ensemble. Et il est ensemble depuis si longtemps maintenant que nous sommes devenus quelque chose de mieux que l'habituel salmigondis, fait de bric et de broc, de forains qui s'allient pour rester ensemble une saison ou deux.

Le valet qui avait discuté avec le nouveau venu traversa la cour pour les arrêter. Il s'inclina et dit :

— Si c'est votre bon plaisir, madame, il y a là un homme avec une lettre pour vous.

Frevisse regarda le messager, qui attendait qu'un autre valet emmène son cheval à l'écurie. En l'examinant mieux, il avait un air familier. Elle hésita un moment puis s'approcha de lui, et sa réaction fut de venir à sa rencontre avec empressement. Il lui fit une profonde révérence et comme il se redressait, elle s'écria :

— Hobden ! C'est donc toi ?

— Oui, madame. C'est moi, fit-il avec un sourire qui prenait toute la largeur de son large visage. Et je me disais que c'était vous. Même vêtue ainsi, vous êtes toujours vous, il n'y a pas à se tromper. Ce que je veux savoir, c'est depuis combien de temps vous n'êtes pas montée à cheval.

— Il y a un bon bout de temps, je te le promets. Mais je n'ai pas oublié. Je pourrais encore faire la course avec toi, s'il le fallait.

— Ça ne fait aucun doute. Vous aviez une allure sur la selle qui dure plus longtemps que les leçons.

— May va bien ? Et tes filles ?

— May va bien, je vous remercie. Et mes filles m'ont fait trois fois grand-père.

— Suis-je donc partie depuis si longtemps ?

À l'époque de la fin de la tutelle de son oncle, quand elle s'apprêtait à entrer à Sainte-Frideswide, les filles d'Hobden commençaient à peine à regarder les garçons.

— Oui, ajouta-t-elle avant qu'il ne pût répondre, je suppose que oui.

— Tant et tant de temps, madame, acquiesça Hobden.

En effet, maintenant qu'elle le regardait, elle vit que son visage avait bien vieilli depuis le temps où il était l'un des principaux valets d'écurie de son oncle. Et il devait en être de même pour elle, pensa-t-elle, quoique le manque de miroirs à Sainte-Frideswide lui évitât une connaissance trop détaillée du fait.

— Mais c'est ainsi que vont les choses, reprit-il avec une bonne humeur méritoire. Si vous ne vieillissez pas, c'est parce que vous êtes mort, et ça, je n'y suis pas encore prêt.

— Et mon oncle, comment va-t-il? demanda-t-elle avidement, ajoutant ensuite avec retard : Et madame ma tante?

Tante Matilda était la sœur de sa mère, et Thomas Chaucer n'était que son oncle par alliance. Mais c'était de lui qu'elle s'était sentie le plus proche en grandissant dans leur maison. Commencée à son arrivée à onze ans, leur amitié avait survécu aux années malgré le peu d'occasions qu'ils avaient de se voir désormais.

— Bien, madame. Très bien tous les deux. Et voici une lettre qu'il vous envoie, ajouta Hobden en sortant un paquet de la bourse fixée à sa ceinture.

Frevisse le prit avec plaisir, reconnaissant en même temps l'écriture claire de son oncle et son sceau.

— Grand merci, Hobden. Resteras-tu ici quelque temps, pour que j'aie une chance de lui faire réponse?

— Sans doute. Maître Chaucer m'y a autorisé si vous le souhaitiez. Et j'aime autant m'installer devant un bon feu que reprendre la route par un jour aussi détestable.

— Alors laisse-moi t'emmener à l'hôtellerie pour assurer aux valets que tu dois être traité avec un soin particulier.

Elle le fit passer dans la grande hôtellerie et le confia à l'attention de l'une des converses qui y travaillaient aux cuisines, avec l'ordre de le mettre à son aise et de bien le nourrir. Elle regarda la lettre mais se dit qu'elle aimerait la lire tout à loisir et, au lieu de l'ouvrir, elle la rangea dans sa manche.

Comme elle redescendait le perron et prenait la direction de l'autre hôtellerie, elle se rendit compte que le plaisir qu'elle avait éprouvé en voyant le vieil Hobden avait fort ressemblé à celui qu'elle avait ressenti en badinant avec Joliffe; et cela était bizarre, car elle connaissait Hobden depuis bien des années, et Joliffe depuis à peine quelques heures, pourtant elle partageait avec lui la même camaraderie.

D'ailleurs, il n'y avait pas qu'avec Joliffe, c'était

avec tous les comédiens. Elle les aimait, elle leur faisait confiance, ils éclairaient sa journée de leur présence. Pourquoi ?

À cause de leurs relations les uns avec les autres. C'était pour cela qu'elle les aimait et leur faisait confiance plus qu'à l'ordinaire. Le lien qui les unissait allait au-delà des besoins de leur travail, c'était un solide lien affectif, créé et entretenu délibérément par Rose autour de son fils. Frevisse connaissait parfaitement la force que pouvait avoir un tel lien, et la protection qu'il fournissait contre les périls de la route, quand bien même à sa base il y avait quelque chose de fort profane.

Elle sursauta, en pénétrant dans l'autre hôtellerie, quand elle entendit élever la voix. Elle pensa d'abord que Barnaby avait repris connaissance et se plaignait de ses blessures. Mais alors même qu'elle avait cette pensée, elle s'aperçut que Meg, assise au chevet de son mari, ne le regardait pas mais fixait des yeux secs vers ses fils à l'autre bout de la salle, qui étaient engagés dans une conversation serrée et à l'évidence orageuse avec Bassett, Ellis et Joliffe. Ou plutôt Sym parlait en faisant mine de bousculer Bassett, tandis qu'Hewe, comme l'ombre blonde de son frère, était tapi derrière lui, visiblement prêt à toute éventualité. Frevisse bifurqua dans leur direction mais, avant qu'elle ait pu les atteindre, Ellis dit quelque chose qui fit pivoter Sym vers lui, en élevant la voix de sorte que Frevisse l'entendit.

— Et je dis que mon père n'a jamais été soûl de sa vie au point de ne plus arriver à tenir une charrette sur la route !

— Alors c'est qu'hier il avait la plus grosse cuite qu'il ait jamais eue, répliqua Ellis sur un ton dont l'indifférence était insultante à force d'être profonde. Quand il nous a dépassés, il avait tellement fouetté cette carne qu'elle allait à un semblant de galop, il était debout dans la charrette et il chantait en agitant son fouet... Qu'est-ce qu'il chantait, Thomas ? fit-il en se tournant vers Bassett.

Pour toute réponse, Bassett se lança dans une chanson paillarde qu'il entama de sa riche voix de baryton :

— Mon coq est noble et beau, il me réveille de son cri, s'il me fait lever tôt, c'est pour dire mes prières !

Tout sourire, Joliffe reprit plusieurs tons au-dessus :

— Mon coq est noble et beau, et son œil étincelle, chaque nuit il se perche sur le lit de ma belle !

Ellis ouvrait la bouche pour faire chorus, lorsque Bassett, apercevant Frevisse, interrompit d'un geste vif et gêné ses camarades.

— C'est la vérité vraie, mon garçon, reprit-il d'une voix plus polie. C'est pourquoi nous n'avons pas été surpris, mais seulement navrés, de le retrouver écrabouillé un peu plus loin.

— C'est ce que vous dites. Mais il n'y avait personne pour le voir à part vous, pas vrai ? Moi je dis que le plus probable, c'est que vous lui avez fait quitter la route, que vous l'avez fait verser pour avoir l'occasion de lui vider les poches !

— Petit, n'importe quel niais aurait vu au premier coup d'œil qu'il n'y avait rien à voler sur lui ou dans la charrette, répliqua Joliffe.

Avant que Sym ait pu lui répondre, Frevisse s'interposa entre les deux camps et dit, sur un ton qu'elle s'efforçait de garder neutre :

— Ils nous ont déjà dit tout cela. Qu'est-ce qui vous a amené à le mettre en doute maintenant ?

Interrompu dans le cours de sa colère, Sym essaya de retrouver l'humilité qu'il était censé manifester à l'égard de ses supérieurs, son regard fiévreux courant entre elle et les comédiens. Il finit par exploser d'une voix pleine de reproches :

— Je leur ai demandé de me prêter leur jument. J'en ai besoin pour ramener ce qui reste de la charrette de Gilbey Dunn, mais ils pensent qu'elle est trop bonne pour des gens comme moi.

— Et donc vous essayez de leur faire des histoires, dit froidement Frevisse. En disant des choses qui n'ont ni vraisemblance ni le moindre début de preuve. Vous feriez mieux de mettre cette énergie à prier pour votre père au lieu d'accuser ceux qui l'ont aidé.

— Qui l'ont aidé à verser dans le fossé, plutôt ! explosa encore Sym.

— Qui l'ont aidé à arriver jusqu'ici au lieu de le laisser mourir dans le fossé où il s'était mis tout seul, rétorqua Frevisse.

Sym oubliait toute décence en lui répondant de cette manière et elle décida de couper court à ce qu'il pouvait avoir d'autre à dire :

— Il suffit ! Ils sont les hôtes du prieuré et ceci n'est pas un lieu pour les disputes.

Sym lui lança un regard furieux, s'efforçant de se contrôler, tandis que ses mains agitées semblaient vouloir se crisper en deux poings fermés. Il finit par baisser les yeux et placer ses mains derrière son dos. Bassett intervint pour pacifier la situation :

— Tisbe est aussi lasse que nous tous. Et nous avons bien trop besoin d'elle pour la confier aveuglément à la conduite d'un inconnu, même pour un bon motif. Il doit bien y avoir d'autres chevaux que vous pourriez emprunter dans votre village.

L'air morne et peu convaincu, Sym évitait de regarder Frevisse mais balayait des yeux la troupe, comme cherchant qui frapper tout en sachant que c'était impossible.

— Bah ! s'écria-t-il. Peut-être bien qu'après tout je n'en veux pas, de votre rosse, elle doit être comme vous, de la saleté !

Empêché de traduire sa colère en action, il voulut s'éloigner d'un bond, mais dans le mouvement de demi-tour qu'il avait entrepris, il faillit trébucher sur Hewe posté derrière lui et se vengea en lui lançant un coup de poing. Mais il était clair que ce n'était pas la première fois qu'Hewe se trouvait dans cette situation et il n'eut aucun mal à esquiver le coup, reculant vers leur mère qui n'avait pas bougé du chevet de Barnaby, et dont l'inquiétude se lisait sur son visage. Voyant Meg, Sym détourna aussitôt le regard, baissa la tête et s'éloigna d'un pas lourd et rapide jusqu'à la porte qu'il referma violemment derrière lui. Hewe restait immobile, sans trop savoir ce qu'il devait faire, quand sa mère, qui semblait ne plus voir que lui dans la pièce, lui fit signe de la rejoindre ; lorsqu'il eut obéi, Meg le força à s'asseoir à côté d'elle pour reprendre leur veille au chevet du père.

Bassett avait vivement saisi le bras d'Ellis pour le dissuader de suivre Sym et il reprit :

— Je vous en prie, mère Frevisse, soyez-nous témoin que nous n'avons rien fait pour justifier sa colère contre nous.

— Je ne pense pas que ses colères aient la vie dure, répondit-elle en hochant la tête. Il y a peu de chances qu'il vous ennuie encore à ce sujet. Mais je préviendrai les valets d'avoir l'œil sur lui. En attendant, je vous apporte une requête de notre mère prieure.

Bassett s'empressa de faire sa révérence la plus profonde :

— Ce sera notre joie suprême, madame, de vous servir, vous et votre maîtresse.

— Elle demande si vous voulez bien jouer pour nous...

— Quelque chose de doux, de suave et de tendre comme ces nobles nonnes elles-mêmes, fit Joliffe d'une voix qui était justement douce, suave et tendre.

Frevisse lui lança un regard irrité. Après son affrontement avec Sym, elle n'était guère d'humeur à badiner avec qui que ce fût.

— Quelque chose qui soit approprié pour la saison et nos cérémonies, corrigea-t-elle en donnant à sa voix le même ton tranchant qu'elle avait utilisé avec Sym. Peut-être un mystère, ou bien un miracle ?

— Certainement, madame, répondit Bassett. Nous

en avons plusieurs que nous sommes prêts à jouer. Vous pouvez feuilleter notre recueil pour choisir celui qui vous agrée le plus. Ou bien, que madame la prieure fasse son choix. Nous l'avons sous la main. Piers, va me chercher le petit coffre qui est là...

Il montrait le tas d'affaires qui se trouvait posé à l'extérieur du cercle de la cheminée, et Piers fit mine de s'extirper de ses couvertures au coin du feu pour obéir.

— Laisse, Piers, commanda Ellis avec un geste de la main qui fut encore plus prompt que celui de protestation que Rose s'apprêtait à faire. Reste au chaud et ne te découvre pas, comme on t'a dit. Je vais chercher le coffre.

Il s'exécuta et Rose le remercia des yeux, tandis qu'il défiait silencieusement Bassett de le contredire. Mais celui-ci était indifférent à l'incident, pourvu qu'il obtienne ce qu'il avait demandé, un maigre recueil constitué de feuilles de papier cousues. Il avait déjà commencé à interroger Frevisse sur le lieu qui serait le plus propre à la représentation dans le couvent et sur le nombre de spectateurs que l'on pouvait attendre. Ils se plongèrent ainsi dans une conversation agréable, entièrement consacrée à régler des détails, à envisager des possibilités, et ils finirent par décider que le mieux serait dans l'église, et que la pièce qu'ils joueraient serait probablement celle des *Rois mages,* dans deux jours, ou bien trois s'il fallait un jour de plus pour que Piers soit rétabli, car on aurait besoin de sa voix pour le chœur des anges.

CHAPITRE VII

Frevisse trouva dans le cloître un coin tranquille, que le soleil avait un peu réchauffé et qui était protégé du vent. Elle tira de sa manche le pli épais et le décacheta. La seule vue de l'écriture de son oncle, à l'inclinaison si reconnaissable, lui fit encore plus chaud au cœur. Elle se vit un instant transportée chez elle — car avec les Chaucer elle avait trouvé la seule demeure permanente qu'elle eût connue dans sa vie avant d'arriver à Sainte-Frideswide —, cette maison qui était toute neuve quand elle y était entrée, dont le temps n'avait pas encore patiné l'éclat de la pierre du Cotswold et dont les nombreuses grandes fenêtres laissaient entrer le soleil. Elle sourit en se rappelant avec quelle fierté son oncle recevait les visiteurs dans sa superbe salle.

Elle déplia la lettre et commença sa lecture. Thomas Chaucer n'avait pas hérité de son père le don des métaphores poétiques mais son style était clair et facile, et on y retrouvait plus qu'un souvenir de l'ironie paternelle.

À ma chère nièce,
la tendrement aimée mère Frevisse,
au prieuré de Sainte-Frideswide.

Je vous salue avec toute l'affection dont je suis capable et votre tante Matilda se joint à moi, et me prie de vous saluer en son nom.

Comme cet hiver est particulièrement sévère et que l'âge commence à s'appesantir sur moi, je resterai à la maison ce Noël. À notre grand étonnement, nous n'avons point d'invités et donc, toutes choses considérées, nous nous trouvons abondamment pourvus. C'est pourquoi je vous écris pour vous demander si vous avez un secret désir de quelque morceau plus friand que ceux que Sainte-Frideswide peut vous offrir. Des amandes pralinées, peut-être, ou bien trois oranges que vous pourriez vous partager avec sœur Claire et mère Edith ?

Le roi a été fort occupé avec le Parlement et son conseil à Westminster et il est parti passer la saison sainte à Bury St. Edmunds. Les choses ont été fort agitées avec le retour de Bedford, qui a quitté la France pour venir une nouvelle fois régler les différends entre Gloucester et Beaufort[1]*, et je me félicite de n'y être point mêlé pour l'instant. Je vous citerais volontiers l'Ecclésiaste, mais vous savez déjà quel verset je veux dire.*

J'ai demandé à mon messager d'attendre votre réponse, ne vous arrêtez donc point à de fâcheuses cérémonies mais dites ce que vous voulez et confiez-lui votre demande. Il sera heureux de la recevoir et peut-être se lancera-t-il dans des commérages concernant notre vie ici, que je vous prie de prendre avec un grain de sel. Puissent les bénédictions de cette saison sainte remplir votre cœur de joie.

Frevisse sourit en finissant la lettre, la relut deux fois puis la rangea dans sa manche. Elle en ferait part à

1. À la mort d'Henri V, en 1422, peu après la naissance de son fils, ses frères, Jean de Lancastre, duc de Bedford, et Humphrey, duc de Gloucester, s'étaient partagé les responsabilités de la régence : à Bedford la charge de la guerre en France, tandis que Gloucester assurait la tutelle de son neveu, Henri VI. Les disputes qui l'opposaient au cardinal Beaufort annoncent la querelle dynastique de la guerre des Deux-Roses. (*N.d.T.*)

mère Edith un peu plus tard, car il était contraire à la règle d'avoir une lettre sans en révéler le contenu à la prieure. Elle avait bien un souhait particulier et elle le noterait sans tarder pour l'envoyer en poste à son oncle.

Meg avait à peine dormi la nuit précédente, et elle n'avait pas fermé l'œil de la journée. Maintenant que l'après-midi tirait à sa fin, épuisée au point d'en être endolorie, elle était toujours accroupie au chevet du corps inconscient de son mari, surveillant son visage détendu et écoutant le rythme inchangé de sa respiration bruyante tandis que son esprit fatigué repassait sans cesse en revue toutes ses craintes et ses hypothèses.

Même si Barnaby en réchappait, il ne pourrait plus travailler. Et s'il ne pouvait plus travailler, alors il n'aurait plus le droit de tenir du seigneur la maison et la terre qui assuraient leur subsistance. Il se pouvait que le receveur conseille à lord Lovel de permettre à Sym de reprendre les droits et les charges de son père. De cette manière, ils pourraient conserver le peu qu'il leur restait. Il avait le droit d'hériter de ce patrimoine, et un tel droit n'était pas aisément aboli ; si bien qu'il y avait de l'espoir.

Mais Sym n'avait que seize ans. Ou peut-être dix-sept ; les années finissaient par s'estomper. Il était grand et fort, mais ce n'était pas encore un homme. Et il s'était déjà disputé deux fois avec le receveur, grâce à son père. Et même s'il se substituait à Barnaby dans la tenure, Barnaby serait encore là et le peu d'argent qu'elle avait épargné jusque-là y passerait tout entier, ne serait-ce qu'à payer pour son accident. Sauf que ce n'était pas vraiment un accident, et le prix s'en ressentirait. Il était soûl, il chantait ; les acteurs l'avaient vu, ils avaient même reconnu la chanson, une des deux seules de son répertoire. Tout le monde au village l'avait vu et entendu assez souvent rentrer chez lui titubant d'ivresse et braillant ces paroles : on n'aurait aucune peine à les croire.

Au moins Sym avait-il retrouvé le vieux cheval de Gilbey, errant et pâturant sur le pré communal la veille après la tombée de la nuit.

— Trop bête pour rentrer de lui-même, avait-il dit. Ou bien trop malin, si Gilbey Dunn est aussi pingre avec le fourrage qu'avec le reste. La vieille bête n'est pas blessée, rien de grave, juste des écorchures aux genoux et aux boulets, rien de profond ni de sérieux. Gilbey n'aura aucune raison de piper mot.

Mais Gilbey n'allait pas manquer de le faire, et bien fort encore, parce que, malgré la réticence de Meg à médire d'autrui, surtout d'un voisin, c'était un méchant homme, calculateur et sournois. D'ailleurs, le cheval n'était peut-être pas en si bonne condition que le disait Sym ; comme son père, il tendait à se convaincre d'une chose qui l'arrangeait jusqu'à y croire dur comme fer. Et elle soupçonnait que la réparation de ce qui restait du harnais allait coûter cher, en admettant qu'on puisse le réparer, et le pire était que la charrette était fichue.

C'était lorsque les comédiens le lui avaient dit qu'il s'était mis en colère après eux. Il leur avait demandé leur cheval parce qu'il était plus facile d'en convaincre des étrangers que des gens qui le connaissaient bien. Mais le brun avait refusé en remarquant : « Cette ruine ne roulera plus jamais. Vous feriez mieux d'aller chercher une autre charrette pour transporter ce qui reste de petit bois, c'est tout ce qu'on peut en faire. » Et Sym s'était emporté. Il était toujours facile de le mettre en colère, et encore plus quand il y avait du travail qu'il rechignait à faire.

Hewe était un garçon plus facile. Lui aussi avait du caractère, certes, mais il tendait plutôt à bouder qu'à se fâcher. Il était étendu à côté d'elle à présent, pelotonné sous les couvertures sur l'une des minces paillasses de l'hôtellerie. Sa tête était appuyée sur la cuisse de sa mère. Avec l'affection qu'elle avait si peu l'occasion de manifester, Meg caressa doucement l'or pâle de ses cheveux puis reposa sa main sur l'épaule de son fils, tandis qu'elle se remettait à observer Barnaby. Elle se faisait encore du souci pour Hewe. Il n'avait pas la force et l'endurance de Barnaby et de Sym, il avait plus besoin de soins qu'eux. Elle l'avait fait se reposer au chaud au lieu de partir chercher la charrette avec Sym ; et elle se berçait du fragile espoir que ce qui s'était passé la veille l'avait peut-être changé. Il était revenu silencieux, comme pensif, de son passage chez le père Henry.

La vie du père Henry était commode et facile. Il avait une servante qui s'occupait de lui dans sa petite maison, et il avait probablement une vraie cheminée, puisqu'elles étaient si courantes au prieuré. Hewe avait dû voir la différence ; il avait dû comprendre enfin ce qu'elle lui disait depuis des années. Il n'était pas condamné à végéter dans la boue du village comme son père et son frère. Il pouvait vivre mieux, il suffisait qu'il veuille s'en donner la peine.

Pour Sym, c'était différent. Si tout se passait dans les règles, il aurait la ferme et ses champs, avec ses redevances et ses droits, après la mort de son père. Dans sa sagesse, Dieu l'avait fait fort comme son père, bien taillé pour sa tâche. Et à la différence de Barnaby, Sym saurait reprendre pied une fois en possession de la tenure. Si on lui en donnait l'occasion.

Meg serra les poings. C'était Barnaby qui les avait réduits à cette misère. Il proclamait toujours qu'il était l'auteur de sa chance. Haut et fort, en s'en vantant, tout ce temps où Meg était harcelée par ses parents qui voulaient faire cc mariage. Souvent par la suite, quand il était bien trop tard, elle s'était demandé pourquoi elle l'avait épousé. La seule raison, c'est qu'elle s'était lassée des reproches de sa mère, des coups de son père ; et les demandes de Barnaby avaient éveillé sa chair.

Mais aujourd'hui elle était arrivée au point où

presque rien n'avait d'importance, il ne restait qu'un ultime désir de sauver quelque chose dans ce naufrage général. Sauver Hewe de la voie sans issue qu'avaient prise son père et son frère.

Mais si ce souhait allait, d'une certaine façon, contre la volonté de Dieu ? Mais non, comment était-ce possible, puisqu'elle essayait de le consacrer à Dieu, et non pas de le garder pour elle, malgré tout l'amour qu'il lui inspirait ? Oui, sûrement, si elle pouvait l'amener à devenir prêtre...

Hewe remua brusquement, il se redressa pour jeter un regard plus aigu sur son père, puis il chuchota :

— Il se réveille.

Rappelée à la réalité au milieu des divagations de ses pensées, Meg observa de plus près le visage de Barnaby et vit qu'Hewe avait raison. On discernait le début d'un réveil de la conscience, les paupières commençaient à battre, les muscles sortaient d'un relâchement qui avait duré des heures.

Meg serra le poignet de son fils, sans remarquer la grimace de douleur que sa force lui arrachait, et elle murmura :

— Va trouver quelqu'un qui aille chercher sœur Claire. Vas-y tout de suite.

Hewe sortit péniblement de l'abri des couvertures et partit. Meg se pencha tout près de Barnaby. Sa respiration avait changé, elle était devenue plus forte et inégale. Il ouvrit les paupières en laissant échapper un léger gémissement. Le regard vague, il cligna des yeux puis sembla se rendre compte que le plafond au-dessus de sa tête lui était inconnu. Il fronça les sourcils, et roula des yeux sans bouger la tête, jusqu'au moment où son regard rencontra Meg penchée sur lui. Il esquissa un mouvement de la bouche, sans rien dire. La peau de ses lèvres était fendue à force d'être sèche ; Meg tendit la main vers le linge propre que sœur Claire avait laissé dans une écuelle d'eau en lui expliquant ce qu'il fallait en faire. Elle tordit suffisamment le tissu pour qu'il ne goutte pas, puis elle le porta sur les lèvres de Barnaby et pressa encore, pour introduire un peu d'eau dans sa bouche.

Il se lécha les lèvres, comme pour en demander davantage. Elle obéit et il finit par arriver à dire d'une voix rauque :

— J'ai mal.

Elle hocha la tête.

— C'est grave ? demanda-t-il.

Elle hésita, puis hocha à nouveau la tête.

— Tu as des côtes cassées et ta main est cassée aussi. On ne sait pas ce qu'il peut y avoir d'autre. Vaut mieux que tu restes sans bouger. Sœur Claire va venir. Elle s'est occupée de toi.

Il ferma les yeux et se mit à gémir.

— J'ai mal, c'est terrible. Qu'est-ce que j'ai mal...

Il s'interrompit, écarquilla des yeux où brillait la terreur.

— Je veux le curé. Femme, va chercher le curé.

— Il va venir. On l'enverra chercher aussi.

Consciente d'une présence derrière elle, elle regarda par-dessus son épaule et vit debout tout près d'elle la femme qui accompagnait les comédiens et le jeune homme blond qui s'était moqué de Sym. Hésitante, un peu effrayée, elle se redressa pour leur faire face, mais avant qu'elle ait pu trouver quelque chose à dire, la femme prit la parole gentiment :

— Vous avez besoin d'aide ? Pouvons-nous faire quelque chose ?

Meg reporta son regard sur son mari. Il avait refermé les yeux, le souffle toujours difficile sous l'effet de la douleur.

— Il souffre. Mon petit est parti chercher quelqu'un qui prévienne sœur Claire, mais maintenant il demande le curé.

La femme jeta un coup d'œil au jeune homme blond.

— Je vais le chercher, dit-il avant de sortir.

Meg aurait voulu que la femme s'en aille elle aussi,

mais elle resta, passant de l'autre côté de la couche où reposait Barnaby et se mettant à croupetons pour le regarder de près, non par une curiosité malsaine mais pour voir s'il y avait autre chose à faire pour les aider. Ne sachant comment se comporter avec cette femme qui était après tout une vagabonde, sans maître ni domicile, ne pouvant rien espérer d'autre que la charité et le mépris, Meg resta silencieuse. Elle était moins que Meg ; moins que le plus pauvre habitant du village ; moins que le moindre valet du prieuré. Mais bizarrement elle ne semblait pas le savoir. Toute mince dans sa robe marron coupée simplement, qui n'était plus neuve depuis belle lurette mais qui avait pourtant bon air sur elle, son port évoquait plutôt une grande dame qu'une moins que rien inférieure au dernier des manants. Et il était difficile de deviner son âge. Elle n'était pas jeune, pensa Meg ; ses cheveux bruns, réunis en une seule tresse qui s'enroulait en chignon autour de sa tête, étaient tachés de gris et son visage portait les marques de trop d'années d'expérience pour qu'on pût le prendre pour celui d'une jeune fille. Mais il n'était pas non plus usé, ridé et boucané comme l'étaient ceux de toutes les femmes du village. Elle n'avait pas l'apparence qu'elle aurait dû avoir et, mal à l'aise, Meg se rassit au chevet de Barnaby, dissimulant sa gêne en saisissant la main intacte de son mari. Son contact était glacé. Il ne broncha pas et elle observa :

— Il a froid.

— Il faudrait le tenir au chaud.

La femme se leva et, sans demander l'autorisation, elle s'empara des couvertures sur la paillasse d'Hewe et les disposa sur le corps de Barnaby.

Meg se hâta de l'aider et quand la femme se fut relevée, elle continua à s'agiter, tirant les couvertures sous le menton du blessé et les lissant sur ses bras et ses épaules, pour montrer que c'était son rôle de s'occuper de lui, et pas celui de cette autre femme.

Après quelques instants, celle-ci reprit :

— Je crois qu'il a reperdu connaissance.

— Ou il s'est rendormi, répliqua Meg sur la défensive.

— Ou il s'est rendormi, acquiesça la femme. Je m'appelle Rose.

— Moi, c'est Meg, répondit Meg en lui jetant un regard hésitant.

— Les deux garçons qui étaient avec vous, ce sont vos fils ?

Meg se rendit compte que la femme tentait de se montrer aimable. Comme cette distraction était la bienvenue, elle poursuivit avec une plus grande aisance :

— Ce sont nos fils. Sym et Hewe.

— Sym est l'aîné ?

Meg se raidit, se rappelant la dispute qui l'avait opposé à ses compagnons, et elle hocha la tête.

Rose, semblant ne pas avoir remarqué sa réaction, se contenta d'observer :

— Ça fera un bel homme. Il a de la force en lui.

Ravie que quelqu'un relève l'une des bonnes choses qu'il y avait en Sym, Meg approuva :

— Il tient de son père.

— Et l'autre garçon est mignon.

Meg commençait à ressentir de la sympathie pour la femme.

— Et intelligent. Il connaît l'alphabet.

De le dire à voix haute donnait à ce détail un surcroît de réalité.

— C'est bien d'avoir deux fils. Ils peuvent s'aider mutuellement en plus du secours qu'ils vous apportent.

L'idée de Sym et Hewe se portant assistance rendit Meg muette et troublée pendant un temps. Mais, connaissant ses devoirs dans une telle conversation, elle reprit :

— Vous avez un fils, vous aussi.

La chaleur du sourire que Rose lui adressa en retour trahissait à quel point ce fait avait pour elle de l'importance.

— C'est Piers.

— Il va mieux ?

— Oui, je vous remercie. Il a encore de la fièvre, mais il dort paisiblement, il est au chaud, et sœur Claire dit que le pire est passé.

Au nom de sœur Claire, Meg tourna la tête vers la porte, car elle se demandait combien de temps encore allait s'écouler avant que du secours ne vienne.

— Vous travaillez ici au prieuré ? demanda Rose.

Meg ne voulait pas penser à son travail au prieuré ni à la forte possibilité qu'il y avait qu'elle le perde.

— Des fois. Vous et les autres, vous êtes tous comédiens ?

— Pas moi, dit Rose avec un petit rire. Je fais les cabrioles qui attirent le public et qui nous aident à les retenir assez longtemps à la fin du spectacle pour ramasser leurs deniers.

— Des cabrioles ?

Pour Meg, c'était ce que faisaient les enfants l'été pour dévaler une pente couverte d'herbe.

— Comme ça.

Rose se leva avec une gracieuse vivacité, tint les bras levés au-dessus de sa tête et, comme si c'était une chose toute naturelle, elle se pencha en arrière, se pliant en deux d'une façon impossible pour tout être humain. Avec trop de rapidité pour que Meg puisse bien comprendre ce qui se passait sous ses yeux, les mains de Rose touchèrent le sol derrière elle, son corps se tordit en l'air et elle fut de nouveau debout de l'autre côté.

— Que Dieu me vienne en aide ! siffla Meg, se signant pour éloigner d'elle toute cette étrangeté.

— C'est quelque chose que j'ai appris quand j'étais petite, expliqua Rose en souriant.

Elle fit un quart de tour afin d'avoir plus de place pour évoluer, bascula en avant pour atterrir sur ses mains, lança ses pieds en l'air et, faisant une nouvelle pirouette, elle se retrouva debout, les pieds sur le sol, se redressant avec un léger sursaut.

— Vous voyez ?

Meg posa sa main sur la poitrine de Barnaby comme pour le protéger et de l'autre main fit signe à Rose de cesser. On aurait dit de ces tours que faisaient les démons pour tourner en dérision les règles du monde de Dieu.

— Assez, supplia-t-elle.

— Oui, vraiment, c'est assez, répéta mère Frevisse qui se tenait sur le pas de la porte.

CHAPITRE VIII

Frevisse s'écarta pour laisser passer le père Henry et sœur Claire qui entrèrent dans la salle. Au moment où elle s'apprêtait à entrer elle-même, elle avait été saisie par la culbute de Rose, puis elle avait dû faire un effort pour réprimer son amusement devant la réaction terrifiée de Meg ; c'était l'ignorance, non la stupidité, qui avait rendu Meg si aisément impressionnable. En outre, ils n'étaient pas ici pour une partie de plaisir.

Sans rien voir de tout cela, le père Henry passa devant elle, faisant le signe de la croix en disant :

— *Pax hic domui.* La paix soit sur cette demeure.

Venant après lui, de part et d'autre, les deux religieuses répondirent :

— *Et omnibus habitantibus in ea.* Et à tous ceux qui y habitent.

— *Amen,* conclurent en chœur Rose et Meg.

Meg, qui s'était relevée, courbant la tête et faisant une petite révérence hâtive de respect pour le prêtre, jeta un coup d'œil étonné à Rose, surprise d'entendre un amen prononcé par quelqu'un comme elle. Sans rien remarquer, Rose fit à son tour une révérence gracieuse au père Henry et se retira vers son feu, à l'autre bout de la salle.

Barnaby ouvrit des yeux noyés par la douleur. L'espoir et la peur mélangés envahirent son visage hérissé d'une barbe de plusieurs jours quand il vit le prêtre debout devant lui, et il dit d'une voix heurtée :

— Bénissez-moi, mon père. J'ai mal comme pour mourir. J'ai besoin du secours de Dieu.

— Je vous l'ai apporté, dit le père Henry d'une voix rassurante.

Drapée autour de son cou, une étole de soie noire brodée de croix, de fleurs et de grappes de raisin dans des teintes violettes, couleur de la pénitence, lui arrivait presque aux genoux. Et il portait dans ses mains avec précaution le coffret doré gravé de symboles sacrés qui contenait le sacrement. Il vint se placer aux pieds de Barnaby. Frevisse ramassa un fétu de paille sur le rebord de la cheminée et, l'enflammant, s'en servit pour allumer son cierge ainsi que celui de sœur Claire ; puis elle le rejoignit alors qu'il commençait le rite qui devait assurer le salut de l'âme après la mort. Son latin fautif avait au moins le mérite d'être sonore, et Frevisse constata que les visages de Barnaby et de Meg se détendaient pendant qu'il récitait péniblement le psaume 31.

Vers la fin, sœur Claire et elle posèrent les cierges de part et d'autre du chevet de Barnaby, et le père Henry se pencha et tendit le crucifix au blessé qui le baisa. Meg commença à sangloter doucement. Sœur Claire lui plaça une main sur l'épaule.

— *Dominus vobiscum,* entonna le père Henry en ouvrant son missel.

— *Et cum spiritu tuo,* répondirent d'une seule voix Frevisse et sœur Claire, suivies de Meg presque aussitôt.

Le père Henry se mit à prier. Barnaby gémissait un amen chaque fois que le prêtre s'arrêtait ou hésitait, et comme la compétence du père Henry pour lire le latin était à peine plus grande que pour le réciter, ces amens étaient fréquents et souvent déplacés. Le père Henry en fut quelque peu déstabilisé mais il finit par arriver au bout et, prononçant lui-même « Amen », il fit signe aux trois femmes de se retirer pour qu'il puisse entendre Barnaby en confession.

Loin du petit cercle de chaleur créé par le feu, le froid de décembre se glissait sous les vêtements et se coulait comme de la glace le long des jambes et des avant-bras. Meg commença à frissonner violemment, sous l'effet de l'émotion autant que du froid. Sœur Claire confia à Frevisse le coffret de remèdes qu'elle portait et entoura Meg d'un bras, la serrant contre elle pour la consoler et pour lui offrir un peu de sa chaleur.

— Nous pourrions aller auprès de la cheminée, suggéra-t-elle.

Mais Meg fit non de la tête et sœur Claire n'insista pas. Même si elle pouvait être sévère avec des patients geignards ou des servantes lentes à exécuter ses ordres, le trait dominant de sœur Claire était la bonté.

Chose peu étonnante, la confession de Barnaby prit un bon moment. Quand il eut fini, le père Henry prononça les paroles de l'absolution et commença l'onction rituelle des paupières, des oreilles, des narines, des lèvres, des mains et des pieds, en demandant au Seigneur de pardonner tout le mal commis avec chacune de ces parties du corps. Frevisse observait Meg au lieu de regarder le prêtre, et elle vit comme elle oubliait le froid qui la glaçait dans son émerveillement devant cette magie, que ce pécheur fieffé se trouve purifié de toute faute et recréé à neuf, digne de participer à la félicité éternelle en Dieu. Les larmes coulaient en abondance sur les joues de Meg. Lorsque le père Henry lui fit signe, elle se dégagea sans hésitation de l'étreinte de sœur Claire et il y avait comme de l'enthousiasme dans sa voix quand ils dirent ensemble un Notre-Père.

Le prêtre acheva la cérémonie en donnant à Barnaby le viatique — c'est-à-dire la nourriture pour le voyage —, une mince hostie de pain consacré qui aurait dû fondre sur sa langue, quoique Barnaby fît la grimace en l'avalant comme s'il s'étouffait. Quand il eut terminé, le père Henry rassembla tous les accessoires de son œuvre sacrée et les bénit.

Après son départ, sœur Claire prit sa place, pour soigner le corps de Barnaby maintenant que son âme avait été mise en règle. Mère Frevisse resta pour le cas où l'on aurait besoin de son aide, car elle n'était pas sûre que Meg fût d'un grand secours si son mari était rendu furieux par la souffrance. Mais Barnaby supporta le traitement de l'infirmière avec une patience stoïque. Il grogna de douleur quand elle lui palpa le flanc et la poitrine, et pâlit quand elle lui prit la main, mais il se retint de gémir ou de blasphémer.

Quand sœur Claire eut fini et que Barnaby reposait inerte et les yeux clos, elle mélangea une poudre fortement soporifique au vin qu'elle avait apporté. Meg s'approcha tout près de Frevisse et murmura :

— Ce que le prêtre a fait — Barnaby est bien béni maintenant, tous ses péchés ont été pardonnés et effacés ? Il est sûr d'aller au ciel ?

— Aussi sûr que peut l'être un homme, lui assura Frevisse. Et tant qu'il ne pèche pas à nouveau.

Les joues de Meg se teintèrent d'une légère rougeur et elle baissa les yeux :

— Certes, c'est une grande bénédiction, murmura-t-elle.

Sœur Claire se releva après avoir versé le vin drogué dans la bouche grande ouverte de Barnaby.

— Bientôt vous ne sentirez presque plus la douleur et vous allez vous endormir, lui dit-elle. Dormir est ce que vous pouvez faire de mieux maintenant. Je vous ferai porter un bouillon de la cuisine pour le moment où vous vous réveillerez. Tenez-le bien au chaud, continua-t-elle à l'intention de Meg. S'il ne dort pas quand le bouillon arrivera, donnez-lui-en juste un peu à la fois. Je ne pense pas que vous ayez du mal à le faire tenir tranquille.

Elle s'écarta pour ranger ses affaires dans leur coffret. Meg alla s'agenouiller presque timidement à côté de son mari, en essuyant ses dernières larmes :

— Tu es tout béni, Barnaby. C'est la dame qui l'a dit. Encore mieux que le jour où tu es né. Tous tes péchés ont disparu.

— J'ai encore mal, dit Barnaby, les yeux clos, le visage gris. Elle a dit que ça s'arrêterait bientôt mais j'ai encore mal.

— Elle a dit que ça prendrait un moment, Barnaby. Rien qu'un petit moment.

Il grogna sans bouger et demanda :

— Je ne me rappelle pas ce qui s'est passé. Je me suis battu encore ? C'est ça ?

— Tu as versé dans le fossé, dit Meg, hésitante, avec la charrette de Gilbey Dunn et tu l'as cassée. Des voyageurs t'ont trouvé et t'ont amené ici.

Barnaby poussa un gémissement. Il rouvrit les yeux et regarda le plafond vaguement.

— Où suis-je ?

— Au prieuré, tu te rappelles ? À Sainte-Frideswide. Ils t'ont amené ici et les sœurs te permettent de rester jusqu'à ce que tu sois assez fort pour bouger.

Il grogna qu'il comprenait et referma les yeux.

Avec une grande douceur et, soupçonna Frevisse, un certain courage, Meg se pencha plus près de lui pour lui demander :

— Tu te rappelles ce qui t'est arrivé pour avoir ton accident ? Tu t'en souviens ?

Frevisse pensa d'abord qu'il ne répondrait pas, que le somnifère de sœur Claire opérait plus vite que d'habitude. Mais il finit par dire :

— Je rentrais chez nous. De chez lord Lovel...

Sa voix expira, mais sa respiration montrait qu'il n'avait pas perdu connaissance. Meg attendit. Comme il ne reprenait pas, elle l'interrogea :

— As-tu livré le vin ?

Il grogna, inspira profondément avec précaution et s'aperçut probablement que cela ne lui faisait plus mal.

La potion de sœur Claire avait commencé à faire son effet contre la douleur et, avec un peu plus de raison, il répondit :

— Comme ils m'avaient demandé, et pas une goutte perdue entre Oxford et le château de monseigneur. Pas une douve de pétée, pas une goutte de perdue.

Il fit une grimace — ou peut-être avait-il voulu sourire malgré la souffrance — et il rouvrit les yeux sur le visage inquiet de sa femme.

— Mais ils ont bu du vin au manoir. Pas de la bière fermentée, mais du vrai vin, comme je n'en avais jamais pris avant, un plein bol au château, pour Noël et tout. J'ai chanté pour eux, lord Lovel et sa dame...

— Pas cette chanson, fit Meg, rougissant de honte et d'angoisse.

Une gaieté rustique agita les coins de la bouche de Barnaby :

— Non, pas celle-là. L'autre. Celle sur le défunt roi Henri, que Dieu le garde, et sa bataille d'Azincourt...

Il s'étrangla en essayant de ne pas tousser. Meg lui toucha l'épaule :

— Ne parle pas.

— Non, il fait de l'effet, le remède. J'ai moins mal. Et avant d'oublier...

Il fourragea de sa main valide sous les couvertures, à la recherche de quelque chose vers sa taille qui n'y était pas.

Frevisse ne s'était pas éloignée, sachant qu'il fallait quelqu'un pour le surveiller jusqu'au moment où il s'endormirait tranquillement.

— Ici, dit-elle en devinant, et elle tendit le bras vers la pile modeste des affaires dont on avait dépouillé son corps, laissée à l'abandon depuis. Votre bourse ? demanda-t-elle, surprise par son poids en la lui tendant.

Barnaby l'agita dans la direction de sa femme.

— C'est pour toi, fit-il de sa voix rauque. J'avais dit que je t'apporterais quelque chose. Tu vois ?

Il y avait dans sa voix un triomphe infantile et le rictus vacillant d'un sourire sur son visage que la souffrance rendait gris. Mais c'est avec plus de prudence que de plaisir que Meg prit la bourse, en ouvrit les cordons, tâta l'intérieur et en sortit avec précaution la chose qui pesait tant.

Dans la faible clarté de la salle, la boule que Meg tenait dans sa main luisait aussi puissamment qu'un coucher de soleil. Mais un coucher de soleil ne vous tenait pas dans la main et Frevisse vit la prudence de Meg se changer en émerveillement. On sentait bien qu'elle n'avait jamais vu une chose pareille et, avec une grâce délicate qui surprit Frevisse, elle courba la tête et la renifla, puis regarda Barnaby, le visage encore tout ébahi, et lui demanda :

— Qu'est-ce que c'est ?

— C'est un norange, répondit Barnaby, tout fier de sa science. Il y en avait un plein vase, un vase gros comme le bol de vin, presque, là sur la grande table de lord Lovel, juste devant lui et sa dame. Pour Noël, la salle était ouverte à tous les domestiques, les invités ou les hôtes de passage. Et à manger ? Comme tu n'en avais jamais vu et plus que je n'en vois passer du début de l'hiver à l'hiver suivant. Et à boire.

À présent, la drogue agissait sur lui, ou bien il avait oublié sa douleur, tout à l'excitation de son récit.

— Du bon vin, avec des épices, et à peine si l'on empêchait personne d'y goûter. Le receveur m'a vu tendre la main, et il a souri en hochant la tête, comme si j'étais un vrai invité. Je traverserai toute l'Angleterre si ce receveur me le demande, et sans barguigner sur la distance. J'ai goûté, et puis encore, et c'est là que j'ai chanté ma chanson, celle qui convient aux nobles. Et ça leur a plu, Meg ! Ça leur a plu et lady Lovel en personne a dit que ça valait bien quelque chose et elle m'a lancé le norange et je l'ai mis de côté pour toi. Je l'ai ramené pour toi comme étrenne de Noël. T'as jamais rien eu comme ça, hein ?

Meg, l'orange toujours blottie entre ses mains, serrée

contre sa poitrine, sourit d'un sourire qui s'élargit lentement, un sourire si clair, si rempli de plaisir qu'elle parut rajeunie de plusieurs années et pour la première fois Frevisse se demanda quel âge elle avait vraiment.

— Barnaby brille, Barnaby scintille, chantonna-t-elle doucement. Le jour le plus long, la nuit la plus courte.

La vieille comptine de saint Barnabé, dont la fête tombait vers le solstice de juin, une comptine qui, devinait Frevisse, devait avoir une signification intime parce qu'un sourire aussi large que celui de Meg vint tendre les rides boucanées du visage de Barnaby.

— Ça se mange, dit-il en hochant la tête. Je les ai vus faire ça avec. Manger des noranges.

Meg regarda d'un air soupçonneux la peau épaisse et dure de l'orange, puis dirigea les yeux vers son mari.

— Comme ça, suggéra Frevisse en tendant la main.

Parfois, chez son oncle, on servait des oranges et elle savait comment les peler pour accéder à leur chair sucrée.

Meg livra son trésor avec hésitation, mais elle cria quand l'ongle de Frevisse s'enfonça au sommet, et elle fit le geste de la lui arracher. Elle eut du mal à se contenir et serra les mains, implorante, le visage ravagé par le désarroi.

Frevisse la regarda, éberluée :

— Il faut la peler. L'écorce s'enlève et alors on mange ce qui est à l'intérieur.

Meg secoua la tête sans rien dire, serrant les lèvres pour faire taire toute protestation, mais ses mains trahissaient le désir qu'elle avait de récupérer l'orange. S'en rendant compte, Frevisse la lui rendit.

Meg la reprit, l'agrippant de ses deux mains pour la serrer sur son cœur.

— Elle ne se gardera pas longtemps, mit en garde Frevisse. Ce n'est pas comme une pomme.

— Rien ne se garde longtemps, répondit Meg. Mais un petit peu quand même ?

C'était une supplique et Frevisse y répondit d'un hochement de tête bienveillant.

— Un petit peu. Une semaine ou deux. Et si vous gardez l'écorce et que vous la mettez à sécher, elle garde son parfum longtemps après.

Meg ne répondit pas mais courba la tête à nouveau pour sentir cette odeur sucrée.

Barnaby s'apaisa avec la tombée du soir. En fait, sœur Claire, qui l'avait vu après complies, était contente.

— Il est fort. Son corps semble s'être remis de la violence du choc. Je pourrai mieux en juger demain, mais ses chances s'améliorent d'heure en heure. Eda, continua-t-elle en montrant de la tête une des converses, sait où je dors si vous avez besoin de moi cette nuit.

Recroquevillée pour éviter de s'endormir, Meg jeta un coup d'œil à la femme et hocha la tête. Frevisse avait pensé qu'une dose de la potion de sœur Claire pour Meg, suivie d'un long sommeil, aurait été une bonne chose, mais ce n'était pas possible, et elles étaient rentrées dans le cloître, vers leur lit et leur sommeil.

Mais maintenant elle était réveillée. La nuit était plongée dans ce temps froid et mort qui s'intercale entre matines et l'aube ; le dortoir s'était depuis longtemps remis de l'agitation qui suivait toujours les prières de minuit. Il y avait eu les toux et les reniflements attendus, les éternuements étouffés et pour finir un silence seulement rompu par les bruits du sommeil. Mais Frevisse continuait d'être péniblement réveillée, redressée de son mieux dans son lit avec son mince oreiller.

Elle savait que son insomnie était due en partie au tourment que lui infligeait son rhume, mais il y avait aussi autre chose ; les prières et les méditations qui d'habitude la calmaient et lui tenaient compagnie durant ces heures sans sommeil n'avaient pas fait leur office ni même aidée à trouver ce qui la tenaillait. Le fait pur et simple était qu'elle était éveillée. Elle était éveillée et il y avait quelque chose d'anormal et elle ne savait pas quoi ni où.

Elle avait essayé de le sentir dans le silence du dortoir, à l'affût d'un bruit qui aurait été déplacé ; mais tout était normal, comme à l'accoutumée, depuis les ronflements erratiques de mère Alys plus loin dans le couloir jusqu'au gargouillis de l'eau dans les latrines. Elle ne se rappelait pas non plus de tâche inachevée qui aurait pu la déranger. La seule chose anormale et dérangeante était justement son esprit, et Frevisse décida soudain et délibérément de lui lâcher la bride. Cessant de batailler avec le problème, elle laissa dériver ses pensées dans le froid glacial et les ténèbres de la nuit. Faute de mieux, peut-être cette pause la ramènerait-elle au sommeil.

Elle découvrit qu'elle pensait à l'orange de Meg.

Déconcertée, Frevisse fit le tour de cette pensée. L'orange de Meg. Elle ne l'avait tenue en main que peu de temps, mais elle la sentait encore. Elle se rappelait son odeur, elle se rappelait qu'elle savait que l'intérieur était sucré. Le plaisir de la tenir dans sa main.

Des oranges.

Des oranges sur un arbre. Où l'on pouvait lever le bras et les cueillir si on avait la bonne taille.

Elle était trop petite, trop jeune. C'était son père qui la soulevait à une hauteur prodigieuse pour qu'elle puisse cueillir celle de son choix. Elle sentait encore ses mains puissantes sur ses côtes, elle entendait son rire, elle voyait ses yeux bleus dans son visage bronzé qui lui sourirent quand elle lui tendit le fruit pour le lui montrer avant qu'il ne la repose.

C'était en Espagne.

Elle avait oublié l'Espagne.

Enfin, pas exactement oublié. Si quelqu'un lui avait posé la question, elle aurait répondu qu'elle y était allée, oui. Il y avait même une coquille moulée en plomb dans le coffre qui était au pied de son lit, pour montrer qu'elle avait fait le grand pèlerinage à Compostelle.

Elle ne se souvenait pas de sa visite en tant que pèlerine ; elle se rappelait Compostelle avec les souvenirs d'une toute jeune enfant. À l'intérieur de l'église, la chaleur moite, la foule et l'odeur entêtante de l'encens avaient été telles qu'elle s'était mise à éternuer sans pouvoir s'arrêter. Pour finir, ses parents avaient dû la faire sortir sous le soleil accablant, où elle avait continué d'éternuer jusqu'à ce qu'ils fussent tous trois pris d'un fou rire inextinguible.

Elle avait oublié ce soleil. Et le rire.

Et ce panier où elle était montée.

Comment l'avait-elle oublié ? L'itinéraire de ce jour-là avait été si long qu'il lui était impossible d'avancer avec les autres, mais on l'avait fait monter dans un panier attaché au flanc d'un âne pacifique. Protégée du soleil par un chapeau de paille à large bord, bercée dans des rêves qui parfois la laissaient endormie par le balancement du pas de l'âne, cheminant des heures et des heures sur des routes poussiéreuses pour aller... où ? Où il y avait des oranges que son père avait cueillies pour elle.

Il y avait bien longtemps maintenant qu'elle n'avait point entrepris de voyage. Et c'est cela, oui, c'est cela qui lui manquait, plus qu'une orange. Peut-être le printemps venu pourrait-elle demander la permission d'aller en pèlerinage.

Mais où ?

Comme les souvenirs, les possibilités affluèrent dans son esprit.

Cantorbéry, avec ses remparts de silex et les splendeurs vertigineuses de la nef de sa cathédrale. Walsingham, qui attendait vert et paisible au bout d'une chevauchée facile. Saint-Denis, et le tumulte excitant de Paris. Compostelle une nouvelle fois, pour s'y rendre en comprenant vraiment la grâce qu'un tel pèlerinage pouvait octroyer, Compostelle posée de l'autre côté des monts, près des orangeraies...

La réalité vint s'interposer entre elle et ses rêveries. Jamais une nonne de Sainte-Frideswide n'irait jusqu'à Compostelle. Ni même à Saint-Denis. À Oxford, peut-être, sur la tombe de sainte Frideswide ; ce pourrait être une possibilité. Ou bien Cantorbéry, si mère Edith avait le sentiment que saint Thomas avait exaucé une prière particulièrement désespérée. Mais Frevisse n'avait pas de prière désespérée — sauf qu'elle désirait... désirait...

Une insatisfaction muette la tourmentait tandis qu'elle s'efforçait de laisser cette pensée en suspens. Elle désirait... Le sommeil, se dit-elle avec fermeté. Un bon sommeil profond, et plus de rhume dans le crâne à son réveil.

— Mère Frevisse ?

Frevisse se rendit compte que ses pensées l'avaient entraînée plus loin qu'elle ne l'avait perçu ; la surprise de cette voix douce et du tintement des anneaux sur la tringle au moment où l'on ouvrait le rideau isolant sa cellule la fit se dresser brusquement sur son lit. Elle n'avait pas entendu quelqu'un bouger et son murmure se fit sifflant :

— Qui est là ?

— C'est Eda, ma mère. C'est le Barnaby. Il est mourant, comme qui dirait. Je l'ai dit à sœur Claire et elle m'a dit de vous demander si vous vouliez venir.

« Pourquoi donc les gens, pesta Frevisse, choisissent-ils de mourir au milieu de la nuit ? » Mais immédiatement, elle écarta cette idée. Il ne lui appartenait pas de poser des questions ; ce qu'il lui appartenait de faire, c'était de servir ceux qui venaient au prieuré, que ce soit pour en repartir ou pour y mourir. Et si elle se le répétait assez, peut-être parviendrait-elle à s'en souvenir en premier et non plus en second.

— J'arrive tout de suite, dit-elle en imitant le ton humble d'Eda.

CHAPITRE IX

Frevisse frissonna et serra ses bras plus étroitement autour de son torse. Elle ne pouvait rien faire pour aider Barnaby. La salle était aussi froide que la nuit était noire au-delà des fenêtres mal éclairées, ou même dans les coins de la salle que ne pouvait atteindre la petite lampe posée par sœur Claire à côté du corps pendant son examen.

Soucieuse de ne pas rester sans rien faire, la converse Eda souleva la lampe, s'efforçant de donner un meilleur éclairage à sœur Claire. Mais elle tremblait si fort que celle-ci lui ordonna d'un geste impatient de la remettre par terre. Obéissante, elle fit le tour du cadavre de Barnaby pour serrer Meg entre ses bras, et elles restèrent là, tremblant et jetant les yeux partout sauf sur sœur Claire. Frevisse regrettait de ne pas avoir eu l'idée d'abandonner la dignité de sa charge pour consoler Meg. Maintenant, voilà qu'elle se retrouvait toute seule à frissonner.

Sœur Claire soupira, exprimant une lassitude qui n'avait rien à voir avec un réveil aussi matinal.

— Peut-être y avait-il quelque chose de déchiré à l'intérieur. Ou bien quelque chose de cassé que je n'ai pas trouvé. Cette écume au coin des lèvres nous dit que probablement c'était une blessure aux poumons.

Elle tira une des couvertures pour en couvrir le

visage de Barnaby. Meg gémit et pressa son visage contre l'épaule d'Eda.

Prenant une autre couverture, sœur Claire se leva et vint la draper sur les épaules de Meg, puis elle lui demanda :

— Qu'est-ce qui s'est passé à la fin ? Quand vous êtes-vous aperçue qu'il était en train de mourir ?

— Je ne me suis aperçue de rien, murmura Meg sans relever la tête. Il dormait. Je me suis assoupie et quand je me suis réveillée, j'ai vu qu'il était si tranquille...

— Il n'y pas eu de secousse, de mouvement ou... ?

— Non, fit Meg en secouant la tête.

— Mais il a bien dû y avoir quelque chose. Qu'est-ce qui vous a réveillée ? Il a fait du bruit ?

Frevisse tendit la main pour l'arrêter. Elle savait avec quelle énergie sœur Claire luttait contre la mort, et avec quel acharnement elle cherchait des raisons quand elle perdait la bataille ; mais ce n'était ni le temps ni le lieu pour accroître encore la misère de la veuve de Barnaby.

— Eda, reprit Frevisse, emmenez-la avec vous. Faites-la dormir à côté de vous. Il n'est pas bon pour elle de rester seule le reste de cette nuit.

— Bien sûr, ma mère. Ce n'est pas un embarras. Allons, viens, on va te trouver un endroit.

Et elle commença à l'entraîner. Mais Meg résista, en montrant d'un geste le corps de Barnaby.

— Je ne peux pas le laisser. Il faut le veiller. On ne peut pas le laisser seul. On ne pourrait pas l'emporter dans l'église ?

— Dans la matinée, répondit Frevisse. On trouvera quelqu'un pour le ramener à l'église du village dans la matinée. Et quelqu'un le veillera pendant le reste de la nuit, mais ça n'a pas à être vous. Allez avec Eda.

Alors, Meg se laissa emmener par Eda, traînant les pieds comme si elle n'avait plus la force de les soulever.

Quand elles furent parties, sœur Claire demanda :
— Où sont ses fils ? Pourquoi était-elle seule à le veiller ?
— Elle les a renvoyés chez eux, pour s'occuper de la maison. Elle a dû penser qu'il n'y avait aucun danger que ceci arrive ; il semblait aller mieux.
— C'est ce que je croyais, regretta sœur Claire. C'est vraiment ce que j'ai cru. Autrement, j'aurais désigné quelqu'un pour veiller avec elle. Elle devait sûrement dormir, tellement à bout de forces qu'elle ne l'a pas entendu mourir. Pauvre femme.
— Oui, la pauvre. Il est probable que les obsèques vont lui prendre le peu d'argent qu'elle était arrivée à rassembler en travaillant ici, et puis il y aura les droits de meilleur cheptel et de relief à payer à lord Lovel pour que l'aîné des fils reprenne la tenure.
— Le relief ne représentera sûrement pas grand-chose, la tenure est si petite.
— Oui, mais il ne lui restera pas un liard après avoir payé tout ça, plus les dommages pour la charrette et aussi peut-être pour le cheval, et qui sait quoi d'autre encore. Dans le meilleur des cas, la famille sera endettée et peut-être réduite à la misère. L'aîné est un sot, colérique et désobéissant, il y a peu de chances qu'il fasse son travail, même s'il obtient la tenure. Il ne sera pas une consolation pour Meg, ni un grand secours. Et l'autre n'est pas bâti pour le travail de force.
— Cela peut changer, remarqua Claire. Il est jeune.
Un bruit de pas se fit entendre, et elles se retournèrent pour voir la forme obscure qui venait dans leur direction, vague et indistincte à la faible lueur de la cheminée des comédiens qui l'éclairait par-derrière, jusqu'à ce que l'homme soit assez près de leur lumière pour que son visage apparaisse.
Mais Frevisse avait déjà reconnu Ellis à sa taille et à sa carrure.
— Il est mort ?
— Oui.

— Quel malheur ! Rose demande si vous voudriez bien venir examiner Piers.

Il avait formulé sa demande sans grande conviction ; le souci d'une mère à propos d'une maladie d'enfant sans gravité se trouvait profondément dévalorisé par la mort d'un homme.

Mais Claire répondit :

— Certainement.

D'après son expérience des fièvres, il y avait des risques pour que son état ait empiré pendant la nuit. Ou qu'il en donne l'apparence ; tous les maux semblaient pires la nuit, et davantage encore quand il s'agissait d'un enfant. Rien d'étonnant que cet homme ose ainsi demander malgré la mort de Barnaby. Elle se pencha pour ramasser son coffret et la lampe.

— Je vais rester ici, fit Frevisse. Nous avons dit que quelqu'un le veillerait.

Sœur Claire la regarda.

— Vous en êtes sûre ? On peut trouver un valet pour le faire.

— Je ne me rendormirai plus cette nuit, répondit Frevisse en secouant la tête. Allez-y.

Ellis hocha la tête en fixant la forme que cachait la couverture et qui avait été Barnaby.

— Nous n'avons rien entendu avant que Meg ne nous réveille avec ses cris.

— Il a dû passer paisiblement, dans son sommeil.

— Il est heureux qu'il se soit confessé.

— Oui, c'est heureux, convint sœur Claire. Venez. Allons nous occuper de votre petit.

Ils s'éloignèrent vers l'autre cheminée. Frevisse s'agenouilla à côté du corps de Barnaby et se prépara à la prière et la méditation. Au moins, une chose aussi distincte que la mort lui donnait-elle un point pour focaliser ses pensées. Il y avait une âme pour laquelle il fallait prier, et cela elle savait le faire.

Mais malgré ses efforts, son esprit refusait de s'accrocher aux mots si souvent répétés. La récitation de prières familières pouvait parfois lui permettre de sortir des émotions froides et obscures du moment pour accéder aux harmonies des sept sphères de cristal qui entouraient le monde et menaient par des degrés de grâce progressifs à la lumière et la joie entourant le trône de Dieu, au Paradis.

Quand elle était toute jeune, elle avait appris qu'elle pouvait y arriver à l'occasion — quitter le monde au moins par l'esprit pour gagner un plan plus grand, plus profond, supérieur. Parmi les raisons qui lui avaient fait choisir de devenir religieuse, il y avait eu le désir de communier plus librement et plus fréquemment avec ces hauteurs.

Sœur Thomasine pouvait y arriver avec une seule pensée, soupçonnait Frevisse. Pour sœur Thomasine, cela faisait partie de sa nature ; pour Frevisse, c'était un effort appliqué, ce qui ne semblait guère équitable. Frevisse éloigna cette idée mesquine ; une jalousie sordide ne ferait qu'entraîner son esprit vers le fond, et le priver de la liberté qu'elle souhaitait pour lui. Délibérément, elle détourna sa pensée des choses de ce monde et recommença son effort pour sortir d'elle-même et tendre vers Dieu.

— *Requiem aeternam dona ei, Domine. Et lux perpetua luceat ei.* Accorde-lui, Seigneur, le repos éternel. Et que la lumière éternelle brille sur lui. *Kyrie, eleison. Christe, eleison. Kyrie, eleison.* Seigneur, aie pitié de nous. Christ, aie pitié de nous. Seigneur, aie pitié de nous.

La délivrance ne vint pas. Ses pensées, qui auraient dû aller vers le haut, vers l'extérieur, papillonnaient par la bande, revenant vers des choses profanes. Vers l'indignation de mère Alys au chapitre. Vers la grossière mise en cause par Roger Naylor de la façon dont elle remplissait ses devoirs. Vers le défi de Sym et le rire de Joliffe. Vers le froid de la salle, à présent que le feu se mourait.

Elle était plus agacée par son indiscipline que par ses

prières fort terre à terre pour le repos de l'âme du mort qui gisait sous la couverture droit devant elle.

Elle s'aperçut qu'elle tendait l'oreille pour surprendre la conversation étouffée provenant de l'extrémité de la salle qu'occupaient les comédiens et qu'elle écoutait le passage de sœur Claire derrière elle. Elle frissonna dans le courant d'air glacé suscité par l'ouverture et la fermeture de la porte d'entrée, puis découvrit qu'elle avait perdu le fil de sa récitation du psaume 129 et recommença depuis le début, avec plus d'impatience que de révérence.

Ce qui était pire que de ne pas prier du tout.

Frevisse s'arrêta, et se contenta un temps de rester agenouillée à cet endroit, se permettant de prendre conscience de l'obscurité, du froid et de ces voix paisibles à l'autre bout de la salle. Puis, avec moins d'assurance, elle se consacra de nouveau à la prière, sans essayer d'y trouver une route menant quelque part, mais faisant en sorte de voir chaque mot dans son esprit à mesure qu'elle le disait, dans une simple progression vers son but.

Après un moment dont elle n'aurait su préciser la durée, elle sentit un courant d'air glacé derrière elle. Quelqu'un entrait, avec une bouffée d'air nocturne qui agita les extrémités de son voile et plaqua sa robe sur son dos.

Ne pouvant plus se concentrer, elle se tourna pour voir qui c'était. Ellis, pensa-t-elle d'abord, ce qui se confirma quand il se découpa un instant dans la lueur du feu, tendant un petit gobelet à Rose. Un remède pour l'enfant. L'agacement qu'elle ressentait contre lui et contre elle-même arracha un grognement à Frevisse, qui essaya encore une fois de disposer son esprit à la prière.

Mais voilà qu'elle avait à nouveau conscience que sous la couverture pliée se trouvait un dallage bien dur, qu'elle avait envie de se moucher et que le froid lui engourdissait les doigts.

Exaspérée, elle se laissa glisser en position assise, puis, quelques moments plus tard, elle se releva. Elle n'était utile à personne en restant assise là. Il allait falloir une sérieuse dose de prières pour libérer du Purgatoire l'âme de Barnaby, ce n'était pas avec de la pure sympathie que l'on y arriverait. D'un autre côté, dans la mesure où il avait probablement été condamné à un terme fort long, ce n'était pas un délai de quelques heures dans les prières qui changerait grand-chose. Frevisse fit un signe de croix sur son cadavre. Si la prière se dérobait à elle — ou si elle se dérobait à la prière — et qu'elle n'était capable que de veiller, elle pouvait le faire aussi bien devant la flambée des comédiens qu'ici, à côté des braises mourantes qui étaient tout ce qui restait de ce feu.

Ils étaient tous réveillés. Rose, assise à côté de Piers, le soutenait d'un bras qu'elle avait passé derrière ses épaules tandis qu'elle le faisait boire doucement au gobelet apporté par Ellis. Le visage de l'enfant présentait une rougeur crue et sèche, qui montrait que sa fièvre n'était pas encore tombée. Sa mère le maintenait fermement alors qu'il donnait des signes d'agitation, le forçant à boire. Cependant, les trois hommes étaient assis de l'autre côté de la cheminée, faisant semblant d'ignorer la scène, tout en parlant entre eux, quand Frevisse fut assez près du groupe pour entendre leurs propos.

— Il faut trouver de l'argent quelque part, disait Joliffe. Tisbe n'a plus de fer à cet antérieur gauche depuis que nous sommes partis de Fen Harcourt. Elle va se mettre à boiter si elle doit continuer comme ça.

— Si les sœurs nous payent pour la pièce... commença Ellis.

— Non. Ce que nous faisons pour elles est en remerciement de leur courtoisie pour nous et pour Piers, fit Bassett de sa voix grave.

— Je me demande pourquoi elles se sont montrées si bonnes ? reprit Joliffe.

Il regarda dans la direction où Frevisse se tenait dans l'obscurité.

— Qui est là ? s'écria-t-il.

Frevisse n'avait pas essayé de dissimuler son approche et elle s'avança dans la lumière. Les hommes voulurent se lever, mais elle leur fit signe de rester assis et dit avec un sourire qui s'adressait à tous :

— Je veille dans le froid là-bas depuis tout à l'heure et je me demandais si je pouvais partager votre feu un moment.

— Certainement, madame, dit Bassett en tendant la main vers le seul tabouret inoccupé qui restait au milieu d'eux.

Frevisse hésita en regardant vers Rose. La femme l'invita à s'asseoir d'un signe de tête.

— Piers est plus calme quand je suis auprès de lui, expliqua-t-elle.

Retombé sur son oreiller, Piers roulait la tête, les yeux mi-clos, dans une agitation fiévreuse. Tous avaient le regard fixé sur lui, comme si leur attention collective devait suffire à l'aider.

Un peu plus tard, Ellis s'enquit :

— Le remède opère ?

— Il va s'endormir, répondit doucement Rose après un moment. C'est ce qu'avait dit la sœur.

Ils attendirent jusqu'à ce qu'il n'y eût plus aucun doute sur le profond sommeil dans lequel l'enfant était tombé. Rose lui toucha le front et dit :

— Je crois qu'il est moins chaud.

Ellis laissa échapper un soupir et ses épaules se détendirent. Joliffe écarta les doigts, comme étonné de les avoir serrés si étroitement. Bassett se redressa et plaça ses mains sur ses genoux. Mais personne ne fit mine de retourner se coucher et personne ne prit la parole.

Le silence était chargé de gêne. Frevisse sentit qu'ils étaient conscients de sa présence parmi eux, qu'elle aurait peut-être mieux fait de s'en aller mais, faute de savoir le faire gracieusement, elle désigna Piers du menton et dit pour rompre le silence :

— C'est un enfant qui a l'air plein de promesses, et il est intelligent d'après ce que j'ai vu. Quel âge a-t-il ?

— Il aura neuf ans à la Chandeleur, répondit Rose sans détacher les yeux du visage de son fils.

Le silence retomba. Frevisse était sur le point de suggérer qu'elle ferait mieux de les laisser se recoucher lorsque Bassett observa :

— C'est malheureux pour ce paysan. Si j'ai bien compris, ses blessures étaient finalement trop graves ?

— Sœur Claire pense qu'il devait y avoir une déchirure dans ses poumons, répondit Frevisse. Il n'y avait rien à faire, et si nous espérions qu'il allait finir par se rétablir, c'est que nous ne connaissions pas cette blessure. Ce sera dur pour sa veuve, ajouta-t-elle pour éviter un retour au silence gêné. Avec toutes les taxes qu'elle va devoir payer au seigneur, et ses fils qui ne sont pas encore adultes...

— Quand vous tenez une terre, c'est elle qui vous tient, approuva Bassett.

— « Et me voici vieillissant, triste, malade et glacé ; comme fumier sur terreau je disparais », fit Joliffe, que Frevisse n'avait jamais entendu parler aussi gravement.

Ellis donna brusquement un coup de pied à l'extrémité non consumée d'une bûche, la poussant au contact des flammes.

— Cela vaut pour nous autant que pour eux, quoiqu'ils ne s'en aperçoivent jamais.

L'humeur s'assombrissait. En réaction, Frevisse s'adressa à Joliffe :

— La citation que vous venez de faire provient du *Jeu de Noé,* n'est-ce pas ? Originaire de Wakefield ?

Les yeux de Joliffe retrouvèrent leur étincelle. Avec un large sourire il s'étonna :

— Comment une moniale cloîtrée peut-elle avoir connaissance de choses aussi profanes que les mystères de Wakefield ?

— Je ne vois pas comment vous pouvez qualifier *Le Jeu de Noé* de chose profane, répliqua Frevisse.

— Il ne me souvient pas que l'Église nous enseigne que la femme de Noé ait dû être physiquement portée dans l'arche, pour ensuite, une fois à l'intérieur, lui retourner la tête d'un revers de main.

— « Bienvenue dans ce bateau, femme », cita Frevisse. Et alors elle le frappe. Non, je ne me rappelle pas ce détail dans la Bible.

— Ah ! s'écria Ellis en remuant un index accusateur. Ce passage est dans les mystères de Chester. Erreur de source, madame l'érudite !

— Je n'ai fait que répéter une erreur commise par l'un de vous ! rétorqua Frevisse.

Ils se mirent tous à rire, et cet échange amical effaça ce qui restait entre eux de contrainte.

— Vous êtes une personne qui a vu du pays, remarqua Bassett avec intérêt. À moins que vous ne vous soyez procuré des copies des textes ?

— La seule copie, je le crains, est celle de ma mémoire, répondit Frevisse.

— Et comment votre mémoire est-elle tombée là-dessus, je vous prie ? demanda Joliffe.

— Je ne suis pas née dans le cloître. Il fut un temps où j'implorais plutôt l'intercession de saint Christophe que de saint Siméon le Stylite.

Frevisse avait voulu faire une réponse badine, sur le même ton que la question de Joliffe, et elle se trouva un peu déconcertée en entendant la tristesse qui perçait dans sa voix.

— Et qu'est-ce qui vous a fait entrer dans le cloître, finalement ? poursuivit Joliffe.

— Il y a moins de puces ici qu'en d'autres lieux que je pourrais vous nommer.

C'était une réponse cynique parce qu'une explication sérieuse lui semblait déplacée.

Quand les rires se furent calmés, Bassett reprit :

— Vous avez dû fréquenter les mêmes auberges que nous.

— Il y en avait une en particulier, poursuivit Ellis, où il y avait tellement de voyageurs pour chaque lit que, faute de place, les puces étaient bien obligées de dormir par terre.

— Et comme elles ne trouvaient pas ça confortable, elles n'ont pas fermé l'œil de la nuit, occupées à nous piquer, ajouta Joliffe.

Il avait tiré une pomme d'une sacoche posée au pied de son tabouret et en coupa une portion qu'il présenta à Frevisse.

— Mais un tel discours ne saurait convenir aux oreilles d'une nonne, même si elle a vu du pays, conclut-il.

— Peut-être madame est-elle entrée au couvent pour éviter les inconvénients de la grand-route, suggéra Bassett. Les routes d'Angleterre sont un scandale pour un pays chrétien.

— La pire route que j'aie jamais empruntée, se souvint brusquement Frevisse, était dans le Yorkshire, je crois. Ou aux environs. Il avait plu...

— Pour nous les voyageurs, ce sont les intempéries qui nous chagrinent, davantage que les auberges, intervint Ellis.

Mais Frevisse n'allait pas se laisser distraire de sa réminiscence :

— Il pleuvait tellement que par endroits la route était transformée en petites mares et, devant notre groupe qui était à cheval, nous en avons vu une qui était plus vaste que les autres. Il y avait au milieu une grosse masse, comme une île, et un homme était assis sur le bord, l'air très découragé. C'est seulement lorsque nous l'avons rejoint que nous avons compris que la masse dans le lac était son cheval. Ils étaient tombés dans un trou si profond que le cheval n'avait plus pied mais s'était trouvé obligé de nager, jusqu'à l'épuisement, parce que les rebords du trou étaient glissants et qu'il ne pouvait pas en sortir. Et c'est ainsi que nous les avons découverts, le cavalier navré et son cheval noyé.

— Ce sont les briquetiers, observa Bassett, provoquant l'approbation de Frevisse. Ils tirent leur argile de la grand-route. Est-ce que votre route n'était pas dans le Lincolnshire, peut-être ? Parce que c'est là que ça va mal ces temps-ci, avec lord Cromwell qui a décidé de construire sa résidence tout en briques.

— Et personne ne peut se plaindre parce que personne ne va aller contredire lord Cromwell dans ce coin, ajouta Ellis.

— Certes personne depuis ces parages jusqu'à la cour du roi, acheva Bassett. Et même là, personne probablement.

— « Quand l'or lui-même rouille, quel recours a le fer ? » soupira Joliffe. Ah, le bon vieux temps, quand la loi était la loi et que les hommes la respectaient !

— D'après ce qu'on m'a dit des temps anciens, même en remontant à Adam et Ève, il ne manquait pas d'hommes pour enfreindre la loi, remarqua Bassett avec aisance. Tu peux siffler cet air tant que tu veux, je ne me joindrai pas à la musique.

Joliffe lui fit un geste obscène que Bassett ne s'abaissa pas à remarquer.

— Y a-t-il longtemps que vous n'avez plus fait de voyage, madame ? reprit Ellis. Pourriez-vous encore reconnaître la bière de Londres si vous en goûtiez ?

— Il fut un temps où je pouvais faire la différence entre la bière de Londres et celle de l'Auberge du *Roi Arthur* à Bristol, pourvu qu'elles soient fraîchement tirées. Mais maintenant je trouve que la bière que nous faisons ici me convient tout à fait.

— Bristol ne fait pas partie de notre circuit, aussi je ne saurais connaître la bière du *Roi Arthur*, fit Bassett, mais je crois me rappeler une certaine auberge près de Nottingham...

Et ils étaient repartis. Auberges, abbayes, prieurés, villes. Avec le temps, certaines choses avaient pu changer — ils discutèrent un moment avant de convenir que ce qui dans le souvenir s'appelait *L'Archer*, entre Northampton et Stony Stratford, était à présent *L'Homme vert*, quoiqu'on y fît encore les meilleurs repas du pays, même si le gros homme qui en était le propriétaire du temps où Frevisse y était passée devait être le père du gros homme qui en était propriétaire aujourd'hui — mais apparemment voyager sur les anciennes routes ne changeait guère, non plus que les histoires de voyageurs.

Il y avait le souvenir des voyages des bons jours...

— Si chaud, et la route si facile. Je me suis endormie en marchant derrière le chariot et je me suis cogné le nez dedans quand il s'est arrêté, dit Rose.

— Et elle n'a plus voulu nous parler de tout le reste de la journée parce que nous nous étions moqués d'elle, ajouta Joliffe, qui riait autant qu'alors.

— Chut, tu vas réveiller Piers, fit Rose en se retenant de rire elle-même.

Ils baissèrent la voix mais continuèrent à bavarder, d'autres routes, d'autres auberges, d'autres villes.

— Nous n'aurions pas été plus mouillés sous un arbre que dans cette grange.

— Et il n'y aurait pas eu les rats.

— Le propriétaire de ce manoir est si chiche qu'il vous chicane l'usage de la poussière sur laquelle vous marchez en franchissant son portail.

— Je me rappelle la fois où nous avions pris un raccourci à travers un champ de blé, et le garde champêtre nous a attrapés et nous a confisqué nos chaperons en guise d'amende pour avoir pénétré sur une propriété privée...

C'était Rose qui participait le moins, et ses interventions étaient brèves, mais Frevisse remarqua qu'elle écoutait attentivement tout le temps et qu'clle souriait du sourire profond et secret de celle qui est heureuse là où elle est, bien que sa main n'ait pas quitté la poitrine de son fils où elle reposait sans peser, comme comptant ses respirations. Les autres étaient plongés dans une discussion comparative sur les pèlerins qu'ils avaient rencontrés — les bons, les mauvais, les improbables — lorsque Rose dit tranquillement :

— Je crois que la crise est passée.

Aussitôt, elle bénéficia de toute l'attention de ses compagnons. Frevisse, qui tendait la main pour toucher le front de l'enfant, devança à peine Bassett dans ce geste. Elle sentit que la peau était moite, la chevelure foncée par la transpiration et il y avait des goutelettes d'humidité sur la lèvre supérieure.

— Oui, confirma-t-elle, la crise est passée. Dieu soit loué !

Et soudain, Rose, qui était restée assise droite comme un piquet pendant tout ce temps, s'affaissa, pâle de cet épuisement qu'elle avait refoulé par amour pour son fils. Avant que même Frevisse n'ait compris, Ellis fut auprès d'elle, entourant ses épaules d'un bras, disant :

— Là, là. Tu es contente ? Si tu continues, tu vas tomber malade, et mieux vaut que nous n'essayions pas de prendre soin de toi, sans doute. Viens t'allonger et laisse-nous le soin de le veiller. Tu entendras s'il se réveille. Viens.

Rose se laissa faire sans protester : Ellis la souleva à moitié pour la mettre debout, et la transporta jusqu'à la paillasse et aux couvertures qui constituaient sa couche. Il la déposa doucement sur ce lit douillet et la couvrit. Frevisse pensa qu'elle avait dû s'endormir avant qu'il ait terminé.

Soudain, Frevisse se sentit elle-même fatiguée. Depuis combien de temps se trouvaient-ils assis là à parler ?

Comme pour lui apporter une réponse, la cloche du cloître commença de sonner, lointaine mais claire. Il était l'heure d'accueillir l'aube avec les prières de prime. Le cadavre couché près de l'âtre mort, à l'autre bout de la pièce, avait refroidi tout seul, sans personne pour le veiller, personne pour prier.

— Je dois partir, dit-elle.

— Nous vous remercions de votre compagnie, dit Bassett. Elle a rendu notre vigile plus facile.

Frevisse se leva, rentrant ses mains dans ses manches. Elle ne voulait pas reconnaître son péché de négligence devant ces gens.

— Que la bénédiction de Dieu soit sur vous. Je reviendrai plus tard.

Alors qu'elle traversait la salle, la porte d'entrée s'ouvrit. À la lumière grise de l'aube, qui pénétra dans la pièce avec le courant d'air froid, elle reconnut le jeune Hewe. Lui apprendre que son père était mort était une tâche qu'elle n'avait pas prévue, mais il n'y avait aucun moyen de l'éviter à présent. Elle alla vers lui alors qu'il refermait la porte et l'atteignit avant qu'il ne se soit approché du corps de son père.

Il inclina la tête en signe de respect à son approche, mais ensuite il se tordit le cou pour essayer de voir autour d'elle, en demandant :

— Où est la mère ? Elle n'est pas ici ? Où est passé mon père ?

Frevisse entreprit de le lui dire, mais il se rendit compte de ce qu'il voyait avant qu'elle n'ait proféré les mots.

— Le père ? demanda-t-il.

Il y avait un doute dans sa voix, mais quand Frevisse lui prit la main, elle sut qu'il savait.

— Il est mort, dit-elle doucement. Tranquillement, dans son sommeil, il y a quelques heures.

Hewe ne quittait pas du regard le corps que recouvrait une couverture.

— Où est la mère ?

— Je l'ai envoyée prendre un peu de repos. Je suis contente que tu sois là. Il faut que j'aille à prime. Reste ici avec lui jusqu'à mon retour ou celui de ta mère.

Hewe hocha la tête.

— Et prie pour lui. Tu sais tes prières ?

Nouveau hochement de tête. Les larmes commençaient à lui gonfler les yeux, et il se détourna pour qu'elle ne les vît pas couler. Frevisse lui tapota l'épaule en gage de réconfort et sortit.

CHAPITRE X

Pour Meg, la journée fut un mouvement indistinct dans une grisaille d'irréalité. Elle savait les choses qui devaient être faites avant la veillée funèbre du soir et elle les fit, ou s'assura que d'autres les faisaient, avec une efficacité dans laquelle son esprit et ses sentiments ne jouaient qu'un fort petit rôle. Au tout début, elle avait envoyé Hewe au village pour informer son frère et demander de l'aide à quelques hommes pour ramener le corps de Barnaby chez lui. Elle savait que la nouvelle allait alors se répandre sans qu'elle eût besoin d'en dire plus, et elle avait été prête, quand elle était arrivée à la maison avec Hewe, Sym et le lent cortège qui portait le cadavre, à voir les femmes qui attendaient afin de l'aider pour le reste. Elle avait assez souvent prêté son assistance dans le cas d'autres morts — celles de ses parents, de ses enfants et de ses voisins — pour savoir qu'on ne la laisserait pas seule faire le travail de la toilette et de la préparation du corps.

La seule hésitation qu'elle avait eue avait porté sur le choix du linceul, et elle avait alors décidé que la vieille couverture suffirait. Ada Bychurch avait volontiers rapiécé ses deux trous, puis elles l'y avaient enveloppé avant de le disposer sur le lit pour sa dernière nuit chez lui avant l'enterrement. Elles lui laissèrent le visage découvert et placèrent sur sa poitrine le petit bol de sel traditionnel.

Les femmes la secondèrent pour nettoyer la maison. Elles auraient bien insisté pour qu'elle reste tranquille simplement et qu'elle leur laisse faire le travail, mais elles savaient que rester assise à penser n'était pas la meilleure chose en un tel moment. Elle se chargea de la tâche de frotter et récurer la table ; il faudrait y disposer la nourriture et les boissons lors de la veillée funèbre et elle ne devait pas faire honte à la bonté de ses voisines.

En plus, il y avait les témoignages de sympathie à recevoir, le récit à recommencer, pour chaque personne qui s'enquérait de l'accident, des blessures de Barnaby et s'il était mort paisiblement.

— C'est un réconfort, disait plus d'une femme en hochant la tête d'un air entendu.

Les vivres se présentèrent, comme elle s'y était attendue. À cette période de l'année, il n'y avait jamais beaucoup de provisions de trop, et après la mauvaise récolte de l'automne, il y en avait encore moins que d'habitude, mais on apporta des choses. Quelques pommes blettes. Deux demi-miches de pain. Des petits fromages. Un poêlon de navets braisés. Peu à peu, les dons arrivèrent jusqu'à ce qu'il y en eût en suffisance.

Tant qu'il avait fait jour, les hommes s'étaient activés à creuser la fosse. La froidure de l'hiver s'était installée dans la terre depuis si longtemps qu'ils avaient eu du mal à briser le sol glacé ; et une fois qu'ils y étaient parvenus, et qu'ils avaient dépassé la couche durcie par le gel, ils s'étaient trouvés au milieu des ossements, les restes d'enterrements plus anciens, qu'il fallait recueillir et mettre de côté pour les déposer dans l'appentis à demi effondré qui servait de charnier au cimetière. Certes, on se réchauffait à un tel travail mais il était bien pénible, et Sym rentra après avoir fini en maudissant le froid et ses épaules endolories : il vit alors les femmes rassemblées autour du foyer et alla bouder dans le coin des animaux où il frotta la tête dure de Nankin.

Les hommes suivirent peu après, et s'installèrent autour de Sym, discutant des droits prélevés par le seigneur en cas de mort, de la mauvaise récolte et du vieil Austin, qui l'avant-veille avait bu jusqu'à perdre connaissance et n'avait pu rentrer chez lui, et il avait de la chance de ne pas être mort de froid dans le fossé.

— Il s'était si bien fourré sous les feuilles mortes que Thad, son garçon, a failli ne pas le retrouver même au point du jour le lendemain matin.

— C'est ses ronflements qui m'ont dit où il était, grogna Thad. J'ai cru que mon dos allait lâcher en le traînant jusqu'à la maison, tellement il était encore tout gonflé de bière.

Ce dernier détail provoqua de grands rires. En tant que forgeron, Thad était aussi musclé qu'un homme pouvait l'être. Les femmes murmurèrent pour faire taire les hommes, leur rappelant pourquoi on se trouvait là, et le bruit de la conversation retomba. Parfois, telle ou telle femme venait passer un moment assise à côté de Meg sur le banc, lui tapoter la main en lui chuchotant des mots familiers et éculés ; mais il n'y eut pas de larmes, ni de Meg ni de personne d'autre. Ensuite, quatre ou cinq hommes parlèrent de Barnaby aux autres en des termes aussi gentils que mensongers, par égard pour la veuve.

Et enfin ce fut terminé. Une femme d'abord, et puis une autre, vint dire un dernier mot de réconfort à Meg, alla chercher son homme et fit station à côté du lit pendant un temps respectueux, avant de sortir. La flamme fumeuse des mauvaises bougies placées au pied et à la tête du lit vacillait et s'allongeait chaque fois que la porte de la chaumière s'ouvrait et se refermait. Meg regardait le visage de Barnaby dont les traits mornes semblaient s'animer sous l'effet du clignotement de l'ombre et de la lumière. C'était un spectacle inquiétant, comme si par miracle il avait recommencé à respirer. Quand le dernier convive fut parti, elle se leva de son banc le dos raidi et alla souffler les bougies, ne laissant plus que la faible lueur du foyer qui ne parvenait pas jusqu'au visage du mort.

Demain, elle aurait le lit pour elle toute seule, mais cette nuit il appartenait à Barnaby, et pendant un moment elle ne sut pas où elle allait dormir. Mais alors Hewe se rapprocha d'elle, couvertures roulées sous le bras, il lui saisit l'épaule et dit avec une douceur mal assurée :

— Venez, la mère. Il est tard et demain ça va être aussi dur. Montez dans la soupente avec nous.

Elle faillit dire non, qu'elle allait dormir sur le sol à côté du feu. Mais il ferait plus chaud là-haut, dans la paille, à proximité de ses fils.

— Oui, dit-elle. Oui.

Le ciel bas était gris sombre. Un vent mordant secouait les branches dépouillées du frêne qui dominait le mur du cimetière, près de la fosse ouverte, tandis que Barnaby dans son cercueil de bois était porté autour des tombes par six hommes. Le choc sourd du glas ressemblait au bruit que ferait une ménagère fatiguée en tapant sur le fond de sa marmite ; pendant ce temps, le cortège allait du portail à la nouvelle tombe en décrivant un arc de cercle qui suivait selon les règles le cours du soleil. Frissonnant et pressé, le père Henry commença les mots qui s'appliquaient à la descente du cercueil.

Tout cela était fait pour consoler ceux qui restaient, toujours soumis aux ternes douleurs et au froid de ce monde, mais Meg ne se trouvait pas du tout consolée, elle était seulement lasse, si lasse qu'elle avait pris soin que Sym ne quitte pas son côté depuis la chaumière, afin de pouvoir s'appuyer sur son bras. Ça lui avait plu, au garçon, c'était montrer à tous sa nouvelle place comme chef de famille. Mais elle avait aussi fait marcher Hewe de l'autre côté et lui avait tenu la main pendant toute la procession.

Pour autant qu'elle pût le savoir, Hewe n'avait plus

pleuré depuis les premières larmes qu'il avait versées devant le corps de son père, mais elle était sûre qu'il avait du chagrin. Il s'était pelotonné contre son épaule dans son sommeil, pendant la nuit précédente, et était resté près d'elle toute la journée depuis le matin, tranquille et perdu dans ses pensées selon toute apparence. Elle se disait qu'il devait voir de quel train allaient les choses. La mort de son père serait peut-être la bonne chose qu'il fallait pour qu'il se décide après tout à embrasser la carrière religieuse, sans qu'elle n'ait plus à se disputer avec lui sur ce thème.

La tension qu'elle sentit soudain dans le bras de Sym l'arracha à sa réflexion. Elle leva les yeux vers lui et vit qu'il avait le regard fixé, non pas sur la fosse et le père Henry, mais sur le dernier rang du petit groupe du cortège. Meg suivit son regard et aperçut leur voisin Gilbey Dunn, qui se tenait là exactement comme les autres, le chaperon à la main, tête nue et baissée en signe de respect.

— Ce chien ! laissa échapper Sym d'un ton menaçant.

Il fit mine d'aller vers lui mais les doigts de Meg se refermèrent sur son bras tel un étau.

— Tu te tiens tranquille ! Tu ne vas pas te battre à l'enterrement de ton père !

— Il ose se montrer ici ! Après les ennuis qu'il a faits au père, et tout ça !

Sym secoua en vain le bras pour lui faire lâcher prise : la force de Meg était décuplée par le désespoir. Des gens commençaient à relever la tête pour les regarder et elle siffla avec toute la virulence dont elle était capable :

— Tu restes là et tu te tiens tranquille ! Que le péché lui retombe dessus et ne va pas en prendre davantage sur tes épaules ! Reste tranquille ! Pense à ton père, et pas à Gilbey Dunn !

Sym se tut. Pourtant Meg sentait que la tension n'avait pas quitté son bras et elle savait qu'il n'arrêtait pas de lancer des coups d'œil vers Gilbey au lieu de faire attention à ce que le père Henry disait.

Ensuite, il y eut le repas de funérailles dans la chaumière. Il y avait un peu plus à manger que la veille : mère Edith avait fait porter du prieuré un pâté de viande et Bess de la taverne amena un seau de sa bière la plus récente pour réchauffer l'assemblée. Maintenant que Barnaby était enterré, la discussion se fit plus animée.

Mais elle s'acheva assez vite, et au moment des adieux et du départ général Meg s'aperçut qu'elle était aussi contente de les voir partir qu'ils devaient l'être, soupçonna-t-elle, de s'en aller. Elle ne se fâcha même pas quand Sym et Hewe sortirent avec quelques amis.

— Juste pour un petit moment, annonça Hewe nerveusement.

Meg se contenta d'approuver de la tête, le laissant sortir sans se plaindre ni leur demander de rentrer tôt.

Et puis elle fut seule. Meg jeta les yeux autour de la chaumière, un peu étonnée de constater qu'il n'y avait rien à ranger ni à faire. Il restait même assez de nourriture pour qu'elle n'ait pas à se donner le mal de préparer à dîner. Rien à faire d'autre que de se reposer.

Elle se laissa tomber sur un tabouret. Les coudes sur la table, elle appuya son front sur ses mains et ferma les yeux. Comme c'était l'hiver et que le receveur était ailleurs occupé à ses affaires touchant le domaine de lord Lovel, peut-être se passerait-il des semaines avant qu'ils ne sachent si Sym allait avoir droit à son héritage. Meg se dit que oui ; toutes les fautes commises étaient le fait de son père et, quelle que fût l'opinion qu'elle avait de son fils, il avait fait sa part dans la communauté villageoise et aux champs depuis qu'il avait douze ans. Il était grand et fort pour son âge. Avec elle à ses côtés et Hewe...

Meg secoua la tête. On ne pouvait se voiler la face sur le fait qu'à partir de maintenant Hewe allait devoir faire la journée de travail d'un homme, et ce en dépit de son trop jeune âge. Elle n'allait pas renoncer à son emploi à Sainte-Frideswide. Il fallait gagner ces deniers pour acheter la liberté d'Hewe et lui permettre d'entrer dans la prêtrise. Il faudrait bien que lui et Sym le comprennent et qu'ils la soutiennent dans cette voie. Une fois prêtre, Hewe pourrait alors les aider à son tour. De l'argent pour du tissu peut-être, pour faire une robe ou un manteau en laine. Une paire de bottes pour Sym. Un autre bœuf.

Mais d'abord il y avait la charrette rompue. Le seul espoir de payer Gilbey Dunn que voyait Meg était de le convaincre de se dédommager avec le travail de l'un de ses fils ou des deux. Et ça serait difficile, de convaincre non seulement Gilbey mais Sym et Hewe aussi. Sym en particulier ne manquerait pas de s'en irriter, même si c'était la meilleure solution. Pourquoi fallait-il qu'il ressemble tellement à son père, qu'il soit si aveugle à la nécessité ? Pourquoi Hewe lui-même était-il si têtu, et de façon si vaine ?

Le bruit d'une gorge raclée avec assurance lui fit lever la tête et elle aperçut Gilbey Dunn debout sur le pas de sa porte, comme s'il avait obéi à ses pensées. Il avait eu la pudeur de ne pas venir au repas de funérailles ; probable qu'il avait vu la tête de Sym au cimetière. Mais Sym était parti et il arrivait, silhouette trapue qui bloquait toute l'entrée. Il était à peine plus grand qu'elle, mais costaud et l'air encore plus gros dans sa tunique couleur brique ; sa tête chauve brillait un peu à la lumière extérieure, mais l'obscurité de la chaumière dont les fenêtres étaient closes dissimulait l'expression de son visage peu amène.

Meg se sentit en colère qu'il eût ouvert sa porte sans frapper avant, comme s'il avait quelque droit à être là.

— Tout le monde est parti. Le repas et les funérailles sont finies, et vous n'avez rien à faire ici à cette heure. Vous serez payé pour la charrette. Je ne vous demande qu'un jour de grâce avant qu'on s'occupe de ça.

Comme si elle venait de proférer une invitation, il entra, referma la porte contre le froid en disant :

— Pourquoi restez-vous là assise dans le noir ? N'avez-vous pas même une chandelle à allumer ? Vous pourriez au moins refaire du feu.

— Les bougies que j'avais sont passées dans la veillée funèbre d'hier soir. Sym est parti chercher du bois pour le foyer et je suis bien comme ça en attendant son retour. Qu'est-ce que vous voulez donc, Gilbey ?

Il n'aurait pas été là s'il n'avait pas voulu quelque chose ; s'il s'était plaint de l'obscurité, c'était pour l'humilier, pour pouvoir lui imposer sa volonté. Même si sa défunte femme et Meg avaient été amies et qu'elles avaient espéré un mariage entre Sym et sa fille, Meg n'avait jamais aimé Gilbey.

Il s'assit à la table en face d'elle.

— Vous avez de gros ennuis, ma petite.

Meg fronça le sourcil, trouvant déplaisante sa familiarité :

— Vous n'aviez pas à vous déranger pour me dire une chose pareille. Et nous avons des moyens de résoudre nos ennuis, donc pas la peine de vous faire des cheveux pour ça, merci bien.

— Ça ne me dérange pas du tout, bien au contraire, dit-il. C'est justement pour ça que je suis là.

Meg se raidit et pour la première fois elle le regarda dans les yeux. Il n'était pas venu causer de la charrette mais de quelque chose de plus sérieux.

— Allez-vous-en, Gilbey Dunn. Par pitié, quand ce ne serait que pour ça, j'ai déjà assez de tracas sur les bras, je n'ai pas besoin de me disputer aujourd'hui.

— C'est pour couper court aux disputes que je suis venu. Et ça ferait notre affaire à tous les deux par-dessus le marché.

L'esprit las de Meg était incapable de deviner à quoi il voulait en venir.

— C'est inutile de vous adresser à moi à propos des

terres. Je ne m'en séparerais pas, si je le pouvais. Elles sont à Sym.

— Peut-être bien, et peut-être aussi qu'il y aura d'autres choses de dites là-dessus avant qu'on n'en termine, mais non, c'est vous, Meg, qui devez répondre à ce que je suis venu demander.

— Et qu'est-ce donc ?

— De m'épouser.

Meg le regarda les yeux ronds.

Gilbey se pencha vers elle par-dessus la table.

— Réfléchissez, Meg. Vous n'auriez plus à vivre dans cette espèce de grange. Pensez à ma maison, et comment vous vivriez. Je garderais cette femme que j'ai embauchée. Elle vous aiderait au ménage. Vous n'auriez plus à trimer si dur comme vous le faites aujourd'hui.

Meg continuait à le regarder et se demandait ce qui était arrivé à sa pauvre tête. Il était impossible qu'il soit vraiment en train de dire ce qu'il lui semblait entendre.

Gilbey avança la main vers elle, mais elle retira la sienne. Il poursuivit, la voix chaleureuse dans un effort de persuasion :

— Regardez donc, chacun de nous y trouverait son avantage. Et peut-être plus encore que vous ne pourriez le penser. Comment espérez-vous vous en sortir toute seule alors que vous n'y arriviez pas quand Barnaby était de ce monde ?

— Mes fils...

Gilbey balaya cette éventualité d'un revers de main :

— Vous les connaissez trop bien. Même si Sym est autorisé à reprendre la tenure — et attention, ça n'est pas sûr du tout. Le sergent et le receveur savent des choses sur lui et ils se sont fait leur petite idée sur la question — et de toute façon, il y a de fortes chances qu'il perde tout encore plus vite que son père n'y serait arrivé. Épousez-moi, et vous aurez quelqu'un pour s'occuper de vous et de vos terres.

— Les terres ne sont pas à moi, répéta Meg.

— Rien ne dit qu'une veuve ne peut pas hériter du bien de son mari. Si je dis ce qu'il faut au receveur, ça se fera. Et il y est tout disposé.

De l'entendre aussi sûr de lui fit soupçonner à Meg que Gilbey lui avait fait une telle demande depuis un bon bout de temps. Elle bondit pour défendre son fils :

— L'héritage va au premier-né des garçons, s'il y en a un. Oui, c'est comme ça que ça se passe.

— Et Sym le perdra. Je suis sûr que vous le connaissez assez bien pour voir ça, même avec l'œil d'une mère. Vos deux garçons se trouveraient bien d'avoir une main ferme pour les diriger comme Barnaby n'a jamais su le faire. Je jure de leur trouver de bons mariages à tous les deux, si c'est ça que vous voulez.

— Hewe... commença Meg faiblement.

— Je l'aiderai à devenir prêtre, si c'est ça que vous voulez. Si vous m'épousiez, ça réglerait tout pour vous, et pour les deux garçons aussi.

— Qu'est-ce que vous faites là, à parler de mariage ? gronda Sym sur le pas de la porte. Elle est à peine veuve, et elle n'est sûrement pas pour des gens comme vous !

Il repoussa la porte avec une telle violence qu'elle alla s'écraser contre le mur. Il fonça vers la table :

— Gilbey Dunn, ladre, bonimenteur, sortez d'ici, laissez ma mère tranquille et quittez ma maison ! hurla-t-il.

Gilbey se leva, sans trahir le moindre effroi ni même de l'outrage :

— Ta maison ? Ça m'étonnerait, petit. Tu es mineur. Même si le receveur te concède saisine [1] de la maison et des terres, la curatelle en reviendra à quelqu'un d'autre — et de ta personne aussi, Dieu leur vienne en

1. Au sens originel du mot, le droit à la possession d'un héritage, qui s'accompagnait dans la coutume féodale d'un prélèvement seigneurial, en nature ou en argent. *(N.d.T.)*

aide — pendant encore quelques années [1]. Ce sera peut-être à ta mère, peut-être à quelqu'un d'autre. Mais ce ne sera pas encore à toi. Et si j'en juge par l'odeur de bière que tu répands, le jour où tu accéderas à la responsabilité personnelle sera la pire journée que cette tenure ait connue depuis l'accession de ton père.

— Mieux vaut cela que de vous voir la saisir !

— Si Meg m'épouse, alors tu pourrais avoir au moins la maison. Satisfais-toi de cela pour le moment, petit. Que ta mère vienne vivre là où les animaux sont enfermés dans la grange et non dans la cuisine !

— Elle préfère vivre avec des animaux qu'avec vous !

— Sym ! cria Meg en se levant pour s'interposer entre eux.

Elle ne voulait pas que la querelle se renouvelle, pas lorsqu'ils avaient une telle dette envers Gilbey, pas tant qu'elle n'était pas réglée et qu'il n'était pas possible d'affronter le débat sur un terrain libre, au lieu du champ d'obstacles de leurs dettes, impayées ou impayables. Et alors que Sym était juste assez soûl pour ne pas réfléchir à ce qu'il disait. Gilbey avait le genre de caractère qui laissait macérer les offenses longtemps et profondément.

Mais Sym était hors d'état d'y penser :

— Ma mère ne va pas se remarier. Et encore moins avec vous, quoi qu'il arrive ! Mieux vaudrait tous crever de faim ici que de vous emprunter quelque chose ! N'allez pas essayer de mettre vos mains sur quoi que ce soit qui nous appartient, sinon vous verrez que je suis suffisamment un homme pour vous remettre à votre place !

— Sym ! cria Meg en faisant le tour de la table pour le saisir par le bras et pour le secouer. Sym, attention à

1. Sous l'Ancien Régime, l'âge de la majorité est vingt-cinq ans, sauf émancipation prononcée par un tribunal. *(N.d.T.)*

ce que tu dis ! Des propos de ce genre sont inutiles ! Arrête !

Sans lâcher son fils, elle se retourna vers son visiteur :

— Vous feriez mieux de partir. Il est encore trop tôt pour que je puisse entendre le genre de choses que vous venez de dire. Mieux vaut vous en aller.

Gilbey hocha la tête, regardant Sym d'un air spéculatif :

— Ouais, convint-il en gagnant la porte et prenant soin de rester à bonne distance de Sym encore qu'il fût aussi vigoureux que lui, voire davantage. Je m'en vais. Mais réfléchissez à ce que j'ai dit. Vous êtes intelligente, Meg, et vous voyez bien les possibilités que contient notre union.

— Ce qu'elle contient, c'est le diable, voilà ce qu'elle contient ! hurla Sym au moment où la porte se refermait sur lui, avant de diriger sa colère sur sa mère : À quoi pensez-vous, de l'écouter ainsi ? Alors que le père n'est pas encore refroidi dans sa tombe !

— Barnaby est bien assez froid, dit Meg en soupirant. C'est une tombe d'hiver. Sym, il était inutile que tu dises de telles choses. Ça ne fait pas de mal d'écouter. Nous avons besoin de savoir ce qu'il a en tête. Ça ne peut pas faire de mal de l'écouter.

— Mais vous ne pensez pas à faire ça ! cria-t-il sur le ton non pas de la question mais d'une exigence, et elle crut alors entendre son père.

Comme elle avait appris à le faire avec Barnaby, Meg se contenta de lui rendre son regard froidement, jusqu'à ce que, nerveux, il détourne les yeux. Alors elle reprit :

— Je suis fatiguée. Va aider Hewe à trouver du bois, sinon nous n'aurons pas de feu demain matin. Je vais me coucher.

Assez indifférente à son obéissance, elle le laissa là au milieu de la pièce et alla se fourrer sous les maigres couvertures de son lit glacé, dans son coin.

CHAPITRE XI

Meg dormit d'un sommeil de plomb. Elle se réveilla une seule fois dans les ténèbres pour entendre la neige fondue qui flagellait le mur et les volets du côté est ; la fois suivante, elle sut, d'après l'angle de la lumière froide qui passait par l'interstice entre la fenêtre et le volet et sous la porte, que la matinée était bien avancée et le jour ensoleillé.

C'est l'idée du soleil qui la tira du lit, plus que tout le reste. Un bon feu brûlait dans le foyer, et la vaisselle sale sur la table signifiait que Sym et Hewe avaient trouvé le moyen de se nourrir. Elle s'approcha de la source de chaleur, et saisit sur la table une croûte de pain pour la mâchonner. Le tissu de sa robe était si grossier qu'il se défroissait dès qu'elle était debout et sauf la paille fraîche qu'il fallait renouveler dans ses sabots avant de les enfiler pour protéger ses pieds du froid du sol, elle se trouvait prête pour sa journée. Elle alla voir les poules et s'aperçut qu'elles avaient été nourries, elles aussi, que le sol avait été nettoyé sous leurs nids. Ça devait être l'œuvre d'Hewe, parce que Sym dédaignait de toucher aux « caqueteuses », disant que c'était l'affaire des femmes — mais il était le premier à manger des œufs quand il y en avait. Et la chèvre n'était plus là, probablement attachée dehors pour brouter le peu d'herbe hivernale que l'on trouvait derrière la maison. Peut-être que c'était Sym qui avait fait ça, songea Meg.

Elle éleva une muette prière d'action de grâces pour l'aide généreuse que lui apportaient ses garçons — ou Hewe, si tel était le cas — et prit son manteau. On lui avait dit au prieuré que ce n'était pas la peine qu'elle revienne le lendemain des obsèques de son mari, mais à cause des fêtes il y avait toujours un surcroît de travail en cuisine. On aurait besoin d'elle, et mieux valait être au prieuré qu'ici.

La neige fondue de la nuit n'avait laissé aucune trace. Un soleil grêle et sans chaleur faisait étinceler le givre qui recouvrait la route et le village, mais Meg ne prit guère la peine de le remarquer. Devant elle s'ouvrait le sentier qui à travers champs menait de son coin du village à la grand-route, tout près du portail de Sainte-Frideswide, en longeant les haies. C'était le chemin qu'elle prenait d'habitude pour rejoindre le prieuré. Mais en traversant la route pour s'y engager, elle jeta un coup d'œil vers le pré communal sur sa gauche, après l'église. À cette saison de l'année, les assemblées en plein air, grandes ou petites, n'étaient pas fréquentes, mais à ce qu'elle pouvait voir une bonne portion du village se trouvait réunie sur le pré. L'église l'empêchait de voir quel était l'objet de leur intérêt, de sorte qu'elle prit cette direction avec une évidente curiosité et un certain tremblement.

Mais il n'y avait rien là d'effrayant. Les voyageurs du prieuré avaient dressé une sorte de charpente en bois sur le pré, un peu plus haute qu'un homme de bonne taille, deux fois plus large que haute, et tendue d'épais rideaux rouges qui étalaient leur usure et leurs rapiéçages à la lumière du soleil. Les villageois s'étaient groupés en face de cet édifice et le plus vieux des voyageurs se tenait devant les rideaux, déclamant d'une voix puissante et claire :

— ... c'est ainsi qu'avec la permission de madame votre prieure, nous allons vous donner en ce jour le miracle de *La Statue de saint Nicolas*, pour que vous puissiez vous en divertir, bonnes gens de Prior Byfield.

Il s'inclina en un salut d'une élégance telle que Meg n'en avait jamais vu de pareil et disparut à un bout de la charpente, derrière le rideau. Meg avait déjà vu des comédiens, une fois ; il était venu une troupe au village quand elle était petite. Ils étaient drôles, se rappelait-elle. Et ils avaient demandé de l'argent à la fin de la représentation. C'est ce qui allait se passer aussi avec ceux-là, supposa-t-elle, et elle allait aussitôt se remettre en route lorsqu'elle vit Hewe à la limite d'un groupe ; après avoir hésité un moment, elle alla le rejoindre.

Il lui lança un bref regard accompagné d'un sourire, mais reporta son attention vers le rideau au moment où un homme en émergeait. Il avait revêtu une robe rouge vif, au col haut, qui lui descendait jusqu'aux pieds et était toute décorée de croix et d'agneaux dorés. Il tenait dans une main un bâton de fantaisie, au bout recourbé, et portait sur la tête une grande mitre pour bien montrer qu'il était évêque. Son visage était grave et solennel, et ses yeux étaient fixés sur un point lointain, au-dessus des têtes des gens, comme vers le Paradis. Un murmure d'admiration parcourut la foule.

Les ignorant toujours, il monta sur une petite caisse disposée pour lui devant le rideau et prit la pose, parfaitement immobile, la main libre levée dans un geste de bénédiction. Aussitôt, une dame sortit de derrière le rideau, svelte et blonde, vêtue d'une longue robe bleue dont la traîne retombait sur l'herbe derrière elle. Elle portait un petit coffret. S'approchant de l'homme immobile avec une grâce légère et majestueuse à la fois, elle s'agenouilla et posa le coffret par terre devant lui, puis elle joignit les mains comme en prière, leva les yeux vers lui avec un regard implorant et dit d'une voix aiguë et affectée :

— Ô saint Nicolas, il me faut entreprendre un voyage. Gardez donc mes richesses pour l'amour de Jésus. Point n'en est d'autre à qui je me puisse fier.

Assistez-moi, comme vous fîtes des trois pucelles. Pour jamais ma faveur vous aurez, si je retrouve encore mes richesses ici à mon retour.

L'homme ne bougea ni ne répondit, mais la dame eut l'air satisfaite. Elle se leva et reprit le chemin du rideau, faisant gracieusement ondoyer sa jupe. Meg, voyant pour la première fois son visage clairement, se rendit compte en sursautant que cette dame était le jeune homme blond qui portait le nom de Joliffe. Elle se tourna pour en toucher un mot à Hewe, mais au moment où la « dame » disparaissait à un bout du rideau, un autre comédien fit aussitôt son apparition à l'autre bout. Gris de mine et l'air sombre, drapé dans une cape noire, il observa avec attention autour de lui et ne vit apparemment personne, quoique le premier rang de la foule fût à moins de dix pas et que certains eussent déjà commencé à beugler des avertissements à l'adresse de la dame pour la faire revenir. Avec un ricanement diabolique, il se glissa vers l'évêque immobile, regarda à nouveau autour de lui et fit main basse sur le coffret.

— Non, non, se lamenta Meg à voix basse. Pourquoi est-ce que saint Nicolas ne le voit pas et ne l'arrête pas ? La dame lui avait dit de veiller sur son trésor.

Hewe, sans détacher ses yeux des comédiens, se pencha à son oreille et chuchota :

— C'est une statue de saint Nicolas, voilà pourquoi. Il ne peut pas bouger. Tout ce qu'il peut faire, c'est rester là. Est-ce qu'il n'est pas magnifique ? Est-ce qu'il ne fait pas la statue, sans bouger, de façon magnifique ?

Serrant le coffret, le voleur ressortit comme il était entré et se déroba à la vue. Au moment où il passait derrière le rideau, Rose apparut à l'autre bout, vêtue d'une robe jaune safran qui lui serrait les hanches pour ensuite s'évaser en larges pans, brodés de vert autour de l'ourlet. Sans temps mort, elle fit trois cabrioles en arrière devant le rideau, se tourna vers la foule pour une petite révérence habile et repartit du côté où était sorti le voleur.

La « dame » réapparut, portant la cape des voyageurs. Elle s'approcha de la statue, s'aperçut que le coffret avait disparu, le chercha de tous côtés de manière frénétique puis leva les bras de désespoir, s'exclamant :

— Ô lourd et fatal malheur ! Mes trésors ont disparu ! Désormais il me faudra vivre dans le besoin et dans la crainte. Mon argent et mes biens je vous avais confié, mais comme tous les hommes vous m'avez fait défaut vous aussi. Je vous avais adressé mes prières et toute ma confiance. Mais je me veux venger, comme c'est mon devoir. Nuit et jour je vous battrai sans relâche, jusqu'à ce qu'il me soit donné de revoir mes trésors.

Et elle glissa la main sous le bord du rideau pour en tirer une courte cravache.

Les femmes applaudirent et les hommes huèrent quand elle fit semblant de frapper la statue sur le dos et les épaules. Meg s'aperçut vite qu'aucun des coups ne touchait vraiment la statue et les hommes commencèrent à rire et les femmes à crier. Mais saint Nicolas ne cilla pas et la dame finit par jeter la cravache par terre avec un cri qui s'acheva en sanglot ; elle tomba à genoux, enfouit son visage dans ses mains et ses épaules furent secouées de tremblements. À ce moment, le voleur réapparut à l'extrémité du rideau, le coffret toujours serré contre lui. Il regarda autour de lui, fit comme s'il ne voyait personne, s'avança à découvert et posa le coffret sur le sol. Il l'ouvrit et commença à s'extasier sur son contenu. Meg se tordit le cou mais n'arriva pas à voir ce qu'il y avait dedans ; puis son attention fut distraite par saint Nicolas qui, après tout ce temps passé sans aucun mouvement, se mit à bouger. Avec une majesté solennelle, il abaissa la main qu'il tenait levée jusqu'à montrer le voleur du doigt ; et d'une voix grave et courroucée, il dit :

— Misérable, tu ne peux te cacher.

Le voleur fit un terrible bond pour se redresser ; la foule éclata de rire. Saint Nicolas poursuivit :

— Ton crime n'est point caché. C'est de ton fait si des coups sur mon dos s'abattirent. Rapporte ces choses dérobées, dont la perte a causé tant de chagrin...

Ici la dame lâcha un sanglot violent et tremblant.

— ... ou bien assurément sur une potence dès demain haut et court tu pendras.

Le voleur s'était tourné vers le saint pendant qu'il parlait et lui lançait un regard terrifié ; il s'affaissa peu à peu, horrifié et repentant, sous le poids des menaces de ses paroles et de sa voix. Puis, dans un empressement confus, il saisit le coffret, bondit sur ses pieds et se hâta de venir le déposer entre la dame en pleurs et saint Nicolas qui, après un lent hochement majestueux de la tête, reprit sa pose de statue du début. Le voleur déguerpit dans la coulisse. Après quelques derniers sanglots, de plus en plus faibles, la dame leva la tête et vit le coffret sur le sol devant elle. Elle s'écria de joie :

— Voici mon trésor de retour ! Joie de mon cœur, où étais-tu ? Saint excellent, de tous gardien, ce qui s'était perdu est ici tout entier. Jamais ma gratitude ne faiblira.

La tête du saint s'inclina vers elle, et il dit de la même voix solennelle qu'il avait employée pour parler au voleur :

— Ne m'adressez point vos prières, bonne dame, mais à Dieu seul. C'est Lui qui fit les cieux, c'est Lui qui fit la terre, et c'est par Sa puissance que ceci vous est rendu. Renoncez à votre amour des voies de ce monde et dirigez votre amour vers Dieu.

Tandis qu'il parlait, la dame était tombée dans un étonnement stupéfait. Quand il eut terminé, elle se leva, croisa les mains sur sa poitrine et cria gaiement :

— Ici il n'y a point d'hésitation. Ce message est une vraie révélation. Je veux donner ces richesses à tous les pauvres et servirai mon doux Jésus à tout jamais. Avec Sa bénédiction, plus ne pécherai, et mon trésor, c'est en Paradis que je le gagnerai.

Derrière le rideau, on commença à jouer un joyeux

cantique sur une flûte à bec. La dame leva la main vers saint Nicolas, qui la prit pour descendre de sa caisse. Ils se tournèrent ensemble pour faire face à la foule et le voleur sortit de derrière le rideau pour se joindre à eux en souriant, tandis que Rose se montrait de l'autre côté, jouant de la flûte. Les trois hommes saluèrent sous les applaudissements épars mais convaincus des villageois, et Meg se rendit compte que le mystère était fini. Rose passa à un autre air joyeux et le saint, la dame et le voleur se répandirent dans la foule, l'ancien voleur tendant son bonnet, le saint et la dame le devant de leurs robes pour ramasser les pièces de monnaie que l'on pouvait leur lancer. La plupart des gens se contentaient de se retirer, secouant la tête et montrant leurs mains vides, mais certains fouillaient dans leurs bourses pour y chercher des pièces. Quelques liards brillants tombèrent dans le bonnet et dans les pans des robes. Pas beaucoup — les espèces étaient rares dans le village ; et Constance, qui vivait dans la chaumière la plus proche, se rua chez elle et en ressortit tout aussi vite avec une demi-miche de bonne taille. Elle la donna au saint qui la remercia avec un baiser si élégant sur la main qu'elle se mit à glousser. Jenet, de la forge, charmée de ce spectacle, partit en courant chercher un bout de lard maigre. Elle l'offrit au voleur et reçut à son tour un galant baiser.

Les comédiens acceptaient avec joie tout ce que l'on leur donnait. Meg remarqua que le saint tendait à chercher les femmes mûres ; le voleur semblait viser surtout les jeunes filles et recueillait des baisers quand il ne pouvait pas obtenir de pièce ; et Joliffe, qui continuait à tenir son rôle de dame, taquinait les hommes pour leur arracher des pièces. Gilbey Dunn, éclatant d'un rire gras à ses avances amoureuses, lui lança un denier entier dans sa robe et donna à Joliffe une claque sur l'épaule avec une telle bonne humeur qu'il faillit le mettre à terre.

— Ho, Gilbey, lui cria Thad le forgeron, qu'est-ce

qui te charme en elle, son mignon visage ou ses petits pieds ?

— Gare à ta langue, répondit Gilbey en souriant de plus belle, ou bien tu vas voir si ton visage reste mignon, lui.

Ce mot provoqua un rire général, parce que Thad avait largement passé l'âge d'être un gamin et son visage était aussi couturé et rugueux qu'une vieille souche de jardin.

Pendant ce temps, Ellis était parvenu jusqu'à la jolie Tibby, la fille de la tavernière, et lui donna un autre baiser, et non pas sur la main, qui fut reçu volontiers.

Meg n'avait pas vu Sym jusqu'à cet instant ; mais tout d'un coup il était là, sorti on ne savait d'où pour se tenir derrière la jeune fille, un peu trop près, et de façon un peu trop possessive. La rougeur qui lui monta aux joues en voyant l'audace du comédien était plus sombre que celle qui accompagnait le rire d'aise de Tibby, et avec un saisissement douloureux Meg sut, car il ressemblait plus que jamais à son père, ce qu'il s'apprêtait à faire ensuite. Elle cria : « Non, Sym ! » mais il était déjà trop tard.

Passant le bras par-dessus l'épaule de Tibby, il poussa Ellis rudement et lui dit :

— Ça suffit comme ça. Allez embrasser votre « dame » et laissez la mienne tranquille.

Cela suscita des rires chez les villageois qui les entouraient, et quelqu'un appela Joliffe en lui disant de venir embrasser « le beau voleur que voilà ». Habituée aux façons du village, Tibby se hâta de s'écarter et laissa les deux hommes face à face. Sans quitter Sym des yeux, Ellis tendit son bonnet de côté. Joliffe se trouva là brusquement, le récupéra et disparut très prestement à reculons, passant le bras sous celui de Tibby pour l'entraîner avec lui et la mettre définitivement hors d'atteinte.

Se retrouvant au milieu d'un espace vide que les villageois venaient de leur ménager, Ellis se garda bien de tout geste menaçant mais dit seulement d'une voix placide :

— Je ne faisais qu'admirer un beau visage, je ne cherchais pas à la voler. Rien de mal à ça.

— P'têt' qu'y a du mal et pis p'têt' pas, fit Sym d'un air borné, avec une voix pâteuse qui apprit à Meg qu'il avait déjà fait halte à la taverne le matin même. Et le mal fait à mon père, voleur ? Quel mal tu lui as fait, hein ?

— Aucun mal, sinon de le tirer d'un fossé glacé et de le transporter vers les secours.

— Mais qui l'avait mis dans ce fossé, hein ? Qu'est-ce que tu sais là-dessus, et que tu ne dis pas ? Qui l'avait mis là-dedans pour commencer ? Voilà c'que j'veux savoir.

— Eh bien, je dirais qu'il est arrivé là par le même chemin que vous avez pris pour venir ici, répondit froidement Ellis. En passant par la taverne, avec quelques verres de trop.

Hewe essaya de se libérer des doigts de Meg qui s'enfonçaient dans ses épaules. Elle le lâcha et le dépassa pour s'avancer vers Sym. Si seulement elle pouvait le saisir, le distraire...

Elle n'en eut pas le temps. Piqué au vif et à court de répliques, Sym voulut frapper Ellis. Le comédien fit un pas en arrière sans hâte ni peur apparente et Sym se retrouva soudain par terre, l'air ahuri.

Meg s'arrêta, figée par la peur, sans comprendre ce qui s'était passé, sachant seulement que ce n'était pas naturel. Mais les villageois riaient, surtout les hommes, et même Hewe. Tout était arrivé trop vite et voilà qu'avant que Sym ait pu se relever, le comédien-saint avait posé la main sur l'épaule d'Ellis et l'entraînait. Joliffe, lui, était déjà loin, sur le côté de la foule en compagnie de Tibby, lui chuchotant quelque chose à l'oreille qui la faisait sourire et coqueter avec lui, sans plus du tout se soucier d'Ellis ni de Sym. Rose avait ramassé la caisse et le coffret et rentrait derrière le rideau. Tout était fini, sauf les rires.

Mais Sym poussa un grognement guttural et tenta de se mettre debout, dans la claire intention de continuer la bagarre. Meg se fraya un chemin entre les badauds du village et se jeta sur lui, pour le rejeter à terre si elle le pouvait.

— Arrête ! s'écria-t-elle. Tu ne vas pas te battre avec des gens pareils, comme un rustaud ! Et sur le pré communal, devant tout le monde ! Arrête !

Sym la repoussa, trop aveuglé par sa colère pour savoir ce qu'il faisait.

— C'est des voleurs ! hurla-t-il. Des voleurs et des meurtriers ! Le père serait vivant s'ils ne l'avaient pas tué et vous allez les laisser repartir, ces hommes, leur femme indécente et leur marmot bâtard, avec le père mort dans sa fosse !

Meg agrippa son bras et il la traîna, la faisant pivoter en essayant de la contourner. La première chose qu'elle vit fut le visage blanc et rigide de Rose, derrière la foule, apparu au bord du rideau. Puis elle vit Ellis, qui s'était dégagé de l'étreinte de Thomas Bassett et qui courait sur Sym, un désir de meurtre dans ses yeux furieux.

CHAPITRE XII

Thomas Bassett fut plus rapide qu'on ne l'aurait cru possible chez un homme de son âge et de sa corpulence. Bousculant plusieurs villageois, il se fraya un passage jusqu'à Ellis, le repoussa d'une main en passant devant lui et tonna de la riche voix grave de saint Nicolas :

— Cela suffit ! Laissez tomber, vous deux ! Ellis, il y a la charpente à démonter, et Piers nous attend au couvent. Allez, viens.

Toujours agrippée à Sym, qui à présent avait Hewe pendu à son autre bras, Meg vit la rage abandonner Ellis peu à peu. Son visage puis ses poings se relâchèrent. Sans quitter Sym du regard, il recula, puis fit demi-tour en s'éloignant, claquant des doigts au passage pour appeler Joliffe à ses côtés. Et maintenant certains des villageois entouraient Sym en jouant des coudes, lui donnaient des tapes dans le dos et se moquaient de lui gentiment, essayant eux aussi de l'entraîner. Sym résista davantage qu'Ellis, repoussant leurs mains et sacrant, mais Meg savait que la colère agressive l'avait quitté et elle le lâcha. Il était assez gris pour ne pas savoir où avait filé l'objet de sa querelle et ils la lui feraient sortir de tête complètement en un rien de temps.

Mais tiraillé dans un sens et dans l'autre par ses deux camarades, Hamon et Peter, il se retrouva nez à nez avec Gilbey Dunn, qui sans se démonter lui dit en souriant :

— Tu rentres à la maison, Sym ? Ta journée a été courte, on dirait.

Sym n'allait pas rater une aussi belle occasion de faire rebondir une vieille querelle. Il repoussa ses deux amis d'un mouvement brusque.

— Ça, vous devez bien connaître, vous, les journées courtes, pas vrai ? Et les longues nuits, à sortir et rentrer en cachette, cherchant à faucher ce qui n'est pas à vous et filant chez le receveur à toutes les occasions pour lui dire comme notre tenure se porterait mieux si elle tombait entre vos sales pattes. Et maintenant que le père n'est plus là, c'est sa veuve que vous voudriez faucher, en vous disant que c'est une façon plus confortable de l'avoir. Mais vous ne l'aurez pas comme ça non plus. Vous serez mort avant, Gilbey Dunn. Écoutez-moi bien ! Refroidi dans un trou comme le père avant de mettre les mains sur ce qui est à lui !

— Sym ! cria Meg d'une voix angoissée.

Tout le monde prêtait attention à Gilbey et à Sym maintenant, et il était clair que la colère de Gilbey avait à présent atteint le niveau de celle de Sym. Son teint avait foncé, ses yeux avaient rétréci et durci, sa bouche s'était serrée. Mais il se contenta de répondre :

— Quand tu as bu de la bière, tu parles bien mal. Hamon, Peter, ramenez-le chez lui ou ailleurs, pour qu'il retrouve ses esprits.

Peter, un garçon aux épaules massives dont le cerveau était un peu plus vif que celui d'Hamon, comprit. Comme si tout cela n'était que pour rire, il reprit :

— Hé, Sym, on ne s'amuse pas fort, ici. Partons.

Sym regarda autour de lui, troublé. Peter lui passa un bras sur les épaules.

— Allez, viens, dit-il chaleureusement. Allons voir ce qui se passe chez moi.

Il pencha la tête vers celle de Sym.

— La dernière fois, il me restait du miel. Qu'est-ce

que tu en dis ? Hamon, tu pourrais nous trouver du pain ?

Hamon, qui n'avait pas la cervelle plus claire que Sym, fit un clin d'œil et sourit :

— Pour sûr que je peux, Peter. Pourquoi que tu n'as pas parlé du miel avant ?

Et sur ce, il partit.

À son grand soulagement, Meg constata que Sym cédait aux pressions amicales de Peter.

— Dépêche-toi ! cria-t-il à l'adresse d'Hamon, et il s'éloigna en titubant, appuyé sur l'épaule de Peter.

Hewe hésita, jetant un regard à sa mère, puis les suivit de loin.

Maintenant que le spectacle était bien fini, tous les autres commencèrent à se disperser. Mais Gilbey Dunn s'attarda un moment et dit à Meg à voix basse :

— Il va vous faire des ennuis, de toutes les manières et quoi que vous fassiez. Réfléchissez à mon offre. Vous serez en sécurité alors, et vous aurez quelqu'un qui gardera l'œil sur lui. Il lui faut une main d'homme.

— Il ne vous aime pas.

— Il n'aimera jamais les gens qui essaient de le remettre dans le droit chemin. Il est bien le fils de Barnaby, il fait les mauvais choix, vous le voyez aussi bien que moi.

— Vous ne devriez pas parler comme ça de Barnaby, maintenant qu'il est mort.

— Je ne disais rien de mal, fit Gilbey en haussant les épaules, seulement la vérité. Et vous le savez aussi bien que moi. Vous n'arriverez jamais à vous en sortir toute seule avec Sym. Et vous savez que je me comporterai bien avec vous. Personne n'a jamais pu dire que je ne l'avais pas traité correctement.

Mais Sym venait de dire juste le contraire ; et Barnaby l'avait dit très souvent ces derniers mois, en se battant pour conserver son bien contre les efforts de Gilbey qui voulait confisquer la portion de terres et de droits banaux revenant à Barnaby. Mais ce que Sym avait dit était l'effet d'un excès de bière, et Barnaby avait parlé sous l'effet de malheurs qu'il s'était surtout créés lui-même. Meg ne savait pas où se trouvait la vérité, aussi resta-t-elle muette, les yeux fixés sur le sol entre eux deux, jusqu'au moment où Gilbey ajouta en haussant les épaules :

— Pensez-y, Meg.

Et il s'en alla.

Meg resta, regardant toujours l'herbe rigide et morte à ses pieds et essayant de réfléchir. Peut-être que Gilbey avait raison sur ce remariage. Sûrement que ça simplifierait bien les choses. Et ça n'avait pas beaucoup d'importance, si elle ne l'aimait guère. Mais Sym ne le supporterait pas. Même si ça avait les meilleures conséquences en fin de compte, il ne l'accepterait jamais. Meg en était sûre, et sûre aussi que Gilbey le savait. Mais peut-être que ça ne comptait pas pour lui. Pas comme ça devait forcément compter pour elle.

Elle se rendit compte tout d'un coup qu'elle avait froid et que le petit morceau qu'elle avait mangé ne lui tenait plus au ventre, qu'elle avait encore faim, et qu'il fallait aller travailler sinon elle ne gagnerait pas d'argent ce jour-là. Ça aurait été bon de s'asseoir chez quelqu'un, au coin de son feu, pour causer. Mais à un moment donné, elle avait perdu ses amies. Les autres femmes du village semblaient lui en vouloir des efforts terribles qu'elle faisait pour améliorer son sort. Quand elle les rencontrait, elles hochaient la tête et lui parlaient, mais elle n'adressait la parole à aucune et aucune ne venait la trouver pour parler.

Sans y penser, elle était revenue sur ses pas, traversant le cimetière après l'église, pour rejoindre le raccourci qui passait derrière les haies et menait au prieuré. Elle fit une pause devant la tombe de Barnaby. La terre de la fosse était entassée en mottes gelées, trop compactes pour le fer des pelles. À la venue du printemps, elles s'ameubliraient et se tasseraient pour donner un tertre convenable; l'herbe y pousserait et l'année suivante un creux marquerait son emplacement au lieu de cette terre rompue et nue. Meg essaya de penser à une prière, mais rien ne lui vint. Barnaby s'était confessé, il avait été absous et avait reçu l'extrême-onction. Et puis il s'était endormi et il était mort, et aucun homme n'aurait pu avoir l'âme plus pure et plus immaculée pour retourner dans le sein d'Abraham. C'est sûrement là qu'il était à présent, dans l'éclat et la chaleur, bercé par les chants des chœurs angéliques, avec comme distraction le spectacle des tourments que l'on inflige aux méchants tout là-bas en Enfer. Et un jour, avec l'aide de Dieu, ses petits et elle le rejoindraient là-haut, aussi purs et immaculés qu'il l'avait été.

Meg se plongea dans ce rêve d'être toujours au chaud, de n'avoir jamais plus faim, au lieu du froid et de la faim qui étaient son lot pour le moment, puis elle sursauta en se rendant compte qu'elle perdait du temps et se hâta de gagner le prieuré.

Frevisse était venue voir comment allaient les choses à l'hôtellerie. Avec si peu de visiteurs, tous regroupés dans la vieille hôtellerie en cette saison de fêtes, elle n'avait pas beaucoup d'obligations et les expédiait facilement. Elle commença par s'assurer que les valets ne paressaient pas en négligeant leurs tâches peu nombreuses, puis elle se rendit auprès de Piers, laissé seul pendant que les comédiens étaient au village.

Il était pelotonné dans un nid de couvertures, restant couché comme un garçon bien sage à regarder les petites flammes qui dansaient sur l'âtre. En l'entendant arriver, il roula sur le lit pour voir qui c'était et montra sa déception de ne pas retrouver sa mère ou les autres. Frevisse lui sourit et se courba pour lui toucher le front. Il était à peine un peu plus chaud qu'il n'aurait dû l'être et l'éclat de la fièvre avait quitté ses yeux.

— Comment te sens-tu ? demanda-t-elle.

— J'ai faim, madame, dit-il, la voix encore un peu rauque.

Il la regarda avidement, comme si elle pouvait cacher dans la manche ou dans une poche quelque chose de comestible.

Frevisse regretta de ne rien avoir, aussi se contenta-t-elle de dire :

— C'est bon signe. Voudrais-tu boire quelque chose ?

— Du lait ? interrogea Piers plein d'espoir.

— De l'eau, répondit Frevisse en secouant la tête.

Piers soupira et fit oui de la tête. Frevisse alla remplir pour lui le gobelet au seau. Pendant qu'il buvait, elle demanda :

— Ne devrais-tu pas essayer de faire semblant d'être malade un petit peu plus longtemps, pour que vous puissiez continuer à séjourner ici ?

Piers la regarda d'un air méprisant en lui rendant le gobelet.

— À quoi bon ? demanda-t-il. Il y a de l'argent à gagner à Oxford, et des bons moments à passer à *La Rose et la Couronne,* et on ne peut pas dire que ça abonde ici. Il y a des endroits plus agréables que celui-ci, et ça ne sert à rien de rester au même endroit trop longtemps.

Les réponses que Frevisse auraient pu formuler furent arrêtées par le bruyant retour des comédiens du village. Ils baissèrent la voix au moment où ils franchissaient le seuil, mais continuèrent leur dispute avec une intensité et une gaieté qui n'était peut-être pas entière.

— Et tu n'aurais pas pu trouver quelqu'un d'autre pour faire le joli cœur, une fille dont l'amoureux n'aurait pas été là, à fulminer par-dessus son épaule, et en plus un garçon déjà fâché contre nous ? déclara Bassett.

— Suis-je supposé me soucier de ce rustaud qui a de la terre dans le crâne ? demanda Ellis. C'était la plus belle du troupeau, la plus jolie que j'aie vue depuis la Saint-Michel.

— Et bien disposée autant que charmante, ajouta Joliffe.

— Ouais, tu n'as pas perdu de temps pour le remarquer, dit Ellis en souriant. Je l'ai bien vu. Et tu m'as laissé faire le coup de poing avec ce bouseux enragé tandis que tu cherchais une occasion pour la tripoter.

— Eh bien, les choses n'en sont arrivées là pour personne, ni pour toi ni pour moi, n'est-ce pas ? Alors, finissons-en.

— Ça suffit, dit Rose. Voici mère Frevisse qui n'a pas besoin d'entendre vos sottises.

Piers sortit à nouveau la tête hors de son nid et demanda :

— Ellis s'est encore battu ?

— Tais-toi, canard, fit Rose, qui se pencha pour relever la frange blonde tombée sur son visage et lui toucher le front.

— Je vais presque mieux, dit Piers en se dérobant. C'est ce que dit mère Frevisse. Ellis, as-tu...

— Regarde, Piers, interrompit vivement Bassett en lui montrant la demi-miche de pain et le bout de lard maigre.

— Ah ! s'écria Piers dont l'enthousiasme changea rapidement de direction. Est-ce pour manger tout de suite ?

— C'est le meilleur moment, répondit Bassett, qui rompit un généreux morceau de pain pour le fourrer dans la bouche du garçon.

Ensuite il produisit un bonnet qu'il agita sous le nez de Piers :

— Nous sommes parés aussi pour notre voyage d'Oxford. On va pouvoir faire ferrer Tisbe.

Piers enleva la bouchée de pain de sa bouche :

— Alors, est-ce qu'on peut partir maintenant ? Je suis presque guéri. Guéri suffisamment. J'aurais pu vous accompagner et j'aurais vu Ellis déclencher cette bagarre dans le village.

— Je ne déclenche jamais de bagarres, fit Ellis.

Il s'accroupit à côté de l'enfant et écarta les cheveux qui lui descendaient sur les yeux, faisant mine de lui tâter le front pour lui trouver de la fièvre.

Piers, visiblement las d'être malade, écarta sa main. Suçotant le bout de pain, il reprit :

— J'ai soif, soupira-t-il en agitant ses couvertures dans tous les sens et les emmêlant. C'était une belle bagarre ? Avec qui t'es-tu battu ?

Rose lui passa un gobelet d'eau tandis qu'Ellis l'extirpait patiemment des couvertures.

— Avec personne, dit-il. J'ai juste fait asseoir ce vilain sur l'herbe pour qu'il réfléchisse à ses mauvaises manières. C'est avec Joliffe que je vais me battre s'il n'arrête pas de me voler mes filles.

— Comment pourrais-je te voler ce qui n'est pas à toi ? intervint Joliffe, qui avait pris le pain à Bassett et le découpait en cinq tranches égales.

Sa dague tranchait la croûte épaisse et la mie marron et dure sans effort, remarqua Frevisse ; et lorsque Ellis sortit la sienne et s'en servit pour piquer sa part sans se lever, elle exprima sa surprise :

— Vous avez les mêmes couteaux, vous et Joliffe.

Bassett dégaina le sien et le tendit pour qu'elle l'examine.

— Moi aussi, dit-il.

Les lames avaient une forme identique et les manches, en bois avec des incrustations de fil de cuivre, étaient aussi identiques.

— Et ma mère, ajouta Piers à travers le morceau de pain qu'il avait dans la bouche. Et moi aussi. Seulement, ils ne veulent pas me le donner. Ils disent que je suis trop jeune, acheva-t-il d'un ton qui tournait cette idée en dérision.

— Nous avons joué à un mariage dans le Nord, du côté de Sheffield, expliqua Bassett. Nous étions un peu plus nombreux alors, et nous avons donné une de nos bonnes pièces...

— Pas *La Statue de saint Nicolas,* fit Joliffe en se cachant le visage de la main et en secouant la tête comme accablé de honte.

— Ne te plains pas. Saint Nicolas nous a valu un joli nombre de deniers, remarqua Rose en déversant dans sa jupe les pièces de monnaie et en lançant à Ellis son bonnet. Je n'aurais pas cru qu'il y en aurait autant à gagner dans un tel endroit.

Elle laissa échapper un cri d'étonnement :

— Une pièce d'un denier ! À l'effigie d'Henri V, ajouta-t-elle en l'examinant de près. Ça ne m'étonnerait pas qu'elle soit restée dans la bourse du manant pendant douze ans au moins, depuis la mort du feu roi.

— Ils n'avaient pas vu de comédiens depuis un moment, observa Bassett. Et c'est les fêtes, ils étaient prêts à s'amuser un peu.

Il s'était laissé tomber sur un banc avec lassitude et observait sa troupe avec un plaisir satisfait.

— À tout prendre, une bonne matinée de travail. Je suppose qu'il n'y a pas d'autres villages à proximité ? demanda-t-il en regardant Frevisse.

— Le plus proche est à deux heures de marche, répondit-elle.

— Deux heures aller et deux heures retour. C'est trop loin pour une journée d'hiver, observa Bassett avec regret. Mais pour revenir au mariage qui nous a valu ces dagues, nous avons eu tellement de succès que le marié — qui avait fait fortune dans le travail de l'acier — nous les a données en plus du prix convenu, comme un échantillon de sa spécialité. Un vrai seigneur, et généreux avec ça. Quelque part il y en a trois autres qui se promènent de par le monde, mais elles sont parties quand notre troupe s'est séparée. Mais c'est une autre histoire.

Une pensée lointaine l'avait rendu mélancolique et sa bouche formait un pli amer.

— Une histoire qu'il n'est ni l'heure ni le lieu de raconter, ajouta Rose. Est-ce que quelqu'un va se charger de préparer ce lard ou allons-nous rester assis à le regarder en attendant qu'il moisisse ?

— Il ne risque pas de moisir par ce froid, répondit Joliffe. Qu'est-il arrivé aux hivers doux ? Je suppose qu'il est impossible de faire en sorte que le printemps arrive la semaine prochaine pour réchauffer le monde un petit moment ?

— Je suppose qu'il t'est impossible de faire en sorte de me rendre cette fille que tu m'as piquée aujourd'hui pour que je la réchauffe ? répliqua Ellis.

— Ce n'est pas ma faute si elle préfère mon charme à tes muscles.

Souriant intérieurement, Frevisse les laissa arranger leurs affaires, selon une routine évidemment immuable, et partit s'occuper des siennes.

Les tâches de Meg la retinrent au prieuré jusqu'au coucher du soleil. C'était le soir de la Saint-Sylvestre et il y avait des petites choses spéciales à cuire, pas seulement pour le lendemain mais pour plus tard, parce que le lendemain du Jour de l'an devait être consacré à tuer et à préparer les poulets pour les tourtes que mère Edith avait fait mettre au menu du soir des Rois au couvent.

— Donc il y a des choses à faire plus qu'en suffisance, avait affirmé mère Alys, si on veut que demain soit fête et si ensuite nous sommes dans les poulets morts jusqu'au cou. Une sale affaire, pas propre du tout, et j'espère qu'il y aura assez de sauge pour en voir le bout — je ne sais pas qui l'a gaspillée encore —, sinon les tourtes seront immangeables. Ne faites pas claquer ce moule comme ça, le gâteau ne s'en remettra pas et alors c'est moi qui vais vous claquer.

Elle fit les petits yeux en signe d'hostilité mais elle était encore fatiguée par son rhume et ne se leva pas de son tabouret : elle se contenta de brandir sa cuillère vers la coupable comme une épée, et la coupable baissa la tête par habitude. Quiconque travaillait dans sa cuisine apprenait rapidement à ne pas se trouver sur son chemin, mais il était impossible d'éviter sa mauvaise humeur. À la fin de la journée Meg se traîna hors de la cuisine dans le petit couloir qui partait du cloître, si épuisée qu'elle n'avait même plus la force de rendre grâces.

Après la chaleur des fours et des cheminées de la cuisine, l'air mordit profondément sa maigre chair. Par habitude, et sans espérer que cela servirait à quelque chose, Meg serra plus étroitement son manteau autour d'elle. Elle sortit par la porte de derrière dans la petite cour qui séparait le couvent et l'enceinte extérieure, et qui donnait par un autre portail dans la cour de devant, d'où elle pouvait accéder à la grand-route et reprendre son raccourci à travers champs.

Le jaune d'or du soleil s'assombrissait, tout gonflé en s'abaissant de plus en plus dans le ciel sans nuages. À l'autre bout des champs, inaccessibles aux rayons du soleil couchant, les ténèbres avaient commencé de s'accumuler dans l'herbe et le long des haies, attendant pour s'emparer du monde que le soleil ait fini de s'effacer ; et Meg se hâtait, poussée autant par la montée de l'obscurité que par le froid, désirant retrouver sa chaumière et se blottir devant son foyer.

Si quelqu'un s'était donné la peine de rentrer du bois. Si quelqu'un s'était donné la peine d'alimenter le feu.

Il n'y avait personne en vue quand elle dépassa l'église et suivit les ornières gelées de la route qui longeait sa maison. Le soleil avait disparu et tout était plongé dans les ombres du crépuscule. Une lumière jaune se voyait ici et là, sortant des chaumières dont les volets fermaient mal ; mais la sienne ne présentait que des ténèbres. Le faible espoir qu'elle avait nourri d'y trouver feu et chaleur s'amenuisa encore.

Toutefois, quand elle ouvrit la porte, contre toute attente, l'âtre rougeoyait d'une lueur produite par des braises encore vives. La chaleur et des odeurs familières de fumée et d'animaux l'enveloppèrent dès qu'elle eut refermé la porte derrière elle. Hewe était là, occupé à donner du fourrage à la chèvre. Il se retourna. Dans la semi-obscurité, il lui était impossible de distinguer clairement le visage de son fils, mais sa voix était gaie.

— J'ai fait du feu, la mère. Mais j'ai attendu pour remettre du bois, je ne voulais pas qu'il soit éteint avant votre retour.

— Et tu as rentré Nankin, dit Meg en laissant sa satisfaction percer dans sa voix. Tu es un bon fils, Hewe. Et les poules ?

— Je les ai nourries et je leur ai donné de l'eau.

Sa voix faiblit quand il avoua, s'attendant à voir sa mère en colère :

— Mais je n'ai pas encore nettoyé leurs saletés.

Meg était trop contente d'avoir trouvé le feu allumé pour s'en offusquer.

— Ça peut attendre. Viens te chauffer maintenant.

— Il y en a une qui est morte, ajouta Hewe presque dans un souffle.

Meg soupira et se laissa aller sur l'un des tabourets à trois pieds disposés près du foyer, ouvrant son manteau pour recevoir la chaleur et tendant les mains vers les braises.

— On n'y peut rien, dit-elle avec lassitude. Peut-être que je la mettrai au pot ce soir et nous en ferons notre festin du Nouvel An. Viens mettre du bois sur le feu pour moi. Mes mains sont tellement raidies par le froid que je ne sais si je pourrais le faire.

Hewe s'approcha et ranima le feu avec grand soin, jusqu'à ce que les flammes dansent en projetant des ombres et des lumières dans la pièce et sur le visage de Meg. Attendrie, elle l'observait en train de regarder les flammes et dit après un temps :

— Où est ton frère ? Pourquoi n'est-il pas ici à t'aider ?

Hewe ne détourna pas les yeux du feu.

— Il est à la taverne, ou pas très loin, je parie. Et sûrement qu'il ne rentrera pas tôt.

Sym était disposé à faire pour autrui les corvées qu'il négligeait à la maison à cause des quelques pièces qu'il pouvait gagner pour les boire au cabaret.

Cette minable chaumière qui servait dc lieu de réunion pour les oisifs et les femmes malhonnêtes avait été l'asile de prédilection de son père et voilà que Sym semblait suivre ses pas et en faire son quartier général. Alors, qu'il en assume les conséquences, comme son père.

— Il y a quelque chose dans la boîte à farine, reprit Meg. Apporte-le-moi.

— Quelque chose à part la farine ? demanda Hewe surpris.

— À part la farine.

Quoique de la farine il y en eût vraiment fort peu. Il fallait qu'elle passe un accord avec le meunier ou qu'elle trouve un moyen d'en acquérir de mère Alys, par l'argent ou par le troc.

— Qu'est-ce que c'est ? s'écria Hewe intrigué en brandissant l'orange que Barnaby avait rapportée du banquet de lord Lovel.

— Une friandise pour nous, reprit Meg.

Elle l'avait gardée dans son tablier jusqu'à son retour à la maison ; et elle l'avait mise dans la boîte à farine pour qu'elle soit en sécurité. Elle essuya de son manteau la farine qui y restait, puis la tint brandie dans la lumière du foyer, de manière à faire briller sa couleur et bien montrer sa nouveauté.

Avec hésitation, Hewe tendit l'index pour la toucher, la caressa prudemment avant de retirer son doigt.

— Qu'est-ce que c'est ? Où l'avez-vous trouvée ?

— Prends-la dans la main, fit Meg. Ce n'est pas fragile. Vas-y.

Hewe la prit et la fit tourner dans ses mains pendant qu'elle lui racontait d'où elle venait, et comment son père l'avait gagnée.

— En chantant devant le seigneur ? demanda Hewe.

— Les nobles aiment bien qu'on les amuse pendant qu'ils festoient. Et sais-tu ce que nous allons en faire maintenant ?

Hewe secoua la tête.

— Nous allons la manger ! dit-elle d'une voix triomphante.

D'un air dubitatif, Hewe éprouva du doigt la résistance de l'écorce, comme sa mère la première fois qu'elle avait tenu le fruit. Mais elle avait vu ce qu'avait fait mère Frevisse et elle tendit la main pour qu'il le lui rende.

— Donne. Je vais te montrer.

Pourtant, elle fit beaucoup plus de saletés qu'elle ne l'avait prévu. Cette chose ne ressemblait pas davantage à une pomme sous sa peau qu'à l'extérieur, mais ils finirent par y arriver, en défaisant les quartiers déjà formés, une fois qu'ils eurent compris comment c'était agencé. Ils se les partagèrent en riant, ravis du goût à la fois sucré et acide, du jus, et de leur propre surprise de découvrir tout cela. Bientôt, il ne resta de l'orange que sa peau et ils se trouvèrent tous deux imprégnés de son odeur, les mains et le visage poisseux.

Quand ils se furent débarbouillés et que Meg eut regagné son tabouret avec Hewe assis à côté d'elle, la tête sur son genou, il soupira :

— C'était magnifique. Tout ça pour une simple chanson à lord Lovel.

— Hum.

Meg n'écoutait pas vraiment. Elle se laissait aller à la chaleur et à la fatigue. Elle s'était dit qu'elle réfléchirait à l'offre de Gilbey ce soir, mais aucune pensée ne semblait vouloir venir.

— Je pourrais le faire, fit Hewe.

— Quoi ?

— Chanter pour lord Lovel. Ou peut-être danser. Je sais danser, vous m'avez vu le faire. Et on me donnerait des choses. Ou bien de l'argent. Comme aux comédiens aujourd'hui. Ils ont joué leur pièce et ensuite les gens leur ont donné de l'argent.

Meg avait à peine songé aux momeries de la matinée sur le pré communal depuis la fin du spectacle. Sa réplique fut un peu vive :

— Ça n'est pas un travail d'homme ! Se déguiser pour jouer une histoire idiote ! Et puis regarde le genre de gens que c'est. Ce ne sont pas des gens bien, ils courent les routes, ils n'ont pas de chez-eux.

— Moi, pour ce que j'en ai vu, ça m'a paru un travail aussi bon que les autres, répliqua-t-il avec feu, en se redressant et s'éloignant d'elle.

Son visage prit la même expression de révolte qu'il réservait aux moments où il disait qu'il ne voulait pas se faire prêtre.

Meg ouvrit la bouche, en quête d'une réponse bien sentie pour lui mettre un peu de plomb dans la cervelle, mais la porte de la chaumière s'ouvrit brusquement sous la poussée de quelqu'un et, dans un courant d'air glacé, Sym entra dans la pièce en titubant et avec lui entra toute la noirceur de la nuit.

Il était soûl. Ça se voyait tout de suite. Il vacilla contre le chambranle et resta là, bouche bée devant sa mère, comme s'il ne se rappelait pas où il était ou pourquoi il se trouvait là. Et il avait fait une chute un peu plus tôt ; il avait déchiré un des genoux de ses chausses, déjà rapiécé à cet endroit. Où est-ce qu'elle allait pouvoir trouver un autre morceau d'étoffe pour repriser ça, Meg ne le savait pas. Cela, ajouté aux âneries d'Hewe, enflamma sa colère, et toute la satisfaction du moment qui venait à peine de s'écouler disparut dans une envie rageuse de lui faire mal à lui aussi, exactement comme il lui faisait mal en cet instant.

— Si tu es tellement soûl, Sym, tu n'as qu'à aller te coucher dans une bauge à cochons quelque part pour cuver ! lui lança-t-elle. Tu ne vas pas rentrer ici pour être malade.

— La mère... bafouilla-t-il.

Et il s'avança dans la pièce en chancelant, laissant la porte ouverte derrière lui.

— Il pue, fit Hewe, l'air dégoûté, en se reculant. Il pue comme le père quand il avait bu.

— C'est toi qui pues, morveux ! gronda Sym. Tu pues le lait de ta mère, avorton ! Je vais te frotter le crâne avec mes poings à te le mettre en sang, si je t'attrape !

— Hewe, ferme la porte. Pas besoin en plus de se geler parce qu'il est soûl.

Hewe obéit en faisant un détour pour éviter son frère. Sym s'élança vers lui mais Hewe avait trop d'expérience pour se laisser prendre. Il lui échappa et, parvenu sur le pas de la porte, il cria à Meg par-dessus son épaule :

— Je vais passer la nuit chez Peter. Je reviendrai quand Sym aura dessoûlé.

— Hewe ! s'écria Meg.

Mais il était déjà parti, refermant la porte derrière lui et la laissant seule avec Sym qui, emporté par son élan, avait heurté la table sur laquelle il s'appuyait maintenant. Tout son poids reposait sur un bras et il avait la tête penchée. Il serrait son autre bras sur son ventre depuis un moment. Il l'enleva, tint sa main sous ses yeux et fronça le sourcil devant les reflets sombres que la lueur du feu lui révélait.

— La mère, je perds mon sang, fit-il d'une voix soudain affolée.

CHAPITRE XIII

Pour l'office de complies et les dernières prières de la journée, les nonnes de Sainte-Frideswide se virent épargner les rigueurs de leur église glaciale. Quand la cloche sonna l'heure, elles posèrent leur lecture ou leur ouvrage dans le chauffoir, mère Alys souffla les bougies et mère Edith prit la direction de leurs prières, à la douce lueur du feu de la cheminée.

Frevisse appréciait ce bref instant entre la fin de chaque jour et l'heure du coucher, au crépuscule en été et à la nuit tombée en hiver. En dépit des quintes de toux et des reniflements, les prières tenaient leur promesse de paix venant couronner une journée de travail avec une nuit de repos à venir, et elles se conclurent comme toujours par :

— Que le Seigneur tout-puissant nous accorde une nuit tranquille et une fin parfaite. Amen.

Sur les derniers mots, sœur Lucy éternua bruyamment, sœur Perpetua toussa au point que l'on crut qu'elle allait étouffer, mère Alys se moucha dans un bruit de tonnerre et Frevisse songea avec un soupir discret que cette nuit tranquille semblait bien improbable. Mais deux femmes venues de la cuisine firent irruption avec une carafe de vin chaud aux épices et des gobelets, ainsi que le restant du pain du souper, et Frevisse oublia le malheur à venir pour le plaisir de la chaleur présente, avant la sortie dans les froides galeries du cloître et la marche jusqu'à leurs lits.

Normalement, lorsque l'heure arrivait pour les religieuses de s'acheminer par les sombres couloirs dans un silence à peine troublé par le léger bruit de leurs semelles et le froissement de leurs robes, c'est mère Edith qui aurait dû ouvrir la marche, pour les laisser au pied de l'escalier du dortoir et faire le tour du cloître, accompagnée de sa seule servante, jusqu'à son appartement. Mais la prieure se rendait compte de la lenteur de ses déplacements ces temps-ci, et du froid qui régnait la nuit. Elle autorisa donc les religieuses à la devancer, recevant leurs révérences avec un doux sourire et un salut de la tête avant de les voir s'échapper dans les ténèbres qui régnaient entre le chauffoir et la lanterne qui éclairait l'escalier qu'elles devaient emprunter.

Elles y étaient parvenues quand elles entendirent des bruits indistincts monter de la cour. Là où il n'aurait dû y avoir que le silence épais d'une nuit noire, on entendait des voix amplifiées par la colère. Ralentissant, les religieuses s'arrêtèrent en désordre et se tournèrent dans la direction du bruit, tout effarées.

— Des bandits ! murmura sœur Amicia. C'est une attaque ! Nous allons toutes être violées !

Ces mots auraient pu déclencher une panique générale, si mère Alys n'avait pas enfreint la règle du silence :

— *Restez où vous êtes !* hurla-t-elle, et son autorité était telle, de même que le volume de sa voix, que les sœurs se figèrent sur place.

Sœur Fiacre montra la direction de l'église et commença à repousser faiblement les religieuses qui lui barraient le passage. Mais l'une de ces religieuses n'était autre que mère Alys, et il n'était pas question de l'ébranler. Sa présence solide et massive était un roc sur lequel le flot de la terreur de ces femmes venait se briser en vain.

Sœur Claire leva la main pour faire signe à Frevisse, qui l'approuva de la tête, et les deux femmes firent demi-tour dans la galerie pour rejoindre la porte qui donnait sur la cour. Mère Alys observa leur départ avec une telle concentration que les autres nonnes suivirent la direction de son regard et que, voyant deux de leurs sœurs qui n'étaient pas affectées par la peur — bien plus, qui marchaient vers le danger —, le courage leur revint. C'est alors seulement que mère Alys commença à les mener vers l'église en un cortège digne et silencieux.

Au moment où Frevisse et sœur Claire atteignirent la porte, il était évident, d'après le bruit, que ce qui se passait dans la cour, quoi que ce fût, était dirigé non pas contre l'entrée du cloître mais contre la vieille hôtellerie. Frevisse avait la main sur le loquet quand il y eut une sorte de clameur de triomphe bestiale. Sœur Claire se signa. À ce qu'elles entendaient, il allait y avoir des blessés. Frevisse souleva le loquet et sortit.

Déconcertée un moment par l'éclat soudain des torches, elle marqua un temps. Il pouvait y avoir une douzaine d'hommes qui se bousculaient dans une mêlée confuse, devant la porte de la vieille hôtellerie. Certains portaient des torches dont la lumière fluctuante s'agitait et oscillait, dissimulant presque autant qu'elle les révélait la presse des hommes qui se débattaient et frappaient quelque chose qui se trouvait en leur centre. Il n'y en eut qu'un qu'elle reconnut avec certitude — leur intendant, Roger Naylor. À l'extérieur de la bande, il essayait de tirer les hommes en arrière et leur criait d'arrêter.

Frevisse retroussa sa robe pour ne pas trébucher et traversa la cour au pas de course, ajoutant sa voix à celle de Naylor :

— Arrêtez ça ! Vous n'avez pas le droit d'être ici ! Arrêtez !

Personne ne fit attention à elle, mais comme aiguillonné par sa présence, Naylor se jeta dans la foule, écartant un premier combattant puis un deuxième, jusqu'à se retrouver coincé dans la cohue, sans jamais cesser de leur crier d'arrêter. Frevisse essaya de le suivre. Il s'agissait de gens du village ; quand ils verraient qu'elle et Naylor étaient là, ils cesseraient. Mais ils étaient trop enragés pour remarquer quoi que ce fût à part leur cible : ils continuèrent à se bousculer pour rejoindre le centre de la mêlée, où d'autres plus nombreux étaient baissés pour maintenir à terre quelqu'un qu'ils étaient en train de rouer de coups.

Naylor flanqua un violent coup de poing dans les côtes de son voisin de gauche. L'homme qui portait une torche recula, titubant de douleur. Frevisse lui saisit le coude qu'elle remonta pour éviter de prendre la flamme en pleine figure et se mit à le secouer en lui demandant :

— Comment osez-vous venir ici comme cela ?

L'homme la regarda interdit, comprenant d'un seul coup d'œil qui elle était et son statut, puis il se dégagea et recula, jetant la torche sur les pavés de la cour avant de détaler à toutes jambes pour se perdre dans les ténèbres.

— Naylor ! appela-t-elle. Ça va ?

Naylor était trop occupé pour lui répondre. Il en saisit un deuxième par le col de sa tunique et l'envoya balader sur le côté avant de mettre la main sur un troisième. L'autre, retrouvant péniblement son équilibre, se jeta en grondant sur Naylor par-derrière. Frevisse fit un pas et lui envoya un violent coup de pied dans le genou. Gênée par sa robe, elle put seulement le faire vaciller mais non l'envoyer à terre, et il se retourna furieux, poing levé pour frapper son agresseur. Frevisse était déjà prête à parer le coup, mais la peur doucha la colère de l'homme avant qu'il n'ait pu la frapper. Il recula vivement en murmurant :

— Pardon, madame, pardon !

Puis il prit ses jambes à son cou en hurlant :

— Hé, les gars, faites gaffe ! Voilà les nonnes !

— Et vous pourriez aussi remarquer maître Naylor, ajouta Frevisse sur un ton sarcastique que nul n'entendit.

Troublés, les hommes commencèrent à s'écarter de leur victime, aidés de surcroît par les derniers coups de poing de Naylor, accompagnés de jurons.

— Ça suffit, maudits, grondait-il. Retirez-vous. Vous en avez fait assez.

— Plus qu'assez, intervint sœur Claire.

Frevisse se rendit compte soudain que l'infirmière était juste derrière elle. Sœur Claire se fraya un chemin entre les villageois, colère contenue et nerfs impavides. Ils la laissèrent passer sans difficulté et elle s'agenouilla auprès de celui qu'ils avaient roué de coups.

Entendant sa voix, il sortit prudemment la tête de la boule qu'il avait formée avec son corps pendant l'orage. Naylor s'empara d'une torche et la leva pour permettre à sœur Claire de mieux le voir.

Abasourdie, Frevisse reconnut Ellis.

Malgré tout il semblait n'avoir guère souffert. Un filet de sang sortant d'une coupure cachée dans ses cheveux coulait sur sa joue devant son oreille et il tenait une de ses mains sur l'arrière de son crâne tandis que de l'autre il se tâtait les côtes. Mais il leva les yeux vers sœur Claire en faisant la grimace et déclara :

— Dieu soit loué, ils étaient trop nombreux. Sinon, ils auraient pu aller beaucoup plus loin.

— Laissez-moi vous palper, commanda l'infirmière en lui retirant la main qu'il appliquait sur son côté.

La laissant à ses œuvres, Frevisse se retourna violemment contre les hommes qui l'entouraient.

— Et alors, qu'est-ce que ça veut dire, d'arriver comme ça et d'attaquer l'un des hôtes du prieuré ?

Celui qui avait failli la frapper, un grand gaillard au visage fruste et dont les manières l'étaient plus encore, expliqua :

— Il a poignardé le jeune Sym. Nous sommes venus le prendre avant qu'il ait pu s'échapper.

— Et vous l'avez poursuivi jusqu'ici ?

— Poursuivi, au diable ! intervint Ellis qui grimaçait de douleur sous les manipulations de sœur Claire. Ils m'ont sorti de force de l'hôtellerie. Je n'en ai pas bougé depuis la fin de l'après-midi et je n'ai pas rencontré ce Sym.

— C'est un comédien qui a fait le coup. C'est ce qu'a dit sa mère. Elle a dit que c'est ce qu'il avait dit. Et c'est toi qui t'es battu avec lui ce matin, conclut l'homme.

— Ça ne veut pas dire que c'est moi qui ai fait le coup ! cria Ellis, alors que sœur Claire lui écartait les cheveux pour trouver sa blessure. Je ne suis pas sorti d'ici ce soir et je n'ai poignardé personne.

— Non, fit Joliffe avec une arrogance tranquille. Mais moi, probablement que oui.

Il se tenait dans l'entrée de l'hôtellerie, sur un fond de ténèbres, tandis que la lueur des torches, tremblotante sur ses traits tirés, lui éclairait le visage, et il ajouta avec un rien d'ironie dans la voix :

— Mais vous êtes entrés si brusquement et l'avez saisi si vite et sans dire pourquoi que vous ne m'avez pas laissé le temps de dire que c'était moi, hein ?

— Maudit chien de vagabond... commença le costaud fruste en avançant vers lui.

Roger Naylor s'interposa, tourné vers Joliffe, et prononça les mots qui étaient venus aussi à la pensée de Frevisse :

— Et qu'est-ce que ça signifie de venir comme ça dire une telle bêtise, que c'est « probablement » vous qui l'avez poignardé ? Vous ne m'avez pas l'air d'être ivre au point de ne plus savoir si vous avez donné un coup de couteau à quelqu'un ou pas.

— Je ne suis pas du tout ivre, répliqua Joliffe.

Frevisse avait vu sa bouche s'étrécir sous l'insulte du maraud, mais il parlait avec la même désinvolture que précédemment. Seule la lueur de ses yeux était inquiétante, indiquant qu'il savait exactement ce qu'il faisait en attirant sur lui la meute qui avait traqué Ellis.

— Je suis bien allé faire un tour dans ce méchant trou à rats que vous qualifiez de taverne, mais j'étais à peine installé que votre Sym s'est mis en tête qu'il ne voulait pas que j'y reste. Je n'ai pas bu une goutte.

— Et pourquoi ne voulait-il pas de vous à la taverne, alors que c'est avec celui-là qu'il s'était battu le matin ? demanda Naylor en désignant Ellis.

— Peut-être à cause de la fille avec qui je m'étais assis. Elle n'avait rien contre, mais lui si.

Baissant la tête pour éviter les doigts de sœur Claire qui sondaient sa blessure, Ellis s'écria avec indignation :

— Et c'est pour ça que tu tenais tellement à y aller ? C'est ce que tu faisais pendant que je l'étendais pour le compte ce matin ? Tu lui donnais rendez-vous au cabaret ?

— Elle m'a dit qu'elle y serait, répliqua Joliffe en haussant les épaules. Elle a dit qu'elle n'aurait rien contre si j'y allais. Et j'y suis allé.

— Mais Sym n'était pas d'accord, reprit Frevisse.

— Ah ça, pas du tout, répondit-il en imitant le ton ironique de la religieuse. Et il avait déjà bu assez de bière pour nous deux. Il n'était plus en état d'écouter quoi que ce soit, ni de ma part ni de celle de la fille, et lorsque je me suis levé pour partir, il s'est jeté sur moi.

— Et vous avez sorti votre dague pour vous défendre, ajouta Naylor.

— Je n'ai absolument pas dégainé. Je n'en ai pas eu le temps. Il avait un couteau à la main quand il est venu sur moi, alors je lui ai saisi le poignet et je ne l'ai plus lâché, c'est tout. On s'est battus et on est tombés sur un banc, en roulant, si bien qu'il était en dessous. Je me suis relevé d'un bond, j'ai dit à quelques-uns de ses amis qu'il vaudrait mieux qu'ils le rctiennent en attendant que je sois loin, et j'ai filé.

— Et vous êtes revenu ici, reprit Naylor.

Joliffe hésita avant d'en convenir :

— Et je suis revenu ici.

— Ou plutôt tu t'es embusqué pour le poignarder dans le noir ! cria quelqu'un dans la foule.

— J'aurais pu le faire, répliqua Joliffe sur le même ton. Mais voilà, je ne l'ai pas fait.

— Facile à dire ! reprit quelqu'un d'autre.

Forcés de lâcher Ellis, ils attendaient, toujours assoiffés de vengeance, et Joliffe faisait aussi bien l'affaire que n'importe quel autre étranger. Frevisse se faufila devant quelqu'un pour se placer entre la foule et le comédien. Mais Naylor agit plus franchement et s'avança carrément dans l'espace qui le séparait des villageois, avant de dire, d'une voix aussi colérique que celles qui venaient de se faire entendre :

— Oui, il faut bien vous mettre dans la tête qu'il n'y aura que des paroles ce soir, tant que nous n'aurons pas pu interroger Sym en personne. Est-ce qu'un de vous était dans la taverne, pour confirmer si ce qu'il a dit jusqu'à maintenant est vrai ?

Grommelant et traînant des pieds, trois des hommes présents signalèrent qu'ils y étaient.

— Alors, demanda l'intendant, ça s'est passé comme il le dit ? Sym a dégainé contre lui, ils se sont battus, ils sont tombés et ensuite il est sorti ?

Hésitants, les hommes se regardèrent, se donnant des coups de coude, et l'un d'entre eux finit par dire :

— Ouais. Ça s'est bien passé comme ça. Juste comme il a dit.

Frevisse s'était placée à côté de Naylor maintenant, entre la foule et Joliffe, à un endroit bien exposé, sur ce petit terrain libre, éclairé par la lueur des torches, qui séparait un homme seul de la cohue de ces visages furieux, mais elle puisa dans son courage pour demander, d'une voix aussi hardie que celle de son voisin :

— Et le couteau, est-ce que Sym l'avait toujours à la main quand il s'est relevé ?

— C'est juste, fit l'un des trois hommes, qui avait saisi où elle voulait en venir. Il l'avait encore. Il l'a remis dans son fourreau. Je me le rappelle.

Les autres l'approuvèrent par une série de hochements de tête.

— Donc, quels que soient les événements, s'il a reçu sa blessure à ce moment-là, c'était un accident, reprit Frevisse, et il s'est blessé lui-même.

Là aussi, les villageois l'approuvèrent massivement ; mais alors l'homme au visage fruste suggéra :

— Donc, peut-être que ça s'est passé après, qu'il a fait le coup dehors, dans le noir.

Des grognements indiquèrent que la foule revenait sans difficulté à sa colère initiale. Frevisse se retourna vivement vers Joliffe :

— Alors dites-nous où vous êtes vraiment allé après être parti de la taverne. Vous n'êtes pas revenu directement ici.

Ce n'était qu'une hypothèse, mais elle connaissait déjà assez bien le visage de Joliffe pour y lire, malgré le contrôle dont il était capable, qu'elle avait deviné juste. Sachant qu'il était le seul à pouvoir saisir l'expression qu'elle avait sur le visage, elle tenta de lui faire comprendre par sa mimique que sa vie dépendait peut-être de la réponse qu'il allait lui faire ; et peut-être aussi la vie de Naylor et d'Ellis. Sœur Claire et elle ne risquaient presque assurément pas grand-chose ; elles se feraient simplement bousculer si la rixe reprenait ; mais elle jugeait que Naylor n'était pas le genre d'homme à abandonner quelqu'un à la foule sans combat, et Ellis était déjà au cœur de la mêlée.

Joliffe rencontra son regard et le déchiffra. Ou alors il connaissait déjà les enjeux aussi bien qu'elle. L'instinct de survie joint à son goût pour l'humour mi-figue mi-raisin lui inspira sa réponse :

— Une fois sorti de la taverne, je suis allé me jeter entre les bras de cette jolie fille. Elle était partie quand Sym avait commencé à faire le méchant et elle m'attendait sous le porche de l'église. Nous l'avons vu qui passait en titubant : il rentrait chez lui, je suppose. Malheureusement, ajouta-t-il avec une indifférence qui semblait faire fi des mouvements et des murmures de la foule, tout ce que j'ai pu obtenir de la belle, ce sont quelques baisers et des mots doux, mais je suis sûr que nous sommes restés là jusqu'à ce que Sym même soûl arrive chez lui.

— Voilà quelque chose que Roger Naylor pourra vérifier demain, intervint sœur Claire avant que quiconque ait pu réagir. Pour cette nuit, il va vous enfermer, et l'affaire est réglée. Mais mère Frevisse et moi-même allons avoir besoin d'une escorte pour aller au village voir s'il y a quelqu'un de blessé là-bas. La blessure est-elle grave ?

Les hommes se regardèrent d'un air vague et se balancèrent d'une jambe sur l'autre avec embarras. Sœur Claire se releva, exaspérée, mais ce fut Naylor qui exprima son agacement :

— Vous êtes venus ici faire tout cet esclandre, troublant la paix et rouant de coups notre hôte, sans même savoir si la blessure était grave ? Vous n'en avez pas la moindre idée ?

Haussant les épaules, l'un des hommes ronchonna :

— Meg est venue à la taverne. Elle a dit que Sym s'était fait poignarder par un des comédiens. Et nous...

Il regarda ses camarades avec un nouveau haussement d'épaules.

— Nous, on est allés chercher des gars à droite à gauche et on a couru ici pour être sûrs que l'autre n'essayait pas de filer sans avoir payé pour ce qu'il avait fait.

— Sauf que vous n'avez même pas attrapé le bon et que le bon, lui, n'avait rien fait de toute manière, trancha Naylor. Quelle belle bande d'abrutis vous faites !

Leurs yeux disaient qu'ils l'approuvaient. Ellis s'était péniblement remis sur pied et il alla rejoindre Joliffe à l'entrée de l'hôtellerie.

— Alors c'est réglé comme ça. Mais il nous faut quand même aller au village. Qui veut...

Sœur Claire fut interrompue. Des voix et la lueur de torches venues du portail du prieuré causèrent un mouvement général, et tout le monde se tourna dans cette direction pour voir arriver quatre villageois, qui portaient un lourd fragment de barrière sur lequel était allongé un corps entièrement caché par une couverture. Meg l'accompagnait, le pas mal assuré, cramponnée à Hewe sur lequel elle s'appuyait, lui hébété, le visage pâle noyé de larmes. Le père Henry suivait le triste petit groupe, la tête inclinée en prières. Il était inutile de demander qui reposait sur la civière, et nul ne le demanda.

CHAPITRE XIV

L'esprit délibérément tourné vers le côté pratique des choses face à la mort, Naylor observa :

— On peut le mettre dans l'étable du dehors. Elle est vide et il s'y conservera bien en attendant l'arrivée de l'enquêteur de la Couronne.

Toute mort de l'un de ses sujets, quel qu'il fût, de façon mystérieuse ou violente relevait de la justice du roi. Celui qui le représentait dans ces questions, l'enquêteur de la Couronne, devait se déplacer et venir examiner, interroger, recueillir témoignages et preuves jusqu'à ce qu'il fût pleinement convaincu de détenir la vérité sur l'affaire. Si quelqu'un était coupable, il procédait à une arrestation. Si c'était un décès par accident ou de cause naturelle, tous les intervenants se retrouvaient libres de vaquer à leurs occupations. Il était impossible d'inhumer le corps de Sym avant que l'enquêteur ne l'eût examiné.

Selon la coutume, le corps aurait dû être exposé dans l'église du village, mais il n'y avait plus de prêtre dans la paroisse ; et l'église du prieuré n'était pas un lieu approprié pour l'un des serfs de lord Lovel. De fait, le problème aurait dû concerner uniquement le receveur de lord Lovel, mais on ignorait absolument où il était à ce moment précis, entre l'une ou l'autre terre de son seigneur ; il faudrait du temps pour le trouver, et Naylor et lui avaient depuis longtemps pris l'habitude de s'entraider quand l'un d'eux était dans le besoin ou simplement absent.

Donc, pour l'heure le corps de Sym était à sa place au prieuré. Mais avec son autorité tranquille qui valait bien celle de Naylor, Frevisse reprit :

— Mettons-le plutôt dans la nouvelle hôtellerie. C'est plus commode pour ce que nous aurons à faire.

Et mieux valait l'hôtellerie qu'une étable.

Sœur Claire était allée vers Meg et lui parlait tout bas, avec cette sympathie profonde qu'elle dispensait généreusement à toute personne souffrante, pour quelque motif que ce fût. Mais l'homme au visage fruste n'en avait pas encore fini et, toujours prêt à créer des histoires, il dit très fort :

— Là peut-être que c'est un meurtre maintenant, alors.

— Ah, Jankyn, laisse tomber pour le moment, fit une voix.

Mais d'autres firent entendre un grondement.

Ellis et Joliffe se tenaient encore côte à côte à la porte de l'hôtellerie. Frevisse implora le Ciel en son for intérieur qu'ils aient le bon sens de se replier à l'intérieur et de barricader la porte au cas où la foule redeviendrait violente.

Mais le moment de la violence était passé. Il n'y avait pour l'heure que la certitude grommelée que des torts avaient été faits, et un désir d'explications. Prenant bien soin de ne pas paraître nerveuse, Frevisse alla se placer de l'autre côté de Meg, lui prit la main — elle la trouva sèche, rugueuse et sans force contre la sienne — et demanda :

— Que vous a dit votre fils sur sa blessure ? Est-ce qu'il a dit qui lui avait fait ça ?

Meg ne releva pas la tête. D'une voix lointaine et lasse, elle répondit :

— Il a dit que c'était le comédien qui l'avait poignardé. À la taverne. C'est tout ce qu'il a dit. Une de ces bagarres inutiles. Tout comme son père. Sym provoquait toujours des bagarres, comme son père.

Ses propos s'éteignirent mais elle en avait dit assez. Naylor éleva la voix :

— Voilà. Vous avez entendu. Ça s'est passé à la taverne, dans la bagarre, et vous êtes suffisamment nombreux à l'avoir vu pour savoir que personne n'est coupable à part Sym lui-même. Vous n'avez rien d'autre à faire dans cette histoire pour l'instant, en attendant l'arrivée de l'enquêteur. Rentrez chez vous. Il fait trop froid pour traîner ainsi dehors.

Privés de but, et prenant conscience de l'heure tardive et de la froidure, les hommes commencèrent à sortir les uns après les autres par le portail du prieuré. Les quatre porteurs de la civière attendirent que le père Henry leur ouvrît la voie vers la nouvelle hôtellerie. Meg regarda sœur Claire, qui reprit :

— Venez avec moi, Meg. Vous pouvez passer la nuit ici. Il est inutile que vous retourniez chez vous cette nuit, pas toute seule.

— Il y a Hewe, remarqua Meg d'un ton vague en regardant autour d'elle.

— Je m'en occupe, fit Frevisse.

Le garçon n'avait pas bougé depuis son arrivée, hébété, hors d'état même de pleurer pour l'instant. Meg ne lui jeta aucun regard, se contentant de hocher la tête, et elle se laissa emmener par sœur Claire vers la porte du cloître, où quelques têtes prudentes avaient eu le courage d'apparaître, à présent que le tumulte était passé.

— Vous devriez aller informer mère Edith de ce qui est arrivé, ajouta Frevisse.

Sœur Claire approuva. Les têtes curieuses disparurent dès qu'elle et Meg eurent franchi la porte et la seule lumière qui éclairait la cour désormais était celle qui provenait de l'intérieur de l'hôtellerie, ainsi qu'une lanterne posée à côté d'une borne. Naylor la souleva et dirigea sa lueur jaunâtre sur le visage des deux comédiens, qui se tenaient toujours à l'entrée.

— Je n'aurais jamais cru que vous ayez autant de chance, fit-il. Mais vous devez rester ici. Maître Montfort voudra s'entretenir avec vous quand il arrivera.

— Ils resteront, dit Frevisse. Ils ont un enfant malade et ils doivent jouer pour nous demain ou après-demain.

Naylor hocha la tête et tourna son attention vers elle :

— Vous avez fait preuve d'une grande audace quand vous vous êtes attaquée à ces hommes avec moi. Mais je vous remercie de votre aide.

Face à cette franchise sans réserve, Frevisse n'eut d'autre choix qu'une réponse sincère :

— Votre audace à vous aussi n'était pas mince. Je ne pouvais vous laisser les affronter tout seul. En outre, ils ne faisaient pas encore le bruit insensé d'une foule qui tue sans réfléchir. Ils étaient en colère contre un homme en particulier et n'en étaient pas arrivés au point de ne pas reconnaître l'habit d'une religieuse. Je ne me suis pas sentie en danger.

— Votre idée du danger est un peu plus large que celle de la plupart des gens, répliqua Naylor. Bon, je vais finir ma ronde et rentrer me coucher, avec votre permission, madame.

Frevisse le salua et il partit en emportant sa lanterne. La nonne rejoignit Hewe et lui prit le bras.

— Tu as froid, lui dit-elle. Il faut rentrer maintenant. Il ne manquerait plus que tu tombes malade en plus de tout le reste.

Il la suivit, moins parce que ce qu'elle venait de dire était raisonnable que parce qu'à cet instant il était prêt à suivre n'importe quel ordre. Joliffe et Ellis attendaient toujours sur le pas de la porte, Bassett les avait rejoints. Ils reculèrent tous lorsque Frevisse approcha avec Hewe, et ils la suivirent dans la salle, vers la cheminée dans laquelle Rose était en train de refaire du feu. Piers, qui évidemment avait reçu la consigne de ne bouger de sa place en aucune circonstance, sortit la tête de ses couvertures, avec une curiosité prudente quoique bien éveillée. Mais ils savaient que le danger immédiat était passé ; un reste de tension se trahissait seulement dans les mouvements de Rose tandis que ses regards interrogateurs allaient rapidement d'Hewe à Frevisse.

De la part de celle-ci, amener le garçon à Rose avait été de l'instinct pur et simple. Pendant l'agonie de Barnaby dans l'hôtellerie, personne n'avait fait étape au prieuré ; Frevisse n'avait pas la moindre idée de la maison qui aurait pu l'accueillir au village cette nuit-là. Le père Henry avait assez à faire avec l'âme et le corps de Sym, et si elle le remettait aux converses du prieuré, il ne trouverait jamais la paix avec toutes leurs questions. Rose semblait donc la seule solution.

— Son père a été enterré hier, expliqua Frevisse. Et maintenant son frère est mort. Sœur Claire s'occupe de sa mère et je ne crois pas qu'il ait autre part où aller.

Rose reporta son regard sur Hewe et le contempla un moment, pour finalement hocher la tête :

— Il est le bienvenu. Installez-le près du feu. On dirait qu'il a besoin de se réchauffer.

Derrière elles, on entendit la voix de Joliffe qui répondait à une remarque de Bassett :

— Tu aurais été bien bête de me suivre là-dehors. C'était mon affaire. Et si je n'avais pas rétabli la vérité avec ces gros veaux, si les choses avaient mal tourné pour Ellis et moi, alors Rose et Piers auraient vraiment eu besoin de ta présence. Et alors, Rose, qu'est-ce qu'il y a dans ta marmite pour mon souper ? lança-t-il.

— Mon gars, tu as déjà été servi.

Et elle fit passer l'écuelle vers Hewe.

Il la regarda en clignant des yeux sans l'accepter.

— Mon frère est mort.

La voix de Rose contenait toute la douceur qu'elle n'avait pas manifestée à ses propres compagnons :

— Je sais. Et cela est triste plus que l'on ne saurait

dire, continua-t-elle en se déplaçant pour venir s'asseoir en face de lui. Mais ta mère va avoir besoin de toi, et il faut que tu arrêtes de trembler, sinon tu vas tomber malade et ce serait grand-pitié aussi. Là.

Elle lui présenta la cuillère. Comme s'il n'avait pas été plus vieux que Piers, il ouvrit la bouche avec obéissance pour recevoir la nourriture. Rose jeta un regard à Ellis derrière lui, qui, prenant un manteau, le drapa sur ses épaules voûtées alors qu'elle lui donnait une deuxième cuillerée.

Frevisse recula. Hewe était en de bonnes mains à présent ; il fallait qu'elle aille voir si sœur Claire avait besoin d'assistance. Elle la trouva à l'infirmerie, assise sur le bord d'une couchette à côté de Meg. Quand Frevisse fit son entrée, sœur Claire se leva, mais Meg ne dressa même pas la tête : elle resta assise, recroquevillée, les yeux secs, les mains crispées l'une contre l'autre sur ses cuisses tendues.

— Elle va passer la nuit ici, dit sœur Claire en s'approchant de Frevisse. Il ne sert à rien qu'elle retourne toute seule dans sa maison.

Frevisse approuva en silence, mais Meg sortit assez d'elle-même pour dire :

— Et Hewe ?

— Il est en compagnie d'amis, répondit Frevisse. Il est au chaud et on lui donne à manger. Il va bien.

Elle eut envie d'aller vers la veuve, de lui prendre les mains pour établir une sorte de communication et s'assurer qu'elle était suffisamment présente pour l'entendre, mais au lieu de cela elle interrogea sœur Claire :

— Elle a besoin de repos. Vous allez lui donner quelque chose ?

— La potion la plus forte que je sache préparer. Et puis je resterai avec elle jusqu'à ce que je sois bien sûre qu'elle est profondément endormie.

Meg ne releva même pas les yeux pour suivre cette

conversation qui se déroulait par-dessus sa tête. Elle avait perdu un mari et son fils en à peine trois jours, sans même qu'un pressentiment l'ait avertie de ce qui allait se passer. Le sommeil lui ferait du bien mais il n'empêcherait pas le chagrin de s'abattre sur elle, une fois dissipée l'insensibilité causée par le choc.

Elle finit par lever le regard de ses mains pour croiser celui de sœur Claire, à qui elle dit d'une voix emplie d'espérance :

— Il avait peur, Sym, je veux dire. Il disait qu'il avait peur de mourir. Alors je l'ai aidé à dire les mots : « Ô mon Dieu, je regrette de tout cœur de Vous avoir offensé » comme après la confession. Il l'a dit lentement, et bien, en pleurant. Et il a imploré la Vierge Marie de le secourir. À la fin, c'était le Ciel qu'il voulait, comme de juste. Je l'ai béni au nom du Seigneur avant d'aller chercher du secours. Était-ce suffisant ? Est-ce qu'il sera sauvé ?

— Si les choses se sont passées comme vous le dites, alors son âme est sauvée, l'assura sœur Claire. Tous ceux qui implorent la grâce du Seigneur l'obtiennent. Vous avez bien agi en le lui rappelant et en priant avec lui. Il ne craint rien à présent.

Meg approuva de la tête et reporta son regard sur ses mains en murmurant :

— Il ne craint rien à présent.

Baissant la voix, sœur Claire s'adressa à Frevisse :

— Parlez-lui, voulez-vous, pendant que je vais préparer la potion dormitive.

— Oui, répondit Frevisse, bien malgré elle.

Meg la regarda et reprit d'une voix vague et inquiète :

— Vous croyez que ça aura été suffisant ? Il sera sauvé ? Un jour qu'il y avait la peste et que le père Clement ne pouvait pas assister tout le monde en même temps, il a dit que ça pouvait suffire. Sym sera sauvé ?

— Il est bien maintenant, lui assura Frevisse. Il est heureux et il est en paix.

Le corps de Sym reposait sous une couverture, anéanti, mais sœur Claire avait raison. Si sa mère avait fait tout ce qu'elle disait avoir fait, alors son âme ne risquait rien et ce chagrin au moins pouvait lui être épargné.

— Vous avez fait tout ce que vous pouviez. Le père Henry célébrera une vraie messe de funérailles pour lui, et cela ne peut qu'aider. Ne vous inquiétez donc pas. Comment les choses sont-elles arrivées ?

Meg s'anima un peu :

— Il y a eu une bagarre. Une de ses bagarres. À la taverne, il m'a dit. Avec un des comédiens. Il n'a même pas su qu'il était blessé avant d'être à la maison. Il était si surpris, il a regardé et il y avait du sang. Je l'ai fait s'allonger. Sur mon lit. Et j'ai regardé ce que c'était, et j'ai eu peur, et ça lui a fait peur et il a commencé à me supplier d'aller chercher le prêtre parce qu'il ne voulait pas mourir sans confession. Il avait tellement peur.

La terreur de son fils se retrouvait dans sa voix et sur son visage, elle la revivait. Frevisse lui tapota l'épaule de façon distante. Meg reprit, hors d'état d'interrompre le cours de cette pensée obsédante qui lui martelait le crâne :

— Je ne l'ai pas quitté avant d'avoir fait tout ce que je pouvais. Je me suis rappelé ce qu'avait dit le père Clement et je l'ai fait. Mais il n'y avait personne et donc j'ai dû le laisser. Pour trouver de l'aide. Mais il ne craint rien maintenant. Il n'est plus violent. Il n'est plus en colère. Il ne craint rien ?

— Il ne craint rien, répéta Frevisse, qui aurait bien voulu que sœur Claire se dépêche.

Meg fit mine de se lever.

— Il faut que j'aille veiller son corps. On ne peut pas le laisser tout seul cette nuit.

Frevisse posa la main sur son bras glacé et la pressa de rester où elle était.

— Le père Henry est avec lui. Il va prier à son côté toute la nuit. Vous aurez bien le temps demain. Vous allez rester ici ce soir.

— Ici ? fit Meg en promenant ses yeux autour d'elle.

Sœur Claire arriva avec le verre et sa médecine.

— Vous allez rester ici et vous allez boire ceci.

Meg prit le verre et y fixa son regard sans le boire.

— Ici, c'est différent de tous les autres endroits.

— Buvez votre breuvage, dit sœur Claire.

Meg en but un peu pour obéir, puis, fixant à nouveau les yeux sur le liquide sombre :

— Ils m'avaient forcée à l'épouser. Et ensuite, Sym était exactement comme lui. Tout comme lui. Je peux rester ici ? dit-elle en levant ses yeux hallucinés vers sœur Claire.

— Pour cette nuit, du moins. Buvez tout.

Meg vida le verre d'un long trait régulier.

— Maintenant couchez-vous, dit sœur Claire, et dormez. C'est ce que vous devez faire maintenant.

— Et Hewe ?

— Hewe est dans l'hôtellerie avec des amis, répéta Frevisse patiemment. On s'occupe bien de lui.

Meg ferma les yeux.

— Il n'est pas violent. Il n'est pas comme son père. Il ne lui arrivera rien.

Ses yeux se fermèrent et, probablement autant sous l'effet de l'épuisement que de la médecine de sœur Claire, sa respiration se fit de plus en plus régulière jusqu'au moment où elle s'endormit sous les yeux des deux religieuses.

Le lendemain, le temps clair se maintint et avec lui le froid. Les offices furent troublés par les reniflements et le chapitre étouffé par les quintes de toux. Frevisse, dont le rhume était presque passé, s'aperçut qu'il était revenu, sans doute à cause de sa courte nuit de sommeil et de son séjour, la veille, dans la nuit glacée. Mouchoir à la main, elle accomplit ses tâches, jusqu'au moment où, sortant de l'hôtellerie, elle traversa la cour pour rentrer dans le cloître et se fit intercepter par le père Henry.

— Mère Frevisse, lui dit-il, sœur Claire demande si vous pourriez venir la trouver dans la nouvelle hôtellerie.

Préoccupée par son nez qui coulait, elle ne lui demanda pas pourquoi, mais se contenta de hocher la tête avec un soupir résigné et changea de direction pour retraverser la cour à ses côtés, jusqu'au perron de pierre qui les mena dans la nouvelle hôtellerie, construite pour leurs hôtes les plus prestigieux, avec sa propre cuisine et des chambres séparées.

De son vivant, Sym n'y serait jamais entré. À présent, il reposait sur l'une des tables à tréteaux de la salle, où l'on avait étalé une couverture. Sœur Claire était là, avec posées à côté du cadavre une bassine d'eau chaude qui dégageait de la vapeur dans l'air glacé et une pile de chiffons propres ainsi qu'une toile cirée bien pliée, preuve qu'elle était venue pour faire la toilette du mort et le préparer pour l'inhumation, autant que faire se pouvait, avant l'arrivée de l'enquêteur de la Couronne.

— Où sont sa mère et son frère ? lui demanda Frevisse.

— Le garçon est avec les comédiens. Meg dormait encore quand je l'ai quittée. Ce qui est aussi bien. Il y a un problème, ajouta-t-elle en désignant le corps d'un petit geste.

Vraisemblablement aidée du père Henry, elle avait commencé à le déshabiller pour le laver, mais elle n'était pas allée plus loin que le pourpoint et la chemise. La poitrine et le côté de Sym étaient donc mis à nu et l'on voyait clairement la plaie irrégulière à la taille, du côté droit, souillée de sang séché et noirci. À l'œil de Frevisse, cela ne semblait guère plus qu'une estafilade superficielle que Sym, dans le feu de sa colère et de la bagarre, pouvait très bien avoir négligée sur le moment.

C'est l'autre blessure, la petite, sur le côté gauche entre les dernières côtes et où on ne voyait presque pas de sang, qui retint l'attention de Frevisse une fois qu'elle l'eut vue. Elle regardait et regardait sans pouvoir en détacher les yeux, sachant parfaitement dans son esprit ce que signifiait cette blessure, mais pas encore prête à l'admettre. Ce fut seulement après une longue pause qu'elle articula, sachant qu'elle n'apprenait rien à sœur Claire :

— Le cœur a été touché.

— Directement, convint sœur Claire.

— Et si c'est le cas...

Elle n'acheva pas. C'était inutile. Avec un coup de dague pareil, pénétrant le cœur et en ressortant, sans perte de sang plus grande que celle qui avait accompagné la sortie de la lame, Sym avait dû mourir presque instantanément. Il serait tombé et serait probablement mort avant de toucher le sol.

CHAPITRE XV

Regardant le visage de sœur Claire après celui de Frevisse, le père Henry objecta :

— Je ne comprends pas.

Frevisse attendit que sœur Claire dise quelque chose, mais celle-ci resta les yeux fixés sur le corps de Sym, méditant sombrement sur une mort qui n'aurait pas dû avoir lieu. Enfin, au lieu de répondre à la question du prêtre, Frevisse lui demanda :

— Vous étiez au village hier soir quand Meg est partie chercher du secours ?

— L'une des femmes était malade, elle m'a fait demander et... fit-il en trahissant sa gêne... et je me suis arrêté à la taverne avant de revenir ici. Pour me réchauffer. Il faisait froid dehors.

— Et Meg est entrée et a dit que Sym était blessé ?

— Terrorisée, oui, fit-il en hochant la tête, elle était terrorisée, et contente de me voir. Elle a dit aux hommes que son petit était blessé, que c'était le comédien qui l'avait poignardé et qu'il lui fallait de l'aide. Et puis, en me voyant, elle m'a supplié de venir.

— Elle avait laissé le cadet avec Sym et était partie demander du secours ?

— L'autre garçon avait disparu. Elle a dû laisser Sym tout seul dans la maison. C'était aussi pour ça qu'elle avait peur. Parce qu'elle l'avait laissé tout seul.

Elle disait sans arrêt qu'il fallait qu'on se dépêche pour qu'il ne soit pas seul.

Sœur Claire leva ses yeux qui étaient restés fixés sur le cadavre :

— Il a dû mourir presque immédiatement. Sans souffrir.

Frevisse souleva la main du garçon. Ou bien était-il mort à l'âge où l'on vous appelle jeune homme ? se demanda-t-elle. Dans l'apaisement de la mort, il arborait un visage plus juvénile et vulnérable que de son vivant, si elle en croyait sa mémoire. Mais cela n'avait plus guère d'importance maintenant, supposait-elle. Jeune, vieux, ou entre les deux, il avait été assassiné. De cela au moins on était sûr. Elle se tourna vers le pourpoint et la chemise qui traînaient à l'extrémité de la table, les retourna et les secoua. Sur le côté droit, on voyait une déchirure irrégulière, où un coup de dague était entré et la lame en ressortant avait abîmé le tissu. C'était la seule trace.

— Sa mère avait dû les remonter pour dénuder sa poitrine et son flanc et mieux voir l'état de sa blessure. Et elle ne les a pas rajustés quand elle est partie chercher du secours.

— Alors quelqu'un est entré après son départ, fit sœur Claire.

— Quelqu'un dont il n'avait pas peur. Ou pas assez pour s'en méfier. Il était couché bien à plat et tranquillement quand la dague l'a frappé la seconde fois. Ou bien est-ce qu'il aurait perdu assez de sang pour ne plus être conscient, à votre avis ?

— Non, répondit l'infirmière en secouant la tête. Cette première blessure est vilaine, mais peu profonde. Il a fallu tellement de temps au sang pour traverser son pourpoint qu'il est rentré chez lui avant de s'apercevoir qu'il saignait, c'est ce que Meg a dit, non ? Il n'en avait pas perdu assez pour s'évanouir. À moins qu'il n'ait été comme ces gens qui défaillent quand ils voient du sang.

— Il était assez conscient pour avoir peur et réclamer du secours. C'est ce que sa mère a dit. Et il a demandé l'absolution et le reste.

— Comment savez-vous qu'il était couché au moment où il a été frappé ? demanda sœur Claire.

— D'après l'angle du coup. Dans un combat, une dague perçant le flanc de quelqu'un, comme ça semble s'être passé ici, doit être tenue la main en dessous et elle entre presque toujours de biais vers le haut. Mais celle-ci a pénétré tout droit. Je dirais qu'il a fallu que l'assassin se tienne juste à côté de lui au moment du coup et que Sym ne s'y attende pas du tout. Comment reposait-il quand vous êtes arrivé ? demanda-t-elle en se tournant vers le père Henry.

Pendant cet échange, les yeux du prêtre étaient passés de l'une à l'autre et sa stupéfaction se lisait sur ses traits. Maintenant, heureux d'une question simple, qu'il comprenait, il répondit :

— Sur un lit, près du mur du fond, il était sur le dos, les mains croisées sur sa poitrine. Comme s'il dormait, apaisé. C'est ce que j'ai cru avant de le toucher.

— Il était couvert ? continua Frevisse.

Sur le hochement de tête du prêtre, elle continua son interrogatoire :

— Comment ? Avec quoi et dans quelle proportion ?

— Une couverture. Remontée jusqu'au menton.

— Et ses mains étaient par-dessus, croisées sur sa poitrine ?

— Oui.

Frevisse revint au cadavre et lui croisa les bras avec précaution de manière que ses mains reposent l'une sur l'autre par-dessus sa poitrine.

— Comme ça ?

Le père Henry approuva sans rien dire.

Sœur Claire croisa le regard de Frevisse. Dans cette position, le bras de Sym couvrait complètement la blessure fatale qui lui perçait le flanc.

— Oh, non ! fit sœur Claire.

— Oh, si ! répondit Frevisse. Un assassin qui était non seulement sûr de son coup mais qui s'est montré ensuite très soigneux et respectueux.

— Assassin ? demanda le père Henry. C'était un accident. C'est ce qu'on disait hier soir.

— Ce qui s'est passé à la taverne était un accident. Mais ce n'est pas de cette blessure qu'il est mort. C'est cette seconde blessure, ici, directement dans le cœur, qui l'a tué. Chez lui, tandis qu'il était couché dans son lit.

Cette idée s'infiltra dans le cerveau du père Henry avec un certain degré de lenteur, mais au fur et à mesure qu'il en comprenait les implications, ses yeux s'écarquillèrent.

— Quelqu'un l'a tué pendant qu'il gisait là, blessé et en mal de secours ?

— C'est ce qu'on dirait, oui.

— C'est horrible, soupira le père Henry en se signant.

— Ce qui est peut-être plus horrible encore, c'est que nous n'avons pas la moindre idée de qui peut être l'assassin. Ou du motif.

Sœur Claire essora un des linges qu'elle venait de tremper dans la bassine où l'eau refroidissait.

— Si je comprends bien, d'après ce que sa mère disait, c'était un querelleur.

— Et c'est aussi ce que disaient les hommes du village hier soir, renchérit Frevisse.

Elle regarda sœur Claire qui commençait à laver le corps.

Elle savait que Roger Naylor avait déjà mandé l'enquêteur de la Couronne. Le messager était parti le matin même ; mais il n'y avait rien de sûr quant au lieu où pouvait être maître Montfort en cette saison de fêtes, ni au temps que le messager mettrait à le trouver, et donc il était impossible de savoir quand il viendrait.

Il n'y avait pas non plus d'assurance que son arrivée

aiderait à découvrir la vérité. Maître Montfort était déjà venu à Sainte-Frideswide, et dans l'esprit de Frevisse c'était un sot prétentieux, qui repoussait quiconque essayait de l'assister de quelque manière, surtout les femmes et plus particulièrement les moniales cloîtrées.

— Nul ne sait qu'il s'agit d'un meurtre à part nous, reprit Frevisse. Pouvons-nous garder le secret ?

Sœur Claire marqua un temps. Comme Frevisse, elle sentait que Montfort pouvait être une menace pour la vérité. Elle hocha la tête.

Un pli de réflexion inquiète lui barrant le front, le père Henry mit un peu plus de temps à répondre.

— Vous voulez dire garder secret le fait qu'il a été assassiné ?

— Jusqu'à la venue de l'enquêteur. Pour nous donner le temps de poser des questions et d'apprendre des choses avant que l'assassin ne sache que nous savons, et que nous sommes à sa recherche. Il s'agit de quelqu'un qui savait que Sym était blessé et qui savait où le trouver, conclut-elle en se saisissant elle aussi d'un linge qu'elle trempa dans l'eau avant de l'essorer.

— Peut-être est-ce aussi bien que sa mère n'ait pas été là, fit sœur Claire.

Frevisse se joignit à elle dans la tâche de la toilette du corps de Sym. Il n'était pas difficile de penser que la personne qui avait tué Sym, et qui avait froidement pris le temps ensuite de disposer son corps, aurait bien pu tuer aussi sa mère, si elle s'était trouvée là.

— Père Henry, avez-vous le temps ce matin de descendre au village et de passer un moment à la taverne en posant des questions ? Et d'écouter ce qui s'y dit ? Car il est sûr qu'on va y parler abondamment des événements d'hier soir.

Le père Henry n'avait pas besoin de réfléchir longuement sur cette demande. Il s'empressa de consentir :

— Je peux y passer toute la journée si nécessaire, jusqu'à ce que je sois sûr d'avoir entendu tout ce qu'il y a à entendre.

— N'oubliez aucun détail, et rapportez-moi tout ici, ajouta Frevisse. Pouvez-vous partir dès maintenant ?

Le père Henry jeta un coup d'œil hésitant sur le corps.

— Nous veillerons à ce que le corps ne soit pas laissé seul, lui assura Frevisse. Les prières ne lui manqueront pas. Et découvrir son meurtrier, c'est aussi lui rendre hommage.

Ce dernier point emporta la conviction du père Henry :

— Je puis y aller maintenant.

— Essayez d'apprendre avec qui il s'est battu ou disputé récemment. Et si possible où se trouvaient ces gens hier soir lorsqu'il est sorti de la taverne. Mais que l'on ne sache pas que c'est autre chose que de la curiosité de votre part, le mit en garde Frevisse.

— Ils ont l'habitude de m'entendre bavarder, assura le prêtre. Cela ne posera aucun problème.

Après son départ, Frevisse lâcha son linge.

— Je vais aller chercher le poignard de Joliffe pour voir s'il correspond à la blessure. Ce sera quand même lui le premier suspecté lorsque tout ceci se saura.

— Et aussi celui de l'autre comédien. Celui qui s'est battu avec Sym.

— Leurs dagues sont toutes pareilles.

Mais elle prendrait la peine de vérifier s'ils avaient d'autres couteaux à part les dagues qu'ils lui avaient montrées. Il fallait qu'elle réussisse à innocenter les comédiens au-delà du moindre doute avant l'arrivée de Montfort ; celui-ci était toujours disposé à choisir la voie la plus simple pour arriver à une solution, et les comédiens seraient un choix rêvé.

Par exemple, cela ne comptait pas qu'Ellis eût affirmé ne pas avoir quitté le prieuré la nuit précédente. Il allait falloir qu'elle s'assure que personne ne l'avait vu sortir, ou, mieux encore, que quelqu'un à part Bassett et Rose l'avait vu dormir dans l'hôtellerie à l'heure des faits. Et il allait falloir prouver aussi l'innocence de

Bassett et de Rose. Et de Joliffe. Elle espérait que le père Henry aurait l'esprit de dénicher la jeune Tibby.

— Et si... commença-t-elle, pensant à haute voix.

Les yeux fixés sur un point situé derrière elle, sœur Claire lui fit signe de se taire.

Meg entrait dans la salle. On aurait dit que les heures de sommeil que la potion de sœur Claire lui avait accordées avaient rendu un peu de vie à son corps et à son esprit. Elle avait l'air moins diminuée, moins effarée, en venant se placer à côté du cadavre de son fils. Elle contempla son visage, puis posa tendrement sa main sur la main du mort qui reposait sur sa poitrine et leva les yeux vers sœur Claire.

— Il est en Paradis, dit-elle. Il n'a plus de violence ni de colère. Il ne sera jamais plus en colère.

— Jamais plus, acquiesça sœur Claire avec douceur.

Une larme isolée coula le long des rides du visage de Meg.

— Il est mieux là où il est maintenant.

— C'est pour cela que nous prions, toutes tant que nous sommes, répondit sœur Claire.

Meg tourna son regard vers Frevisse :

— Vous avez dit que vous aviez pris soin de mon autre petit ? Il faut qu'il aille à la maison s'occuper de nos affaires. Vous savez s'il l'a fait ? Il ne se rappelle pas toujours qu'il faut soigner les bêtes, quoi qu'il advienne.

— Je vais voir s'il est parti, fit Frevisse, et je vous l'enverrai s'il est encore ici.

— Ah, non. C'est un travail de femmes ici et il n'y a rien qu'il puisse faire, dit Meg en s'emparant du linge que Frevisse avait posé. Nous nous occuperons de Sym. Si vous voulez bien, dites-lui simplement de rentrer mais que je voudrai le voir plus tard.

— Entendu, dit Frevisse, pensant en s'éloignant que Meg se trouvait du côté droit du cadavre et que l'on pouvait faire confiance à sœur Claire pour l'empêcher, par tous les moyens, de voir son flanc gauche et la seconde blessure.

En traversant la cour, elle sentit que le froid s'était fait plus mordant mais le ciel était encore d'un bleu éclatant, troublé seulement par des nuages lointains. Tout en pressant le pas, Frevisse resserra son habit et eut un pincement d'envie en songeant au manteau fourré de la mère supérieure.

Les comédiens étaient massés devant leur cheminée. Hewe était avec eux, penché en avant sur un banc pour écouter quelque chose que disait Bassett, tandis qu'Ellis et Joliffe, travaillant à un élément de harnais en cuir, étaient assis en face d'eux, l'air amusé. Rose était sur un coussin près du feu et cousait quelque chose de coloré et brodé d'or qu'elle avait posé sur ses genoux ; Piers, enveloppé dans ses couvertures jusqu'aux oreilles et l'air pâle, mais moins fiévreux, s'appuyait contre elle. Il fut le premier à lever les yeux en entendant Frevisse arriver et son sourire éclatant évoqua pour la religieuse un ange juvénile. Suivant son regard, Rose lui fit un salut réservé. Il semblait, songea Frevisse, que la chaleur et la force de ses affections fussent réservées à ses compagnons masculins.

— Vous reprisez ? demanda Frevisse en désignant son ouvrage.

Rose brandit un pennon dont l'ourlet était déchiré.

— Nous nous en servons pour saint Georges. On l'a acheté dans une ville où ils avaient décidé de rafraîchir les ornements de leur fête solennelle, mais c'est assez bon pour nous, même s'il souffre des voyages.

— Et vous, vous les supportez bien ? demanda Frevisse.

— Les voyages sont éprouvants pour les gens et pour les choses, sourit Rose, d'une manière ou d'une autre.

C'était une femme aux traits fortement marqués : sa bouche, ses sourcils et son nez étaient autant de lignes vigoureuses, mais elle n'avait pas été enlaidie par les journées qu'elle avait passées sur les routes et dans l'incertitude du lendemain. Mis à part sa peau, qui se ressentait d'avoir été exposée à trop d'intempéries, et ses mains, dont on voyait bien qu'elles faisaient des travaux pénibles, elle aurait presque pu être une dame assise dans son jardin enclos, habile à l'ouvrage. Et sa voix, si elle n'avait pas l'accent de la haute noblesse, ne sentait pas la chaumière du manant.

Intriguée par son personnage, Frevisse lui demanda :

— Comment va Piers ?

Rose prit le temps de poser son ouvrage pour repousser avec douceur les cheveux dorés de l'enfant qui lui retombaient sur le front.

— Il se rétablit.

— Je m'ennuie, dit l'intéressé en se dérobant aux caresses maternelles.

— Mais tu vas mieux, fit Rose en le bordant dans ses couvertures.

— Il sera en état de chanter demain par exemple ? demanda Frevisse.

— Sans problème ! déclara l'enfant.

— C'est fort probable, corrigea sa mère.

Piers se blottit contre elle en lui souriant.

Les hommes et Hewe avaient salué l'hôtelière d'un signe de tête accompagné d'un bref regard. Frevisse se tourna vers eux et s'avança pour attirer leur attention.

— Hewe ne vous a pas gênés ?

— Si, c'est un cruel fardeau et une gêne continuelle, commença Bassett, qui arrêta vite sa plaisanterie en voyant l'air effaré et choqué du garçon, qu'il s'empressa d'ébouriffer gentiment. Non. Pas le moins du monde. Il a dormi et mangé, et nous lui avons dit qu'il pouvait rester s'il voulait jusqu'à ce qu'on vienne le chercher.

— C'est lui une des raisons de ma visite, reprit Frevisse.

Hewe s'en était douté. Il était en train de se rappeler pourquoi il se trouvait là, et qu'il était supposé éprouver du chagrin. Mais cela lui demandait un effort.

« La vie avec Sym était-elle si désagréable, s'étonna Frevisse, pour que son propre frère ait du mal à le regretter ? » Mais elle se garda de faire part de ce qu'elle ressentait.

— Ta mère dit qu'il faut que tu rentres au village t'occuper de vos bêtes pour elle. Elle voudra te voir ici plus tard.

— Mais pas maintenant ? demanda Hewe.

— Pas maintenant. Elle s'occupe du corps de ton frère et elle aura besoin de toi plus tard. Y a-t-il quelqu'un au village qui puisse venir l'aider ? interrogea-t-elle comme après coup.

Prenant son manteau sur le bout du banc, Hewe secoua la tête.

— Elle n'a pour ainsi dire pas d'amis. Je pense que si elle le demandait aux gens, ils viendraient. Mais elle ne leur demandera pas.

Il semblait prendre cela pour un simple fait de la vie. Il fit un petit salut à Frevisse et aux autres, mais ajouta un sourire d'une soudaine timidité à l'adresse de tout le monde et reprit, parlant surtout à Bassett :

— Merci.

— Merci à toi, mon jeune ami, répliqua Bassett, acceptant le remerciement d'une inclinaison de la tête. Tu as été à la fois un bon invité et un bon compagnon.

Rougissant de plaisir, Hewe esquissa une petite révérence et sortit rapidement. Bassett le suivit des yeux en souriant.

— Voilà un garçon bien prometteur, qui ne ressemble pas plus à son frère que la carpe au lapin.

Se penchant vers Ellis comme pour une confidence, Joliffe ironisa :

— Il dit cela parce que le gamin a écouté toutes ses histoires en les trouvant merveilleuses.

— C'est qu'elles le sont, répondit Ellis avec indignation, tant qu'on ne les a pas entendues trois douzaines de fois... ou quatre douzaines... ou davantage.

Bassett leur fit la grimace, sans en prendre ombrage.

Réprimant l'envie de rire que leurs plaisanteries lui inspiraient, Frevisse en vint à la raison principale de sa visite. Mais sa voix resta légère :

— Joliffe, puis-je voir votre dague ?

Quelque peu étonné, Joliffe dégaina et lui tendit l'arme en la tenant par la lame. Elle la prit en main, appréciant son poids, bien réparti entre la poignée et le reste.

— Et les vôtres aussi ? demanda-t-elle à Bassett et à Ellis.

Ils dégainèrent à leur tour et lui tendirent leurs dagues, sans l'interroger sur ses motivations mais en laissant poindre une méfiance que refléta l'attention soudain réveillée de Rose. Sans les prendre, Frevisse compara leurs armes avec celle de Joliffe. Comme ils l'avaient dit, et conformément à son souvenir, elles étaient toutes du même modèle et se ressemblaient parfaitement. D'un signe de tête, elle indiqua qu'elle en avait assez vu mais dit à Joliffe, d'un ton de pure information qui ne lui demandait pas sa permission :

— J'ai besoin de la vôtre pour quelque temps.

Parfaitement immobile, il croisa son regard avec une expression indéchiffrable. Au repos, son visage paraissait plus vieux, toute apparence juvénile le quittait. Frevisse fit demi-tour et partit, la dague à la main, consciente de leur silence derrière elle.

Sœur Claire et Meg étaient toujours auprès du corps de Sym. Sœur Claire avait pris les pieds, et sa mère la tête et les épaules, et elles le soulevaient pour le poser sur le drap blanc enduit de cire dans lequel il allait être enveloppé pour l'inhumation. Leurs gestes étaient tendres et délicats, comme si elles avaient eu peur de le réveiller. Comme c'était le Jour de l'an, fête de la Circoncision, le cercueil ne serait fabriqué que le lendemain, mais il n'y avait nul besoin de se hâter. De toute façon on ne pouvait l'enterrer tant que l'enquêteur de la Couronne ne l'avait pas vu, et dans cette salle sans chauffage il se conserverait bien.

À son entrée, Frevisse avait dissimulé le poignard dans sa manche. Elle attendit que sœur Claire et Meg finissent d'envelopper le corps dans son linceul ; après quoi, sœur Claire demanda à Meg d'aller jeter l'eau usée avant qu'on ne la renverse. Les yeux baissés, Meg emporta la bassine sans poser de questions et disparut dans la direction de la garde-robe.

Frevisse s'approcha vivement de la table, sortant la dague de sa manche pour la comparer à la blessure.

— La lame est trop large, dit sœur Claire.

En effet, il s'en fallait de toute la largeur de son pouce que l'arme ait pu faire le trou bien net qui s'ouvrait entre deux des côtes de Sym.

— Et elle est trop courte, ajouta Frevisse.

Elle posa la dague sur la poitrine du cadavre pour estimer à quelle profondeur elle aurait pu atteindre.

— En portant le coup de côté, la lame doit aller assez loin pour toucher le cœur et celle-ci n'est pas assez longue. Elle n'arriverait pas jusque-là.

Elle s'empressa de soustraire la dague aux regards, avec un secret soulagement. Quelle qu'ait été l'arme qui avait tué Sym, ce n'était pas l'un des poignards des comédiens.

À moins qu'ils n'en aient d'autres, se força-t-elle à se rappeler. Cela restait une possibilité, bien qu'elle ne fût pas facile à vérifier.

Mais, poursuivit son esprit, si l'un d'entre eux avait délibérément utilisé pour assener le coup mortel une autre dague que celle qu'il portait sur lui d'habitude, alors il était presque certain que le meurtrier n'avait pas simplement exploité une occasion favorable ; il s'agissait d'un crime prémédité et préparé avec soin. Ce qui était impossible, puisque personne ne pouvait savoir qu'en rentrant chez lui Sym causerait assez d'effroi à sa mère pour qu'elle sorte chercher du secours.

Alors qui donc aurait pu faire le coup ? Quelqu'un qui guettait sa chance et qui était assez féroce pour s'en saisir.

Tout en méditant, elle enfonça ses mains dans ses vastes manches. Ce geste lui était familier ; et il avait l'avantage présentement de lui réchauffer les mains et de lui permettre de dissimuler la dague à Meg, qui rentra à ce moment. En la voyant, Frevisse fut frappée par un souvenir un peu tardif :

— J'ai vu votre cadet. Il est retourné au village pour faire ce qu'il y a à faire. Il a dit qu'il repasserait vous voir plus tard.

— Merci, madame, fit Meg en regardant ses pieds.

La cloche du cloître se mit à sonner l'heure de none. Meg leva les yeux avec effarement vers le rai de soleil qui tombait de la plus proche fenêtre.

— Midi ? demanda-t-elle, complètement affolée. Comment est-il déjà midi ?

Sœur Claire lui posa doucement la main sur le bras.

— C'est le breuvage que je vous ai donné. Il vous a fait dormir longtemps.

Et si profondément qu'elle ne s'était même pas rendu compte de l'heure qu'il était à son réveil. Meg regarda autour d'elle avec une certaine frénésie, comme pour retrouver ces heures perdues.

— Mon travail, reprit-elle. Je devais aller à la cuisine. Mère Alys...

— Elle sait ce qui est arrivé, intervint sœur Claire. Elle le comprend et elle ne vous attend pas aujourd'hui. Ni demain d'ailleurs. Ne vous inquiétez pas.

Meg commença à dire quelque chose, s'arrêta, consulta Frevisse du regard, puis sœur Claire : elle sembla recouvrer ses esprits et se tourna vers le corps de son fils. Elle reprit, si bas que c'est à peine si elles purent l'entendre :

— Je vais rester ici en prières, si cela vous convient.

C'était probablement la meilleure chose qu'elle pût faire, pour elle-même aussi bien que pour Sym. La laissant à ses dévotions, Frevisse et sœur Claire se hâtèrent de gagner l'église.

L'office de none était assez court, car il consistait en une hymne, une leçon et un verset, en plus de trois brefs psaumes qui se chantaient d'affilée. Le rhume dc Frevisse lui avait donné la migraine, encore aggravée par la façon dont, pendant l'office, une première toux donnait le signal à tout un chœur bruyant, par le piétinement de pieds impatients et par l'échange fréquent de coups d'œil ennuyés ou exaspérés. Il lui était douloureux d'entendre ce groupe de malades chanter d'une voix rauque : « Alors notre bouche s'est emplie de rire, et notre langue de chant... » Vers la fin de l'office, Frevisse sentit avec un choc que la dague de Joliffe avait accidentellement glissé dans sa main et qu'elle l'avait saisie d'une étreinte si violente qu'elle en avait une crampe aux doigts.

Dans la règle originelle de saint Benoît, il était question de deux repas par jour, dont le principal était celui de midi, celui du soir n'étant qu'un souper léger, avec des variantes, comportant jeûnes et collations tardives, et interdiction de servir jamais à table la chair des quadrupèdes. La seule partie qui en fût strictement observée à Sainte-Frideswide était que les religieuses prenaient leur repas principal à midi. Ce jour-là, il leur fut servi des tartes aux pommes et aux raisins secs ainsi que du chou bouilli avec des graines de cumin.

Sœur Thomasine, qui était la seule à ne pas être enrouée, s'était portée volontaire pour faire la lectrice à tous les repas en attendant qu'une autre fût assez rétablie pour la remplacer. Elles lisaient dans un livre prêté au couvent, l'*Histoire ecclésiastique des Angles* de Bède le Vénérable. Elles en étaient arrivées à la fin du VIIe siècle et écoutaient le récit de la mort de saint Chad, évêque de Mercie, et des miracles associés à sa sépulture dans l'église de Saint-Pierre, prince des apôtres.

— « La tombe de Chad a la forme d'une petite maison de bois, lisait lentement Thomasine, avec une ouverture pratiquée sur le côté par laquelle ceux qui viennent la voir par dévotion peuvent glisser la main et prélever un peu de la poussière. Ils la mélangent à de l'eau et la font boire aux hommes ou aux bêtes malades, moyennant quoi ils se trouvent promptement soulagés de leurs maux et recouvrent la santé. »

« Berk ! se dit Frevisse, il faudrait que je sois bien malade avant d'avaler quoi que ce soit assaisonné à la toile d'araignée ou bien à la poussière de cadavre. »

À la fin du repas, mère Edith annonça que toutes celles que leur état de santé ne contraignait pas à s'aliter devaient aller à l'église et aider sœur Fiacre à balayer et nettoyer.

La santé de la sacristine du prieuré déclinait lentement depuis plusieurs mois. À présent elle était enrhumée comme toutes les autres et si elle était toujours sur pied, elle n'arrivait pas à accomplir toutes ses tâches. Cet après-midi-là, assise sur un tabouret au pied de l'autel, elle montrait du doigt ce qu'il y avait à faire. Frevisse trouva la lame acérée de la dague fort commode pour racler les coulées de cire qui souillaient les deux chandeliers de bronze de l'autel, et elle exécuta cette corvée avec un sérieux sourcilleux.

Quand tout fut fait à la satisfaction de sœur Fiacre, elle congédia les religieuses. Frevisse sortit pour découvrir que le père Henry était revenu du village.

Elle le trouva dans sa petite maison, prenant un déjeuner tardif. Elle s'assit à sa table et commença sans plus de préambule :

— Qu'avez-vous appris ?

— Sym n'était guère apprécié. Il était porté aux disputes. De petites altercations, tout le temps, l'une suivant l'autre, la plupart sans aucune raison valable.

— Et des grosses querelles ? Ou bien des récentes, encore en cours ?

— Il y a une fille, Tibby, dont les parents ne voyaient pas d'un bon œil l'attention qu'il lui portait.

Elle non plus d'ailleurs n'en était guère ravie, semble-t-il, mais cela ne l'arrêtait pas. Il y avait eu des bourrades entre Sym et le frère de la fille, et quelques mots échangés, mais rien de plus.

— Pas d'armes dégainées ?

— Non. Il n'était pas connu pour être friand des coups de couteau. Tout en injures et en coups de poing, ce Sym, d'après ce que j'en ai vu — enfin, d'après ce qu'ils disent.

— Mais il a dégainé contre Joliffe hier soir.

— Joliffe ? Vous voulez dire le comédien, à la taverne ? Oui, c'est vrai. Mais je suppose que c'est parce qu'il avait été quelque peu provoqué. Trop de paroles, et la façon dont le comédien les disait, et puis la fille qui semblait ne pas trouver ça déplaisant. C'en était trop pour la patience de Sym.

Frevisse voyait assez bien Joliffe s'amuser à réduire le garçon au silence sous une avalanche de paroles, le sourire moqueur, le ton provocant, jusqu'au point où Sym n'aurait plus souhaité qu'une seule chose, le faire taire.

— Mais il n'avait pas de grave dispute avec quelqu'un d'autre en particulier ? demanda-t-elle.

— Ce qu'on m'a dit, c'est qu'il semblait y en avoir une en préparation avec Gilbey Dunn. C'est lui le tenancier de la ferme qui jouxte la leur, et il voulait faire des offres depuis un moment pour reprendre leurs parcelles. On raconte que le receveur de lord Lovel aurait bien pu avoir l'idée d'accepter ces offres.

— Vraiment ?

Transférer la tenure d'un vilain à un autre n'était pas une mince affaire et cela ne se faisait pas si aisément.

— Oh, peut-être que oui, puisque Barnaby depuis quelques années avait pris le chemin de la ruine, il négligeait ses terres, et le receveur lui en voulait pour cette raison. Oui, c'était une possibilité.

— Mais Barnaby étant mort, on aurait laissé à Sym l'occasion de faire ses preuves avant de prendre la décision de lui enlever les terres.

— Peut-être pas, répondit le père Henry en secouant la tête pesamment. Sym donnait déjà tous les signes de vouloir suivre l'exemple de son père, et il avait largement épuisé la part de patience qu'on aurait pu avoir pour lui. Mais ce n'est pas toute l'histoire. Il semble que Gilbey Dunn soit allé trouver la veuve de Barnaby pour lui demander de l'épouser, et ce que les gens pensent dans l'ensemble, c'est qu'elle va accepter, étant donné qu'elle est faible et misérable, et qu'il lui faudra quelqu'un pour s'occuper d'elle et de ses affaires. Peut-être qu'il ne serait pas arrivé à la convaincre avec un fils enragé dans les pattes, mais maintenant que Sym est mort, il n'aura plus aucun mal. Voilà ce qu'on dit. Ils se sont violemment disputés hier, Sym et Gilbey Dunn, devant tout le village.

— À propos du mariage ?

— Oui.

— Qu'est-ce qu'a fait Gilbey Dunn ?

— Pas grand-chose, répondit le prêtre en haussant les épaules.

— Et la fille ? J'ai entendu dire qu'elle était partie avec Joliffe après la rixe avec Sym.

— Et ses parents ne l'en ont pas vraiment félicitée. Elle est enfermée à la maison aussi longtemps que les comédiens seront ici et apparemment elle peut être heureuse que son père ait eu la main légère quand elle est rentrée hier soir.

— Pourrez-vous lui parler demain ?

Le père Henry eut l'air surpris, puis il hocha la tête.

— Devrais-je lui dire d'être une fille plus sérieuse ? suggéra-t-il.

— Sans doute. Et demandez-lui si elle a quelque moyen de juger pendant combien de temps elle est restée avec Joliffe, où ils étaient, et — mais pour cela attendez d'avoir obtenu d'elle toutes les autres réponses — s'il lui a jamais demandé où habitait Sym.

L'esprit du père Henry cheminait tranquillement à son propre rythme, mais avait la bonne grâce de bien s'accrocher aux éléments qu'on lui donnait. Il réfléchit un moment et répéta après un nouveau hochement de tête :

— Que je lui demande pendant combien de temps elle était avec Joliffe, où ils étaient, et ensuite s'il lui a demandé où habitait Sym.

— Oui. C'est exactement ça.

— Vous croyez que c'est lui le coupable ?

— Peut-être. Je n'en sais rien, répondit-elle.

Elle était sûre que ce n'était pas lui, mais il lui semblait préférable de n'en rien dire.

— Mais si j'arrive à montrer qu'il n'a pas pu faire le coup, alors je pourrai chercher ailleurs, vous voyez ? conclut-elle.

CHAPITRE XVI

Le cou raide et endolori, Meg releva la tête de la table. Vaguement, alors que son esprit reprenait lentement conscience, elle se rendit compte qu'elle s'était assoupie. Elle devina, d'après le réseau gris pâle des fenêtres de l'hôtellerie, suggérant le recul des ténèbres, que l'aube approchait ; puis elle se rappela où elle était. Et pour quelle raison.

Les gestes ralentis par les courbatures, elle se redressa sur le banc sans dossier, se forçant à bouger. Elle tendit la main devant elle, vers le corps de Sym enveloppé dans son suaire, et caressa l'endroit où elle savait que se trouvait son bras. Le père Henry avait passé un moment avec elle, la veille au soir ; lui aussi, il lui avait promis que l'âme de Sym ne craignait rien, et donc c'était sûrement sans importance qu'elle se soit endormie pendant ses prières. Elle ne l'avait pas fait exprès, elle ne se savait pas si fatiguée, autrement elle n'aurait pas dit au père Henry qu'il n'avait pas besoin de rester, qu'elle allait veiller avec Hewe. Elle lui avait même dit que quelqu'un allait peut-être venir du village, alors qu'elle savait quasiment que ce n'était pas vrai. Quelqu'un aurait pu venir si Sym avait été exposé à la maison, mais le prieuré était étranger au village et personne n'avait avec elle ou Hewe de relations assez amicales pour y venir, alors que Sym devait attendre ici l'arrivée de l'enquêteur de la Couronne.

Donc veiller le corps de Sym était une tâche qui leur revenait à elle et à Hewe et ils avaient dormi tous les deux.

Meg sourit en jetant les yeux sur la forme pelotonnée d'Hewe dans l'ombre près du banc, sur le sol couvert de paille. Elle n'avait pas espéré qu'il resterait éveillé avec elle. La veille, il s'était bien conduit, faisant deux fois l'aller-retour entre le prieuré et le village, prenant soin de la maison pour qu'elle puisse rester ici. Et il le ferait encore aujourd'hui, pour qu'elle pût se remettre au travail chez mère Alys, et gagner ses deniers. Ils ne pouvaient plus se permettre d'en perdre un seul ni laisser mère Alys penser que Meg n'était plus utile ici.

Sous la peau rêche de ses doigts, la toile cirée était lisse et fraîche. De sa vie, Meg n'avait jamais eu à elle une aussi grande pièce de drap. Et si elle en avait possédé une, jamais elle ne l'aurait donnée ainsi, comme les religieuses en avaient fait don simplement pour Sym. Cela du moins était une bénédiction, parce que la seule couverture en trop dont ils disposaient avait servi au linceul de Barnaby. La pitié des religieuses était bénédiction.

Mais c'est vrai qu'elles ne manquaient pas de draps dans leurs réserves. Elles ne manquaient de rien. Meg avait vu tout ce qu'il y avait, plié et rangé dans des coffres, à l'intérieur de l'un de leurs magasins. Et ce n'était qu'un seul magasin. Il y en avait d'autres. Qu'est-ce que ça pouvait représenter de posséder tant de choses ?

Elle entendit le chant des nonnes qui commençait dans l'église. Elle les avait entendues chanter, lorsqu'elle travaillait dans le cloître, et la beauté surnaturelle de leurs voix lui avait enflammé l'esprit. Chanter et prier sept fois par jour, même au milieu de la nuit, tous les jours tout au long de l'année, dans sa tête c'était aussi ce que faisaient les anges en Paradis. Quelle merveille d'être aussi près du Paradis ici sur terre ! Elle frotta ses yeux fatigués. Parfois la beauté de la vie que menaient les religieuses la tentait de commettre le péché d'envie.

La clarté du ciel augmentait. Elle défit un coin du linceul pour dévoiler le visage de Sym. Elle ne pouvait pas encore distinguer ses traits, mais elle se souvenait d'eux à la clarté de la lampe la veille au soir. Un visage jeune. Plus jeune que l'apparence qu'il avait les dernières années, à mesure qu'il devenait plus taciturne et coléreux. Ce n'était plus un visage d'homme, que tendaient les coups de sang, les désirs et les besoins, le visage de son cher fils, empreint de calme et de paix.

Elle passa un doigt caressant sur sa joue. Les poils de sa barbe lui piquaient la peau, mais sous ces poils, la chair de Sym était froide et inconnue, ce n'était pas Sym du tout. Meg retira sa main. Elle ne voulait plus le toucher, seulement le contempler pendant que le jour montait, éclairant la salle, et penser à ce qui aurait pu exister si les choses avaient pris un autre cours.

Elle ne sut qu'elle pleurait que lorsqu'une larme laissa une coulée chaude sur sa joue glacée.

Peu de temps après, Hewe se réveilla lentement. Il se blottit un peu contre elle, redevenant un petit garçon, jusqu'à ce qu'il fût assez éveillé pour que Meg lui dise de ranimer le feu. L'un des valets l'avait refait pour eux, pour les protéger du froid de la longue nuit. Il s'était consumé pendant leur sommeil, ne laissant que quelques braises, mais cela suffisait et Hewe ne tarda pas à le faire repartir. Il s'accroupit devant l'âtre, tendant les mains vers la chaleur, et dit :

— J'ai faim, la mère. N'y a-t-il rien à manger ?

— Nous ne sommes pas des invités ici, dit Meg avec lassitude. On nous tolère simplement. Il y aura quelque chose à manger à la maison, quand tu y retourneras.

Hewe la regarda d'un air coupablc.

— Est-ce que tu as mangé tous les restes du repas de funérailles ? demanda Meg.

— Hier. J'avais faim, expliqua-t-il en hochant la tête.

— Je trouverai quelque chose ici pour toi dans la cuisine aujourd'hui, soupira Meg.

— Et vous rentrerez tôt à la maison? demanda Hewe avec espoir.

— Ce soir. Je vais faire ma journée de travail, je rentrerai ce soir et je ferai du pain. Si je peux trouver quelqu'un pour veiller Sym.

— Le père Henry le fera, si vous le lui demandez. Ou bien il trouvera quelqu'un. Et alors vous pourrez venir.

— Alors je pourrai venir, acquiesça Meg. C'est un homme bon. Un saint.

Hewe se retourna vers le feu avec un haussement d'épaules dont l'indifférence était calculée. Meg tapota distraitement le bras de Sym sous son linceul, en se demandant pourquoi Hewe refusait de voir ce qu'elle voyait dans cette carrière de prêtre, pourquoi il ne comprenait pas à quel point cela arrangerait tout.

Mère Frevisse apparut un peu plus tard. Meg et Hewe se relevèrent tous deux et Meg fit une révérence en disant :

— Madame.

— Bonjour, Meg. Vous avez assez de bois, remarqua Frevisse en parcourant la salle d'un œil vigilant. On vous a apporté à manger?

— Non, madame, répondit Meg, surprise.

Hewe eut un mouvement vif et mère Frevisse se tourna vers lui avec un sourire.

— Je ferai en sorte que cela soit fait.

— Merci, madame, fit Hewe sans cacher une ardente reconnaissance.

Enhardi par ce premier succès, il s'approcha un peu d'elle et lui demanda :

— Les comédiens, madame. Ils repartent aujourd'hui?

— Pas aujourd'hui. Ils doivent jouer ce soir pour nous. D'ailleurs je ne crois pas qu'ils puissent partir avant que l'enquêteur de la Couronne soit arrivé et se soit entretenu avec eux.

Meg s'étonna de voir l'évidente satisfaction d'Hewe à cette nouvelle, mais elle fut tirée de son étonnement par l'entrée de quelqu'un dans la salle, et encore plus quand elle reconnut Gilbey Dunn, suivi de Peter et Hamon.

À sa connaissance, Gilbey Dunn n'était jamais entré si loin dans le couvent auparavant. Quant à Peter et Hamon, cela ne faisait aucun doute ; ils regardaient d'un côté et de l'autre, et au-dessus de leurs têtes, béant d'admiration devant la charpente massive du toit, et les vitraux des fenêtres ; quand ils se rendirent compte de la présence de mère Frevisse, ils retirèrent leurs chaperons avec une hâte maladroite et s'inclinèrent nerveusement devant elle.

Pour sa part, Gilbey Dunn se découvrit sans attendre et s'inclina comme un homme parfaitement sûr de lui, d'abord devant mère Frevisse, puis devant Meg. Au lieu de béer d'admiration, il jeta autour de la salle un coup d'œil rapide et incisif. Et quand il s'adressa à mère Frevisse, son ton était confiant derrière les marques de respect :

— En demandant le pardon de madame, m'est-il permis de parler à maîtresse Meg ici présente, s'il vous plaît ?

— Assurément, répondit mère Frevisse. Elle est libre de parler à qui il lui plaît. Je me retire, afin que vous puissiez parler sans contrainte.

— J'ai amené deux amis de Sym qui le veilleront, pour que le jeune Hewe n'ait pas à rester, ajouta Gilbey. Vous pouvez vous écarter, Meg, nous pourrons ainsi parler en particulier.

Meg aurait voulu refuser, dire à Hewe de rester et à mère Frevisse de congédier Gilbey. Mais elle manquait de cran pour une telle hardiesse et ne put que regarder impuissante mère Frevisse qui disait :

— C'est fort gentiment fait. Viens, Hewe. Je vais m'occuper de te faire donner à manger. Meg, si vous avez besoin de quelque chose, faites-le-moi savoir par l'un des valets.

— Merci, madame. Hewe...

Elle attira son attention alors qu'il s'éloignait très volontiers.

— Ne t'attarde pas ici. Rentre et occupe-toi de la maison.

Son hochement de tête brusque trahissait sa mauvaise grâce et il sortit à la suite de mère Frevisse.

Une fois dehors, en haut du perron qui menait à la cour, Frevisse s'arrêta et se tourna vers le garçon :

— Cet homme. Qui est-ce ?

— C'est Gilbey Dunn. Notre voisin. Il nous a fait des ennuis, et maintenant je crois qu'il veut épouser la mère.

Il le dit si facilement, sans émotion particulière dans un sens ou dans l'autre, que Frevisse en perdit quelque peu contenance.

— Vraiment ? Et qu'en penses-tu ?

Il haussa les épaules comme si cela avait peu d'importance.

— Il la traiterait mieux que ne faisait le père, et tant que je resterais hors de son chemin il ne m'embêterait pas.

— Ta mère veut que tu deviennes prêtre.

Il fit la grimace comme s'il venait de boire du vinaigre.

— Et ça, je le refuse. Mais elle ne veut pas m'écouter. Pensez-vous, reprit-il en retrouvant le sourire et en appuyant la main sur son ventre, que je pourrais manger avec les comédiens et vous épargner la peine de me faire donner quelque chose ? J'ai l'estomac dans les talons et la route est longue jusqu'à la maison.

— Oui, je crois que ça ne poserait pas de problème, fit Frevisse en se retenant de sourire.

— Merci, madame.

Il se rappela de saluer et fila aussitôt, descendant les marches en bondissant et traversant la cour en courant pour gagner l'autre hôtellerie, avec bien plus d'enthousiasme qu'il n'en avait manifesté pour aucune des paroles de sa mère.

Frevisse le regarda partir, et puis la cour se retrouva vide. Personne n'était dehors par un tel froid, et elle fit lentement un pas en arrière, se rapprochant de la porte close dc l'hôtellerie derrière son dos. L'épaisseur de cette porte étouffait ce qui se disait mais tout près, à l'intérieur — fort loin, soupçonnait-elle, de Peter et d'Hamon —, Gilbey Dunn avait une conversation sérieuse avec Meg. Du moins elle supposait que c'était Meg. Elle ne pouvait être certaine que de la voix de Gilbey, qui discourait longuement et avec énergie. Si Meg lui répondait, quand il s'arrêtait de parler à l'occasion, sa voix était trop basse pour qu'elle l'entendît.

Parce qu'elle n'apprenait rien au-delà du fait que Gilbey Dunn s'était donné beaucoup de mal pour parler à Meg, et parce qu'elle ne voulait pas se faire surprendre en train d'écouter aux portes, Frevisse partit sans se presser : elle descendit l'escalier et traversa la cour en donnant tous les signes extérieurs de vouloir vérifier l'état des choses dans la vieille hôtellerie, mais marchant aussi lentement qu'elle le pouvait sans s'immobiliser. Elle venait de s'arrêter près de la porte de la vieille hôtellerie et, à bout de ressources, elle se penchait pour rattacher sa chaussure, lorsque Gilbey sortit enfin.

À sa grande surprise, il n'alla pas vers le portail mais traversa la cour en biais jusqu'au petit guichet qui donnait accès au couloir cachant le magasin et les ateliers construits le long du mur, à l'intérieur de l'enceinte, entre les hôtelleries et la cuisine du prieuré et sa porte de derrière. Invisible depuis la cour, mais commode pour la vie essentielle du couvent, il grouillait de valets, d'habitude, mais c'était la saison des fêtes de Noël et le travail de routine souffrait d'un relâchement certain. Franchissant le portail derrière Gilbey à ce qu'elle croyait être une distance discrète, Frevisse trouva l'endroit désert. Elle marqua une pause. Gilbey était invisible et il n'y avait personne à qui elle pût demander où il était passé. Le seul mouvement était un panache de fumée blanche qui sortait par le trou du toit de la buanderie, ce qui montrait au moins qu'il y avait là quelqu'un, et que le nettoyage — comme les prières — ne connaissait aucun répit. La colère des hommes non plus, à en juger par les éclats de voix qu'entendit Frevisse en s'approchant de la porte de la buanderie. Et l'une des voix était celle de Gilbey Dunn.

L'autre, mais ce n'était pas une surprise, était celle d'Annie Lauder.

Frevisse eut un petit sourire. Gilbey avait de l'audace s'il se risquait à se disputer avec la lavandière du prieuré. Sa volonté était aussi robuste que ses bras, et elle ne supportait pas la moindre intervention de qui que ce soit, qu'il s'agisse de son travail ou de sa vie.

N'ayant pas à s'approcher trop de la porte pour les entendre, Frevisse s'arrêta au coin du bâtiment. Heureusement, la porte était ouverte en partie, libérant l'air chaud et humide de la lessive qui tourbillonnait en formant un nuage dès qu'il rencontrait l'air glacé de l'extérieur.

Annie parlait fort :

— Pas la peine de faire le joli cœur avec moi, Gilbey Dunn ! Tout le village sait que tu lui as demandé de t'épouser. Tu es aussi bête que l'était son défunt fils, que Dieu le garde, si tu crois que je veux encore entendre tes propositions.

— Qu'est-ce que le mariage a à voir avec nous, ma fille ? Tu sais aussi bien que moi que je ne la demande pas par amour. Notre mariage est raisonnable, et c'est tout.

— Et elle est au courant de ça ?

— Tout aussi sûrement que moi. Elle veut améliorer son sort et moi aussi, et voilà la solution.

— Tu n'as que cette pensée, améliorer ton sort, reprit-elle, mais sa colère avait déjà commencé à s'apaiser. Tu as eu de moi ce que tu voulais, et maintenant tu veux obtenir d'elle ce que tu veux qu'elle te donne, et c'est fini entre nous.

— Pourquoi est-ce que ça devrait être fini entre nous ? Tu n'aimes pas ce que je t'apporte quand nous sommes ensemble ?

— C'est vraiment pas grand-chose, ce que tu m'apportes, répliqua Annie, mais sur un ton badin à présent.

Gilbey lui répondit sur le même mode, baissant la voix comme s'il s'était approché d'elle :

— Pas grand-chose, peut-être, mais c'est tout des douceurs.

Le silence qui suivit cette réplique était lourd de possibilités, si bien que Frevisse se demanda s'il valait mieux qu'elle parte, mais elle décida d'attendre ; peut-être y avait-il d'autres choses à apprendre de ces deux-là.

Mais Frevisse resta sur sa faim. Et lorsqu'un peu plus tard Annie demanda : « Tu sais ce que je veux maintenant ? » et que Gilbey répondit : « Je sais ce que je peux te donner. Comme d'habitude », Frevisse se retira, sachant qu'elle ne devait pas en écouter davantage.

Mais ce qu'elle venait d'entendre plaçait Gilbey et Annie à la merci du prieuré. Il y avait une amende imposée à tout couple servile se livrant à l'acte de chair en dehors des liens sacrés du mariage. Et Gilbey et Annie méritaient clairement de se la voir infliger. Lui paierait la sienne à lord Lovel, seigneur pour deux tiers de Prior Byfield, sa terre et ses vilains. Quant à Annie, elle appartenait au couvent et ses pièces d'argent iraient gonfler le trésor du prieuré. Mais ce n'était pas l'argent qui intéressait Frevisse. Elle voulait des renseignements et voilà que le moyen d'en obtenir était placé entre ses mains.

Elle eut le temps de sentir ses pieds transpercés par le froid malgré la peau de mouton qui doublait ses chaussures, avant que Gilbey ressorte de la buanderie. Elle avait pensé qu'il prendrait la porte de derrière pour quitter le prieuré, car c'était celle qu'utilisaient la plupart des villageois quand ils avaient affaire au couvent. Elle attendit dans l'entrée du magasin, en face de cette porte, et le laissa presque arriver au but avant de sortir de sa cachette et de lui barrer le passage.

Il s'arrêta en sursautant, stupéfait, et regarda par-dessus son épaule, se demandant visiblement si elle savait d'où il sortait. Mais presque aussi vite son expression redevint lisse et innocente et il dit, accompagnant ses paroles d'un salut respectueux :

— Dieu vous redonne le bonjour, madame.

— Et à vous aussi, Gilbey Dunn.

Il sursauta à nouveau, parce qu'il n'avait aucune raison de penser qu'elle pût savoir son nom. Voulant exploiter son manque d'assurance, elle demanda :

— Montrez-moi votre dague.

Ça ne l'enchantait pas. Mais il n'avait rien à gagner à se montrer incivil avec elle. Qu'il fût un vilain de lord Lovel et non pas du couvent ne lui aurait aucunement servi d'excuse.

Mais il marqua un temps, laissant passer l'ombre momentanée d'une contrariété sur son front, avant de dégainer sa dague et de la lui présenter en la tenant par la lame.

Elle la prit et posa contre la lame son index et son majeur réunis, pour en mesurer la largeur par rapport à celle de la blessure fatale de Sym. Elle constata que, dans sa section la plus large, la lame de Gilbey correspondait presque exactement à la blessure. Mesurant la longueur de l'arme sur son avant-bras, elle vit qu'elle était plus longue que celle de Joliffe. Peut-être d'une longueur suffisante.

Elle la lui rendit, en le regardant droit au visage. Sans la moindre expression, il la reprit en évitant de croiser le regard de la religieuse. Cela ne lui apprenait rien ; un vilain n'était pas censé regarder son supérieur dans les yeux, mais elle avait déjà franchi les limites des convenances de son côté en lui parlant si longtemps en tête à tête.

Ayant rangé l'arme dans son fourreau, Gilbey dit :

— Je ferais mieux de retourner au village.

Frevisse fit un geste vers la porte, pour lui signifier qu'il était libre de partir. Mais elle resta là encore quelque temps, seule, à réfléchir sur ce qu'elle avait découvert avant de reprendre son chemin, en s'essuyant le nez tandis qu'à ses oreilles retentissait la sonnerie de cloche pour tierce.

La seule particularité de l'office de tierce ce jour-là par rapport à son déroulement normal fut l'absence de mère Edith. Elle avait fait une petite rechute — rien de dangereux, selon sœur Claire, mais il fallait qu'elle garde la chambre.

Après l'office, les autres religieuses se dispersèrent pour vaquer à leurs travaux d'un air affairé et aussi pour se mettre à l'abri du froid. Frevisse, ressentant confusément l'impression d'être trop enfermée, resta dans la galerie du cloître à marcher un moment, avant de finir par s'asseoir entre deux colonnes sur le rebord du muret qui séparait la galerie couverte du petit jardin occupant le centre du cloître. Elle avait d'autres choses à faire et elle serait dénoncée dans l'assemblée du chapitre si on la voyait si évidemment oisive, mais elle avait besoin de réfléchir et, estimait-elle, c'était un vrai travail.

Pour commencer, elle s'aperçut qu'en fait d'idées elle n'avait pas grand-chose à se mettre sous la dent. Ce qu'elle avait, c'était une tête qui lui semblait remplie de bouillie — une bouillie d'avoine, fade et grumeleuse, qui pesait sur ses pensées comme un poids mort.

Elle s'appuya contre une colonne, sentant sur son dos, à travers les couches de laine et de toile qui composaient son habit, la spirale sculptée de rinceaux et de feuilles. Le froid glacé de la pierre n'allait pas tarder à l'envahir, mais pour l'instant cette posture lui faisait beaucoup de bien, alors qu'elle tentait de trier les faits à sa disposition.

Sym était connu au village comme un querelleur et un bagarreur, il n'y avait donc rien d'extraordinaire dans sa dispute avec Ellis et Joliffe ; les comédiens n'étaient que les derniers en date à avoir une raison d'être en colère contre lui.

La famille de Tibby n'était pas non plus contente des attentions de Sym pour la jeune fille, d'après le père Henry. Peut-être que, se méfiant de son humeur, l'un de ses membres avait voulu se débarrasser de lui pour de meilleurs motifs que ceux de Joliffe ou d'Ellis.

Et puis il y avait Gilbey Dunn, bien sûr, le voisin entreprenant, qui ne pouvait même pas laisser en paix la veuve et la mère affligée pendant le temps minimum requis par la décence. Encore que Gilbey Dunn ne donnait pas l'impression à Frevisse d'être le genre d'homme qui se souciait de prendre des risques s'il pouvait l'éviter.

Sym n'avait pas été gravement blessé dans sa bagarre avec Joliffe ; à l'évidence il ne l'avait pas remarqué, ou avait cru à une égratignure, jusqu'à son retour chez lui. C'était la terreur de sa mère qui l'avait terrifié, jusqu'à réclamer les sacrements. Avec la mort de son père si fraîche dans son esprit, il est probable qu'il avait eu particulièrement peur d'être en train de mourir, et, dans sa propre peur, sa mère avait fait tout ce qu'elle pouvait avant de sortir trouver du secours. Peut-être était-ce la seule consolation que cette femme pouvait tirer de sa mort : elle avait contribué à sauver son âme avant de le quitter. Parce que, alors, avant le retour de Meg, quelqu'un était arrivé ; et soit Sym était couché les yeux fermés et ne l'avait pas entendu, soit il s'était agi de quelqu'un avec qui il se sentait assez à l'aise pour ne pas broncher à son entrée. Peut-être n'avait-il même pas eu le temps de savoir ce qui se passait, avant qu'on ne lui enfonçât une dague entre les côtes, en plein cœur. La blessure était trop propre et trop nette pour qu'il se fût débattu le moins du monde. Il avait dû mourir en ayant à peine conscience d'être blessé.

Et alors l'assassin avait croisé les mains de Sym sur sa poitrine, l'avait recouvert et avait filé. Est-ce qu'on avait espéré que sa mère en rentrant penserait simplement qu'il dormait et qu'ainsi l'alarme pourrait être retardée ?

Mais pourquoi avait-on voulu sa mort ? D'après le peu qu'elle avait vu de Sym et ce qu'elle savait de lui à présent, il semblait que lui-même était de loin son pire ennemi. Seule sa mort révélait que quelqu'un avait une opinion très différente. Mais pourquoi ? Telle était, découvrit-elle, la question à laquelle elle s'en tenait. Gilbey Dunn avait un motif ; il pouvait être plus assuré du mariage et des terres si Sym disparaissait. Mais le meurtre était un acte désespéré, et irréparable pour l'assassin, comme pour sa victime, s'il était pris. Elle avait la nette impression que Gilbey était un homme qui aimait garder son jeu ouvert. Et il était fort probable qu'il avait quelqu'un prêt à dire où il se trouvait ce soir-là, car c'était le soir du Nouvel An, et les gens se retrouvaient pour fêter l'événement d'une façon ou d'une autre.

Elle s'aperçut que ses mains, qu'elle avait cachées dans ses manches pour avoir moins froid, étaient pressées contre la dague de Joliffe à sa ceinture. C'était là que résidait le prochain vrai danger. Maître Montfort, l'enquêteur de la Couronne, arriverait tôt ou tard, et par ses relations passées avec lui Frevisse le connaissait assez pour savoir qu'il préférait les solutions faciles à celles qui l'étaient moins. Dans cette affaire, Joliffe était la solution la plus facile. Étranger de l'espèce la moins désirable, dépourvu de protecteur, doté d'une langue qu'il refusait de refréner même quand sa vie en dépendait. Elle entendait déjà le rapide exposé des faits par lequel Montfort allait se simplifier le travail au maximum. Et elle imaginait Joliffe tombé entre ses mains, expédié à Oxford et à la première potence.

Frevisse frissonna, et le froid qui régnait dans l'air ou le contact glacé de la pierre n'en étaient pas la cause. Elle se leva. Il lui restait ses tâches quotidiennes à accomplir, et en outre il lui fallait rendre sa dague à Joliffe. Mieux valait qu'elle s'en occupe. Elle avait poussé ses réflexions aussi loin qu'elle le pouvait avec le peu qu'elle savait, et son unique espoir était que le père Henry revienne avec les réponses dont elle avait besoin.

CHAPITRE XVII

Meg s'agenouilla dans la pénombre qui régnait au fond de l'église, derrière le chœur. Elle n'était pas sûre d'avoir le droit d'être là. C'était là que les religieuses priaient ; son église à elle était au village. Son intention était de se rendre directement de l'hôtellerie à la cuisine, mais le chant des nonnes l'avait attirée alors qu'elle passait dans le cloître, et à leur sortie de l'église elle s'y était glissée, remontant la nef pour venir s'agenouiller à cet endroit avec ses pensées qui n'étaient pas tout à fait des prières, seulement une interrogation sur ce que Dieu voulait d'elle et s'Il était content de ce qu'elle avait réussi pour Sym et Barnaby.

Derrière l'engourdissement qui s'était emparé de son esprit et de son cœur, elle savait qu'elle portait le deuil de son fils. Mais elle avait passé le stade des larmes. La seule chose qu'elle ressentait fortement semblait être la joie confuse de savoir qu'il n'avait plus à craindre l'Enfer, qu'un jour il sortirait du Purgatoire pour entrer dans la lumière dorée du Paradis. Voilà ce qu'elle avait fait pour lui. Et donc s'il y avait ce poids accablant de l'avoir perdu sur terre, elle avait aussi la certitude qu'il était sauvé, et la consolation qu'elle en tirait était immense.

— Mon enfant...

La voix à côté d'elle était si douce et Meg tellement plongée dans ses pensées que les mots lui semblèrent un instant faire partie de son propre esprit, comme revenus, pour lui répondre, de cet endroit mystérieux où s'envolaient les prières. Puis elle se rendit compte qu'une religieuse se tenait devant elle, et elle s'efforça de se relever malgré ses genoux raides afin de faire une révérence incertaine. Elle connaissait cette sœur de vue, mais pas son nom. Il était difficile d'apprendre le nom des religieuses alors que la plupart ne parlaient jamais, ou du moins c'était son impression. Cette absence reposante de tout caquetage à l'intérieur du cloître était l'une des choses qu'elle chérissait au prieuré, et qui le rendait si différent du village.

Et cette sœur tendit doucement la main vers son épaule sans vraiment la toucher et lui dit à voix basse :

— Je me demandais seulement si vous ne préféreriez pas venir vous agenouiller à l'autel plutôt qu'ici au fond.

Meg tourna ses yeux que l'étonnement exorbitait vers l'autel, le cœur de l'église. Couvert d'un drap damassé d'une blancheur immaculée, garni du livre de prières avec ses fermoirs d'or, des candélabres reluisants, et de la petite maison d'or qui renfermait le pain et le vin qui étaient le corps vivant et le sang du Christ, il dégageait une lumière particulière, plus douce que le soleil, aussi mystérieuse que la flamme éternelle de la veilleuse rouge qui pendait au-dessus de lui.

— Je ne puis aller là-bas, murmura Meg. Pas là-bas.

— Mais si, vous le pouvez. Je suis sœur Fiacre. Je suis la sacristine ici, et l'église et tout ce qu'elle renferme sont ma charge. Je vous assure que vous pouvez vous avancer jusqu'à la marche même de l'autel si vous le voulez. Venez avec moi.

La main sous le coude de Meg pour la guider, elle l'entraîna vers les trois marches qui menaient à l'autel. Arrivée à celle du bas, elle dit doucement :

— C'est ici que je prie quand je le puis. Quand je suis ici et que la paix règne, je me sens entourée tout entière de la consolation du Seigneur Jésus-Christ, j'entends presque ses paroles et je sais que Dieu se déverse sur moi comme un baume salutaire et que le Saint-Esprit est sur le point de pénétrer mon âme de sa paix.

Meg commença à reculer. Elle ne comprenait pas ces mots, mais ils avaient l'air plus saints que tout ce qu'un prêtre pouvait dire. En même temps, elle sentait la fragilité de la religieuse, et tremblait en pensant avec quelle facilité elle pourrait la blesser. Mais elle protesta :

— Je n'ai pas le droit d'être ici.

— Vous êtes une enfant de Dieu. La bienheureuse Marie, mère du Christ, se tint au pied de la Croix et regarda mourir son propre fils. Elle a un souci tout particulier des mères qui subissent la perte d'un enfant. Agenouillez-vous ici et demandez-lui de solliciter de son fils ressuscité qu'il vous console.

Meg eut un instant de panique où elle crut que sœur Fiacre voulait dire qu'elle devait demander la résurrection de Sym. Et puis elle comprit et trouva même le mot pour désigner ce geste :

— Une intercession, dit-elle.

Les lèvres pâles de sœur Fiacre s'entrouvrirent sous l'effet de la surprise, et même du respect. Puis elle hocha la tête et reprit :

— C'est juste. Demandez l'intercession de cette bienheureuse mère. Et comment un fils aussi parfait que Jésus pourrait-il refuser à sa mère ce qu'elle lui demande ?

Les doutes de Meg disparurent. Sœur Fiacre dut sentir sa résolution car elle ajouta avec un aimable sourire :

— Vous pouvez donc prier ici aussi longtemps que vous le voulez. Vous ne me dérangerez pas dans mon travail.

Impressionnée par l'idée de travailler dans un lieu où pour sa part elle osait à peine entrer, Meg lui demanda :

— Vous travaillez ici ? Qu'est-ce que vous faites ?

Le sourire de sœur Fiacre éclaira tout son visage de la nostalgie d'un plaisir dont on conserve la mémoire :

— Je veille à ce que l'église soit balayée, les draps d'autel propres, les habits du père Henry prêts, que tout l'or, le bronze et le cristal soient astiqués, les cierges bien mouchés pour brûler le mieux possible, les missels marqués au bon texte, que le sol soit parsemé d'herbes fraîches qui parfument l'atmosphère. Si c'est nécessaire, je veille à faire réparer ou remplacer les choses. Tout doit refléter la gloire de Dieu et contribuer à notre culte ici. Et puis...

Elle s'interrompit pour jeter les yeux autour d'elle.

— Et puis quand tout a été fait et que j'ai un peu de temps, je m'agenouille ici et je prie, et si j'ai très bien travaillé je sens parfois que sainte Frideswide me remercie de ce que j'ai fait pour tenir belle son église.

— La sainte vient à vous ? murmura Meg.

Encouragée par l'admiration de Meg, sœur Fiacre répondit :

— Ce n'est pas que je la voie, bien sûr. Cela ne m'a pas été accordé. Mais je sens sa présence. Son voile est dans l'autel, vous savez ? Et l'un de ses ongles. Vous connaissez son histoire ? Elle a refusé d'épouser un prince afin d'être religieuse. L'abbaye qu'elle a fondée est à Oxford, de même que sa tombe. Mais nous avons une partie de son corps ici aussi. Et je sens le feu de son amour qui m'enveloppe tout entière et sa satisfaction de mes bonnes actions. Cela ne ressemble à rien au monde. Peut-être viendra-t-elle à vous aussi pendant que vous priez, pour soulager votre cœur.

Saisie d'une sorte d'enthousiasme sacré, Meg s'écria :

— Peut-être si... Pourrais-je vous aider dans votre travail ?

Sœur Fiacre hésita, l'air sceptique :

— Au lieu de prier ?

— Le travail n'est-il pas une sorte de prière ? répondit Meg, les mains jointes. Au village, le père Clement disait toujours ça. Que nous devions faire notre travail comme une sorte de prière à Dieu au lieu de nous en plaindre. Sûrement, prendre soin de la sainte église de Dieu doit être une prière de la meilleure sorte. Et mon cœur en serait soulagé.

Dès qu'elle eut dit ces mots, elle sut que c'était le meilleur argument qu'elle eût pu trouver. Sœur Fiacre hocha la tête :

— Bien sûr, mon enfant, murmura-t-elle, quoiqu'elle fût probablement à peine plus vieille que Meg. Bien sûr. Venez m'aider.

Le bref moment qui suivit fut pour Meg un trésor. Consciente avec humilité de la bénédiction qui lui était accordée, elle balaya les carreaux dans le chœur et passa un chiffon à reluire sur le bois déjà étincelant des stalles des religieuses. C'était là qu'elles s'asseyaient à chaque fois tous les jours, et de nuit, pour leurs prières et leurs chants adressés à Dieu. À l'exception de l'autel lui-même, il ne devait pas y avoir de lieu plus sacré dans tout le prieuré. Elle se déplaçait avec un silence conscient et un respect profond, s'éloignant à contrecœur, revenant avec joie quand sœur Fiacre lui confia une écuelle pleine de romarin, de reine-des-prés et d'autres herbes à répandre sur le sol, pour que leurs douces odeurs se dégagent dans l'air sous les pas des nonnes.

Bien sûr elle ne toucha pas l'autel ni ses ornements, mais elle suivit avec terreur les gestes que faisait sœur Fiacre avec une humble familiarité, et elle lui passa les chiffons à reluire et les reprit de ses mains, profondément consciente qu'ils avaient eux-mêmes touché les saints objets. Elle les tint avec révérence pendant que sœur Fiacre s'assurait que tout était rangé exactement comme il le fallait sur l'autel, et elle les lui rendit à regret lorsque sœur Fiacre vint les lui prendre pour les ranger.

Sœur Fiacre était à peine revenue lorsqu'il y eut

comme une explosion de grand jour et un fort courant d'air froid venu de l'extérieur qui balaya toute la nef, au moment où s'ouvrait la large porte occidentale de l'église. Habituée à la lumière tamisée et au silence de ce lieu, Meg se recula d'instinct vers les ténèbres des stalles, en se disant à nouveau que peut-être elle n'avait pas le droit d'être en ce lieu. Mais sœur Fiacre pivota brusquement sur elle-même, s'interposant directement entre l'autel et les intrus, comme pour le défendre.

Deux religieuses entrèrent dans une envolée de jupes et de voiles, suivies de trois hommes. Elles se contentèrent de révérences de routine en direction de l'autel, quoique les hommes ôtassent leurs chaperons, avant de s'avancer tous ensemble dans la nef, en grande conversation.

— Et vous voyez qu'il n'y a pas de bas-côtés, et que vous n'aurez donc pas de piliers pour gêner la vue, dit la plus jeune des religieuses avec empressement. Le meilleur endroit serait là, entre les stalles, mais l'espace est si étroit que vous n'aurez pas la place de jouer. Donc, où aimeriez-vous vous mettre ? Qu'est-ce qui conviendrait le mieux ? De quoi aurez-vous besoin, d'un paravent, de tables, de musiciens ? Je sais jouer du luth.

— Et des talents aussi ? C'est merveilleux, murmura l'un des hommes, mince et blond, qui sourit en penchant la tête pour l'entendre de plus près.

Les autres hommes regardaient autour d'eux en avançant d'un air critique plutôt que respectueux. Mais l'homme aux cheveux noirs était aussi conscient de la présence de la cadette des religieuses et elle laissait paraître qu'il ne lui était pas indifférent, entre deux sourires qu'elle adressait au blond.

Depuis sa position rigide au pied des marches de l'autel, sœur Fiacre cria, d'une voix que l'indignation rendait suraiguë :

— Sœur Amicia !

La plus jeune sursauta, coupée net dans son babillage.

— Et vous, sœur Lucy ! ajouta sœur Fiacre pour faire bonne mesure, quoique l'autre religieuse eût aussi fait silence et n'eût rien à se reprocher de plus que tenir une conversation fort décente avec le plus âgé des trois hommes. Que signifie ceci ?

Sœur Lucy dit quelque chose à voix basse aux trois hommes et se hâta de s'approcher.

— C'est à la requête de mère Edith. Elle a dit que les comédiens devaient visiter l'église avant d'y jouer, vous vous rappelez ? Sœur Amicia et moi, nous les avons amenés, comme elle l'avait demandé. Tout va bien.

— Ça m'étonnerait, répliqua la sacristine qui commençait à se tordre les mains avec nervosité. Je lui ai dit quel genre de gens c'était. Regardez-vous maintenant toutes les deux, vous commérez avec eux comme des pécores de village, alors qu'ils ne devraient même pas être ici. Je ne veux pas d'eux ici.

— Mais mère Edith le veut, elle, répondit sœur Lucy.

Celle-ci jeta un regard vers sœur Amicia en quête de soutien, et la jeune religieuse, cessant de rendre au jeune homme blond le regard qu'il lui adressait, sans pour autant faire moins la coquette, l'approuva de la tête. Depuis son poste dans l'obscurité, Meg reconnut les hommes. Celui aux cheveux noirs s'était battu avec Sym sur le pré communal. Et le blond qui rendait ses sourires à sœur Amicia avait poignardé Sym la veille au soir. Sœur Claire avait dit que c'était un accident, et que ce n'était la faute de personne. Elle l'avait dit avec bonté et sympathie, mais fermement, pour que Meg comprenne bien qu'il n'était pas question de punir quiconque pour ce qui s'était passé.

Meg avait accepté cela comme il lui avait fallu accepter tant d'autres choses. Mais de le voir, de les voir tous les deux ici, dans ce lieu saint, en train de troubler cette sainte femme...

— L'église est ma responsabilité ! reprit sœur Fiacre. Mère Edith aurait dû me demander de la leur montrer, s'il faut absolument qu'ils soient ici.

— Elle a dit qu'il fallait vous épargner la corvée de rencontrer des laïcs... commença sœur Lucy.

Sœur Amicia l'interrompit :

— Des hommes, en particulier. Nous devions vous annoncer qu'ils allaient venir, pour vous préparer, mais ensuite il nous a semblé aussi facile de les accompagner.

Le plus âgé des trois hommes passa devant sœur Amicia et fit à sœur Fiacre une révérence majestueuse.

— Ma bonne sœur, commença-t-il d'une voix riche et mélodieuse, je vous prie, tout ce que nous voulons...

Elle le coupa en poussant un petit cri, puis elle recula, pressant ses mains sur sa poitrine, comme s'il l'avait menacée.

— Vous ! Vous osez ! cria sœur Fiacre en agitant la main dans sa direction. Vous étiez un comédien de lord Warenne ! Vous étiez tous dans la troupe de lord Warenne ! Je me souviens de vous, Thomas Bassett ! Je sais tout sur votre compte, et pour quelle raison il vous a chassés ! Comment pouvez-vous oser profaner ce saint lieu ?

Frevisse, que les cris de sœur Fiacre avaient attirée dans l'église depuis son poste dans le cloître, entendit cette dernière tirade au moment où elle pénétrait dans le sanctuaire par la porte latérale. Elle vit l'effarement momentané du visage de Bassett qui commençait à se transformer en inquiétude alors qu'il disait d'une voix ferme :

— Je crains que sur ce point, madame, vous n'ayez l'avantage sur moi.

Emportée par son indignation, sœur Fiacre cessa de se tordre les mains et tendit sur lui un doigt menaçant :

— Mon frère me l'a dit ! Après qu'il eut accédé au titre, il m'a dit ce que vous aviez proposé de faire.

Vous et ces... ces... ces autres-là, finit-elle par articuler en montrant d'un revers de main Ellis et Joliffe qui restaient à distance, encadrant une sœur Amicia complètement abasourdie. Sœur Amicia, éloignez-vous de ces deux-là ! ajouta sœur Fiacre avec une violence suraiguë. Tout de suite ! Vous ne connaissez pas leur perversité, moi, si.

En entendant ces mots, Ellis et Joliffe s'animaient d'une colère dont le rouge leur montait aux joues. Mais c'est Joliffe qui répondit :

— C'est votre frère que vous ne connaissez point. Ce cagot hypocrite...

— Joliffe !

C'était la première fois que Frevisse entendait la voix de Thomas Bassett dans tout son éclat. Elle s'enfla jusqu'aux larges poutres de la charpente et entre les murailles de pierre, figeant tout le monde sur place, mouvement et voix, Joliffe comme sœur Fiacre. Même Frevisse, étonnée, se tint coite. C'est Joliffe qui recouvra ses esprits le premier et reprit, toujours furieux, mais s'adressant à Bassett :

— Il n'y a pas de raison que nous soyons obligés...

— Il y a des raisons, l'interrompit à nouveau Bassett. Réfléchis et tu te les rappelleras. Tu te rappelles ? demanda-t-il sèchement en se tournant vers Ellis à qui il coupa également la parole.

— Je me rappelle, répondit Ellis irrité, d'une colère plus sombre que celle de Joliffe. On se rappelle tous.

— Et vous y avez intérêt ! s'écria sœur Fiacre. Oui, vous y avez intérêt ! Mon frère m'a tout raconté ! Ce que vous avez proposé de faire ! Ce que vous avez dit !

On ne sut jamais ce qu'elle aurait ajouté, car Frevisse coupa son élan en s'avançant. Elle savait trop bien à quel point il était inutile d'essayer de raisonner avec sœur Fiacre quand elle était dans cet état et elle dit d'une voix d'un calme délibéré :

— Quoi que vous sachiez, sœur Fiacre, je suis sûre que ça ne vaut pas la peine de hurler ainsi dans l'église.

— Mais ces gens ont proposé d'apporter...

— *Nous?* Vous inversez les rôles... commença Joliffe.

— Silence! fit Bassett. Ce n'est ni le lieu ni le moment...

— Je suis d'accord, reprit Frevisse, de sa voix la plus empreinte d'autorité.

Elle avait parfaitement conscience de la force qu'elle pouvait donner à ses paroles quand elle le voulait. C'est ce qu'elle fit à ce moment-là, et sœur Fiacre, dont la lèvre inférieure se mit à trembler et les yeux à s'emplir de larmes, se tint tranquille.

Frevisse poursuivit :

— Je m'occupe de tout à partir de maintenant, sœur Fiacre. Sœur Amicia va vous conduire chez sœur Claire, qui vous donnera quelque chose pour vous calmer. Sœur Lucy restera et je vais l'assister dans cette affaire.

Une protestation courut sur le visage de sœur Fiacre, mais toute autorité bien affirmée avait raison d'elle, et elle finit par courber la tête, avec un petit cri étranglé, et, serrant toujours les mains sur son cœur, elle se laissa conduire par sœur Amicia. Meg sortit de la pénombre et s'empressa de la suivre, surprenant tout le monde par son apparition soudaine à l'exception de sœur Fiacre.

Lorsqu'elles furent parties et que la porte latérale se fut refermée sur elles, Frevisse regarda sœur Lucy qui lui rendit son regard avec une sérénité neutre. Sœur Lucy avait une quarantaine d'années et avait abouti au même détachement serein de toute scène émotionnelle que la mère supérieure. Or, puisque Frevisse s'était chargée du problème, il semblait qu'elle eût le sentiment que c'était dorénavant le problème de Frevisse et elle ne fit aucune suggestion. Frevisse se tourna vers les comédiens et demanda tranquillement :

— Bon, Bassett, voulez-vous bien terminer votre inspection et nous dire ce dont vous allez avoir besoin pour votre représentation?

— Oui, merci, madame, tout de suite.

Joliffe et Ellis continuaient à fulminer, mais Bassett semblait calme. Ou peut-être savait-il mieux maîtriser sa colère que des hommes plus jeunes. Comme si l'altercation avec sœur Fiacre n'avait jamais eu lieu, Bassett se mit à examiner la nef pour voir le meilleur endroit où donner leur représentation, et parvint à force de questions et de suggestions à ramener à lui Joliffe et Ellis et à apaiser leur ressentiment. Il fut décidé que, somme toute, ils n'avaient pas besoin de grand-chose de plus que ce qu'ils avaient déjà dans leur réserve d'accessoires. Sœur Lucy veillerait à faire disposer des lanternes tout autour de l'église, les religieuses pourraient s'assembler du côté de l'autel et les comédiens joueraient dans la nef, juste devant le portail occidental.

— Tout cela est facile à exécuter, fit sœur Lucy. J'aurai soin que quelqu'un s'en occupe. Autre chose ?

— Vous avez été fort aimable, dit Bassett. Je pense que c'est tout, il ne nous reste plus qu'à réjouir votre soirée.

— J'attends votre spectacle avec impatience, répliqua sœur Lucy, sur un ton si distant qu'il était impossible de savoir si elle disait la vérité ou parlait par politesse.

Alors, les trois hommes s'inclinèrent devant elle et Frevisse puis sortirent. Frevisse voulait les suivre, mais elle s'arrêta un instant pour demander à sœur Lucy :

— Comment va mère Edith ? Est-elle encore souffrante ?

— Pas vraiment, répondit sœur Lucy avec un léger sourire. Elle s'irrite de la débilité de son corps, mais sœur Claire a dit qu'il fallait qu'elle reste au calme aujourd'hui, et qu'elle se repose, de crainte de subir une nouvelle attaque de la maladie. À cette heure, elle est plus impatiente qu'autre chose.

— Peut-elle recevoir une visite ?

— Cela dépend, répondit sœur Lucy après un temps d'hésitation. Il ne serait pas bon pour elle d'être vraiment troublée...

Elle marqua un temps en fixant le sol.

— Comme par sœur Fiacre, par exemple, acheva Frevisse à sa place. Mais serait-il possible que je passe la voir à un moment de la journée ?

— Avec Dieu, toutes choses sont possibles. Avec mère Edith, les choses sont un peu plus compliquées. Je vais me renseigner.

Elles se sourirent et se séparèrent, sœur Lucy pour retourner auprès de mère Edith et Frevisse se dirigeant vers la vieille hôtellerie.

En chemin, elle se dit que, tout simplement parce qu'il y avait si peu de visiteurs au prieuré en cette période de fêtes et que ces visiteurs n'étaient pas des plus importants, son devoir exigeait quand même qu'elle pourvoie à leurs besoins. Voilà pourquoi elle allait les trouver maintenant, et seulement pour cette raison, sauf bien sûr qu'il fallait qu'elle rende sa dague à Joliffe.

En traversant la cour, elle l'aperçut, appuyé contre le large chambranle de pierre de l'entrée de l'hôtellerie. Il semblait ne pas l'avoir vue venir. Les yeux fixés à ses pieds, sans rien regarder en particulier, il semblait profondément perdu dans ses pensées. Frevisse reconnut le moment où il prit conscience de sa présence, non pas à un mouvement qu'il aurait fait, mais simplement parce que son attention se tourna vers l'extérieur quelques instants avant qu'il ne lève les yeux et croise les siens.

Elle tira la dague de sa manche et la lui tendit :

— Merci. Elle m'a été utile.

— Sur qui ? demanda-t-il en la reprenant.

— Sur Sym, répondit Frevisse très posément, en surveillant le visage de Joliffe.

Son trouble ne fut que très léger.

— Ça devait faire une cible facile. Il est déjà mort.

— Oui, acquiesça Frevisse.

Elle voulait l'interroger sur cette affaire entre les comédiens et la famille de sœur Fiacre, mais en fut empêchée par un cri de colère qui se fit entendre derrière lui, à l'intérieur. Elle écouta et demanda avec surprise :

— Rose ?

Joliffe hocha la tête avec un rictus :

— Bassett était en train de lui raconter ce qui s'est passé dans l'église. C'est pour cela que je suis sorti ici. Si vous avez la moindre pitié, vous pourriez entrer pour le sauver.

— Mais que...

Frevisse se tut, distraite par les éclats de la voix de Rose. On distinguait mal les mots, mais la colère ne faisait pas de doute.

— Elle a peur que nous ne soyons renvoyés sur la route avant la fin du jour, expliqua Joliffe. Et que Piers ne retombe malade si c'est le cas. Il y a peu de choses qui mettent Rose en colère, mais un danger menaçant Piers en fait partie sans aucune ambiguïté. Allez donc sauver Bassett, si le cœur vous en dit, conclut-il en s'écartant pour lui ouvrir la porte.

Frevisse entra dans la salle. Joliffe ne la suivit pas.

Bassett et Ellis étaient assis devant le feu, faisant le gros dos en hommes qui auraient bien voulu ne pas être à leur place. Rose se tenait en face d'eux, présentement muette, les mains sur les hanches, les foudroyant du regard. Quand Frevisse vint vers eux, ils regardèrent tous dans sa direction et Bassett se leva en hâte, visiblement soulagé.

— Si j'arrive au mauvais moment... commença-t-elle.

— Non, s'empressa de dire Bassett. Nous parlions de la commodité de l'église pour notre pièce. La voix de Piers devrait y produire d'excellents résultats.

— Il sera suffisamment rétabli pour chanter ?

— Nous le croyons, s'il reste au chaud jusqu'à la représentation et s'il va se coucher tout de suite après.

— J'en ai assez du lit, proclama Piers bien fort depuis ses couvertures, de l'autre côté de la cheminée. Hewe, passe-moi ça.

L'une de leurs panières, remplie d'accessoires et de

trésors, avait été traînée près de son lit. Comme toutes les autres, elle était grande, presque aussi longue que lui, et lui serait arrivée à la taille s'il avait été debout. Hewe, assis derrière, était complètement invisible. Mais, sur l'injonction de Piers, il bougea, lui tendant une boîte peinte de couleurs vives et jetant un coup d'œil prudent à Frevisse pour voir comment elle allait réagir à sa présence.

Elle ne dit rien; c'était son affaire et celle de sa mère, le lieu où il était, et il ne semblait faire aucun mal. Elle choisit de s'adresser à Bassett :

— Vous allez répéter cet après-midi?

Certain de son indifférence, Hewe se rapprocha de Piers à quatre pattes et ils commencèrent à examiner le contenu de la boîte.

— Nous en avons l'intention, dit Bassett. Mais je suppose qu'il vaut mieux éviter l'église?

— Cela pourrait être préférable. Sœur Fiacre...

Rose poussa un grognement de colère et fit un geste brusque.

— Rose, intervint Ellis en allant vers elle.

Il avait eu un geste de soutien, mais il ne l'acheva pas, se contentant de rester près d'elle. Elle croisa les bras sur sa poitrine, les serrant comme pour en faire un rempart.

— Elle est là par choix et par obligation, expliqua Frevisse. C'est la sacristine. Si elle semble avoir des sautes d'humeur, ce n'est pas de sa volonté. Elle est... souffrante. Un chancre lui ronge le sein, et cela la fait souvent beaucoup souffrir. Les médecines que sœur Claire peut lui donner ne l'aident plus guère. Alors, elle recherche le silence de l'église et la consolation de l'offrande de sa douleur pour ses rares péchés et pour le repos de l'âme de ceux qui ont contribué à la prospérité de notre prieuré.

Bassett eut une grimace apitoyée et les autres parurent interloqués ou gênés. Mais le regard de Bassett se posa quelque part derrière l'épaule de Frevisse.

Celle-ci se retourna pour découvrir Meg debout, courbée de travers sous le poids d'un seau de charbon.

— Meg! s'écria Frevisse. Il doit sûrement y avoir un valet plus apte à porter cela. Pourquoi ne rentrez-vous pas chez vous?

Le visage usé de Meg semblait encore plus creusé par les rides. Elle prenait bien soin de ne pas lever les yeux au-delà des pieds de Frevisse pour ne regarder aucun des comédiens. Elle répondit d'une voix monocorde :

— Je ne veux pas risquer de perdre ma place ici. Mère Edith nous a mandé que ce seau de charbon devait être porté aux invités. Je vais simplement le déposer devant le feu, si vous permettez?

Les yeux toujours baissés, elle avança péniblement, posa le seau près de la cheminée et fit demi-tour pour sortir; mais en relevant la tête, elle vit du coin de l'œil Hewe et Piers, assis sans bouger tels des faons qui espèrent échapper au chasseur.

Frevisse vit à la fois l'étonnement de Meg et la déception d'Hewe, avant que le visage de la mère ne fût déformé par la colère :

— Hewe, comment oses-tu rester là, assis sans rien faire, alors qu'il y a du travail qui attend à la maison? Et si tu n'en as ni la force ni la volonté, alors tu devrais être auprès de ton frère, occupé à prier pour son âme, quand moi j'en suis empêchée. Et surtout...

Son regard foudroya les comédiens.

— ... je ne devrais pas te trouver avec ces gens. Tu n'as rien à faire ici, pas avec eux. Viens avec moi.

— Oh, la mère... commença Hewe.

Mais elle était déjà sur lui et le saisissait par l'oreille, qu'elle tordit, le forçant à se lever avec des cris de douleur.

— Et ne me réponds pas! Suis-moi! Alors, je ne peux pas te faire confiance pour faire ce que tu as à faire, hein? Eh bien, il y a des poulets à attraper, à tuer et à plumer, et tu vas nous aider. Tais-toi, arrête de faire ce bruit! Je ne comprends pas comment tu peux être aussi méchant. On ne peut pas te lâcher d'une semelle ! Suis-moi donc !

Elle s'arrêta à la porte, le temps d'adresser à Frevisse une révérence malhabile. Hewe fit une grimace navrée à Piers. Et ils disparurent.

CHAPITRE XVIII

Midi passa ainsi que none. Tout en vaquant à ses tâches, Frevisse continuait à guetter le retour du père Henry de son expédition au village, et elle prévint le portier et les valets de venir la trouver dès son arrivée, s'ils le voyaient avant elle. Mais il ne paraissait pas, et on était sans nouvelles non plus de la venue de l'enquêteur, et le beau jour d'hiver tirait à sa fin précoce, tandis que le froid commençait à augmenter avec le crépuscule.

Au milieu des longues ombres et de la lumière de plus en plus incertaine, la cloche se mit à sonner vêpres et, venues de tous les points du couvent, dans une effervescence de pas précipités, avec des quintes de toux et un violent éternuement, les religieuses se dirigèrent vers l'église.

Frevisse était dans les premières, heureuse de l'occasion de se laisser aller à la paix de l'office, et de sortir du cercle de ses pensées. Il était trop tard aujourd'hui pour trouver le temps d'échanger un mot avec le père Henry. Mais après cette longue attente frustrante, elle était prête à tout oublier pour un temps, lui et les questions qu'elle voulait lui poser.

Sa maladie était comme un poids qui lestait son corps et ses pensées, réduisant leur marche à un lent cheminement. Elle espérait que les prières, le dîner dans une pièce chauffée et puis la pièce avant complies lui seraient une distraction suffisante pour que le sommeil vînt aisément ensuite.

Il faisait froid dans le cloître, et il soufflait une petite brise, juste assez pour soulever son voile. Frevisse tira sur la lourde porte de l'église et plongea dans la pénombre, suivie de près par deux autres nonnes. Elles allaient attendre les autres à l'entrée. D'abord, la forme sombre étendue sur les marches de l'autel ne produisit sur elles qu'une vague impression, comme une obscurité plus épaisse dans les ténèbres croissantes. Il leur fallut quelques moments de plus pour se rendre compte qu'il y avait quelque chose d'anormal qui nécessitait qu'elles s'en approchent.

Sœur Thomasine s'avança la première, toujours plus hardie qu'en toute autre occasion quand il s'agissait de l'autel ou de ses prières. Mais ce fut Frevisse qui soudain comprit ce qu'elle voyait et s'élança vivement au moment où Thomasine s'agenouillait en tendant le bras vers la forme immobile.

— Thomasine ! fit-elle violemment, arrêtant le geste hésitant de la jeune femme et lui faisant lever les yeux. Venez, Thomasine, retirez-vous. Ne la touchez pas, ajouta-t-elle d'une voix plus calme, presque caressante.

Sœur Thomasine tourna sa tête voilée, ses yeux écarquillés d'effarement dans son visage blême, sous la guimpe blanche.

— Mais je crois qu'elle est morte, fit-elle.

— Ne la touchez pas encore, répéta Frevisse, la relevant pour l'éloigner du corps. Restez ici.

— Qui est-ce ? demanda l'une des autres religieuses.

Cette question fut répétée par bribes tandis qu'elles cherchaient des yeux, entre elles, pour voir laquelle manquait à l'appel. D'autres étaient arrivées, et il en entra encore deux qui s'entendirent raconter, en murmures terrifiés, ce qui se passait.

— Sœur Claire est là ? demanda Frevisse.

Au moment même où elle interrogeait ainsi le groupe, ses yeux le sondaient avec inquiétude.

— Je suis là, répondit sœur Claire, en sortant de la cohue chuchotante.

Elle alla s'agenouiller auprès du corps couché face contre terre. Un moment, sa main hésita avant de toucher, très délicatement, l'arrière du crâne de la religieuse tombée. Puis elle glissa les doigts sous l'épaule qui se trouvait de son côté et fit rouler le corps pour voir son visage. Sous le faible éclairage, il parut presque aussi blanc que la guimpe qui l'enserrait, elle-même marquée de taches sombres. Sœur Claire replaça le corps dans sa position originelle et se signa avant de se relever pour se tourner vers les autres.

— C'est sœur Fiacre, dit-elle en faisant un effort pour empêcher sa voix grave de trembler.

Sœur Thomasine tomba à genoux, criant d'une voix forte :

— *Si iniquitates observaveris, Domine; quis sustinebit?* Si tu tiens un compte exact de nos iniquités, ô Seigneur, qui y résistera?

Toutes les autres tombèrent à genoux. L'une d'elles commença à sangloter.

Frevisse aperçut par-dessus la marée de têtes inclinées mère Edith qui venait d'entrer, au bras de sœur Juliana. Se frayant un chemin au milieu des sœurs prostrées, Frevisse la rejoignit et lui dit tranquillement :

— Sœur Fiacre est morte. Elle est là-bas, sur les marches de l'autel.

Noyés dans ses rides, les yeux de la mère supérieure allèrent rapidement vers la forme immobile de sœur Fiacre à côté de laquelle sœur Claire était encore agenouillée, puis revinrent se poser sur le visage de Frevisse.

— Amenez-moi vers elle, lui dit-elle, ajoutant pour sœur Juliana l'ordre de ne pas bouger.

Elle fit passer le poids de son corps chancelant sur le bras de Frevisse. Elles contournèrent prudemment le groupe des moniales à genoux.

Sœur Claire se releva à leur approche et fit mine de se placer entre le cadavre et mère Edith, mais celle-ci lui dit :

— C'est l'une de mes filles. Puis-je refuser de la regarder ?

Sœur Claire hésita puis déclara, d'une voix trop basse pour porter au-delà de leur petit groupe :

— Ce n'est pas sa maladie qui l'a tuée.

D'une voix aussi basse, et sans hésiter, mère Edith répéta :

— Je veux la voir.

Frevisse alla à l'autel, fit une génuflexion puis tira un des cierges de son candélabre. Elle s'approcha de la veilleuse de l'autel, y alluma le cierge puis redescendit les trois marches.

Sœur Claire retourna le corps de nouveau, en sorte d'exposer son visage. En silence, mère Edith contempla le cadavre de sa fille en Dieu. La guimpe et le voile qui composaient la coiffe de sœur Fiacre avaient dissimulé l'aplatissement de l'arrière de sa tête et la déformation de ses traits provoquée par la fracture des os du crâne. Ces deux faits se trouvèrent révélés à la lumière dorée du cierge. Les yeux étaient exorbités, comme si elle était surprise de la venue de sa mort, et un peu de sang avait coulé rouge vif à travers le blanc de la guimpe serrée autour de son visage, mais aucune terreur ne tordait sa face. Ce qui était venu était venu sans prévenir, et instantanément. Le voile avait bu la plus grande partie du sang, ne laissant qu'une mince ligne luisante sur le sol de pierre, où la lumière le faisait briller.

Derrière elles s'éleva le bruit de quelqu'un qui se levait et l'on entendit la voix rauque de mère Alys :

— C'est malheureux, mais c'était à prévoir, elle était si malade ! Qui veut m'aider à la déplacer ? Je vais allumer quelques-uns de ces cierges et de ces lanternes. Il nous faudra plus de lumière et il y a toutes ces choses préparées pour la représentation de ce soir. Sauf que maintenant elle n'aura pas lieu.

La main pesant lourdement sur le bras de Frevisse, mère Edith dit sans se retourner, d'une voix qui ne trahissait rien :

— Laissez donc ces lumières tranquilles, nous n'en avons pas encore besoin. Mère Alys, emmenez tout le monde dans le chauffoir pour dire vêpres. Sauf mère Frevisse, sœur Claire et sœur Thomasine. Toutes les autres, sortez. Souvenez-vous d'emporter le psautier. Vous prierez encore plus fort à cause de notre absence. Je viendrai vous retrouver dès que possible afin de régler l'ordonnance de la vigile pour sœur Fiacre.

Reconnaissantes et apaisées par ces ordres, les autres religieuses se levèrent en silence dans un froissement de jupes et de semelles souples. Il y en eut deux ou trois qui se détendirent suffisamment pour tousser. Elles quittèrent l'église dans le sillage de mère Alys, et la porte retomba bruyamment sur la dernière à sortir.

— Qui ? demanda mère Edith. Pourquoi ?

Il n'y avait pas encore de réponse. Ou bien il y en avait plusieurs, mais aucun moyen pour l'instant de décider laquelle était la bonne. Frevisse, dont l'esprit commençait à raisonner pour dépasser la réalité de la mort de sœur Fiacre et découvrir ce que cela signifiait et ce qui en découlerait, entrevoyait déjà des éventualités, et ne les trouvait pas rassurantes.

— Il faut prévenir Roger Naylor, dit-elle.

— Et s'occuper de sœur Fiacre, fit mère Edith, avant que les autres ne la voient. Il faudra bien leur dire, mais elles n'ont pas à la voir ailleurs que dans son cercueil. Elles n'ont pas à voir ce que nous avons vu. Thomasine, vous ne parlerez pas de ce que vous avez vu ici.

— Oui, ma mère.

— J'ai besoin d'examiner la plaie à nu, dit Frevisse.

— Pourquoi ? demanda sœur Claire.

— Peut-être la blessure nous apprendra-t-elle quel genre d'arme a porté le coup. Pour le moins, si c'était quelque chose de tranchant ou pas.

— Je crains que son crâne s'ouvre si l'on retire sa guimpe, dit sœur Claire, dont la voix révéla sa profonde détresse.

Thomasine se mit à prier plus fort.

— Sœur Claire, pourriez-vous, euh, la remettre en état ? fit mère Edith.

L'infirmière plaça ses petites mains de part et d'autre du crâne de la morte et appuya doucement. Les os bougèrent pour reprendre une position plus naturelle en produisant un léger bruit de meule. Sœur Claire déglutit péniblement.

— Il semble que la peau soit intacte, pour l'essentiel, dit-elle, mais je préférerais que nous ne retirions pas sa guimpe. Reste que je comprends la demande de mère Frevisse. Il nous faudra une guimpe propre. Et nous ferions mieux de changer aussi son voile.

— Mère Frevisse, prenez sœur Thomasine pour vous aider à rapporter le nécessaire. Nous allons préparer le corps ici. Ce serait le mieux, n'en convenez-vous pas, sœur Claire ?

Celle-ci hocha la tête :

— Moins on la bougera, mieux ça vaudra. Nous pouvons la laver et la mettre en bière ici. Peut-être avant la fin de l'office.

— Merci. Alors je leur dirai ce qui est arrivé.

Sœur Thomasine s'était relevée et était venue les rejoindre pendant cette conversation. À présent, debout au côté de Frevisse, portant sur son visage la nausée que Frevisse ressentait en elle-même, elle murmura, en fixant le cadavre des yeux :

— Quelque mauvaise personne lui a refusé l'extrême-onction.

— Elle se savait mourante depuis longtemps, remarqua mère Edith, et elle était autant préparée à la mort que l'on peut l'être. Et lorsque le coup a été porté, elle était en prières, au pied de l'autel. Sa mort a été violente, mais s'est produite au sein des mystères sacrés. Nous ne pouvons qu'ajouter nos prières aux siennes. Je désire m'asseoir à présent, ajouta-t-elle de la même voix tranquille et égale.

Son poids s'était fait de plus en plus lourd sur le bras de Frevisse. Celle-ci lui passa un bras autour de la taille, la guida jusqu'à sa stalle où elle la fit s'asseoir doucement. Dans tout le prieuré, chaque religieuse avait sa place réservée et bien à elle dans le chœur, la seule chose qui lui appartînt en propre exclusivement pendant toute sa vie de moniale professe — à moins que, comme mère Edith, elle n'accédât au rang de prieure, auquel cas elle prenait le siège sculpté de façon plus élaborée et plus imposant qui appartenait à cette charge. Mais la stalle de la prieure était à mère Edith depuis plus de trente ans maintenant, et elle lui était probablement aussi familière à présent que son lit. Elle s'y laissa couler et inclina sa tête en prières, car nul ne meurt dans ce monde de péché sans avoir besoin de prières pour accompagner son âme en chemin, quelle qu'ait pu être sa préparation.

Frevisse rejoignit sœur Claire, et à elles deux elles accomplirent la macabre tâche d'ôter à sœur Fiacre son voile et sa guimpe. Frevisse fut surprise en remarquant à quel point les cheveux courts de Fiacre étaient gris ; elle avait moins de quarante ans. Mais à l'arrière de la tête, ils étaient noirs, poisseux d'un sang déjà presque séché.

— C'est bizarre, fit sœur Claire après quelques minutes.

— J'en conviens, dit Frevisse. Là, et là, le crâne est entaillé, mais ici, il a l'air enfoncé, comme par une massue.

— *Deux* assassins ? proféra sœur Claire dont la voix grave chavira d'épouvante.

— En tout cas, deux armes. On imagine mal que deux personnes soient venues ensemble assassiner sœur Fiacre. Je prie que nous découvrions la vérité, car je doute que maître Montfort en soit capable. Je vais aller chercher le nécessaire, ajouta-t-elle en se relevant. Ma mère, désirez-vous rejoindre les autres à vêpres ?

— Non. En tout cas pas encore. Allez, et vous aussi, sœur Thomasine.

— Oui, ma mère, répondit Thomasine en se signant avant de se relever.

Ce dont elles avaient besoin pour préparer le corps se trouvait à l'infirmerie. Mais une fois qu'elles furent dans la galerie du cloître, Frevisse dit à sa compagne :

— Allez chercher la guimpe et le voile. Je vais prévenir maître Naylor qu'il nous faut un cercueil.

Quelque part dans les magasins du couvent il y avait au moins un cercueil, que l'on gardait pour l'éventualité d'une mort hivernale au prieuré. Deux semaines plus tôt, on avait pu craindre qu'il ne fût réservé à mère Edith, avant qu'elle ne commençât à donner des signes de guérison. Et voilà que finalement on allait s'en servir pour celle que l'on jugeait le plus près de mourir, même si nul n'aurait pu imaginer une telle mort pour elle.

À cette heure de la journée, Roger Naylor devait encore être quelque part dans le prieuré, à s'assurer que tout était en ordre pour la nuit. Frevisse passa dans la cour, à la recherche d'un valet qu'elle pût lui envoyer. Au lieu de quoi, elle vit l'intendant lui-même qui venait vers elle, de son pas ferme et assuré, projetant d'un côté une ombre démesurée dans le jour mourant.

— Qu'est-ce qui se passe là-dedans ? héla-t-il. Je n'entends aucun bruit en provenance de l'église alors qu'il devrait y avoir des chants.

Voyant sa mine, il pressa encore le pas.

— Qu'est-ce que c'est ?

— Sœur Fiacre est morte. Pouvez-vous apporter un cercueil dans l'église ? C'est là que nous l'avons trouvée, et mère Edith veut qu'on s'en occupe sur place.

Naylor fit un signe de croix.

— Que Dieu reçoive son âme en Ses mains. Je ne savais pas qu'elle était à ce point proche de la mort.

— Elle ne l'était pas, reprit Frevisse. Peut-on apporter le cercueil ? Et envoyer chercher le père Henry, où qu'il se trouve ?

Naylor lui jeta un regard aigu, mais il se contenta de hocher la tête et s'éloigna.

Frevisse retourna vers le cloître. Sœur Thomasine était juste devant elle, chargée d'un fardeau encombrant : une bassine d'eau où flottaient deux linges, une guimpe, un voile et des serviettes sur un bras. Frevisse pressa le pas pour la rattraper et ne lui laissa que la bassine, puis elle alla de l'avant pour lui tenir la porte.

Le corps de sœur Fiacre était lavé, rhabillé et prêt pour la mise en bière quand Naylor introduisit dans l'église deux valets de l'abbaye, chargés du cercueil, et un troisième qui portait les tréteaux sur lesquels il devait reposer devant l'autel. Sans rien laisser paraître, sœur Claire et Frevisse firent mouvement pour bloquer la vue du corps de sœur Fiacre pendant que les hommes déposaient le cercueil par terre et montaient les tréteaux. Naylor les renvoya et, lorsqu'ils furent sortis, il demanda :

— Dois-je vous aider à la mise en bière, ou est-ce que je sors aussi ?

— Elle a été tuée, fit sœur Claire, réagissant au sous-entendu de Naylor. Quelqu'un l'a frappée par-derrière alors qu'elle était agenouillée sur ces marches.

— Vous êtes sûre qu'elle a été frappée ? Qu'elle n'a pas fait une chute ?

— Nous en sommes sûres, répondit mère Frevisse. Avez-vous vu des étrangers dans nos murs aujourd'hui ?

— Non, ma mère. À part les comédiens, bien sûr. On m'a dit qu'ils s'étaient disputés avec sœur Fiacre ici même dans l'église un peu plus tôt aujourd'hui.

Il produisit cette information colportée par le bavardage sans rancœur ni arrogance, mais Frevisse sentit son poil se hérisser. Cependant, avant qu'elle eût pu dire quoi que ce soit, mère Edith intervint :

— Si vous aviez la bonté de nous assister dans la triste tâche de mettre en bière sœur Fiacre, maître Naylor... Nous voudrions avoir terminé avant la fin des vêpres.

— Comme vous le souhaitez, ma mère.

Elles s'écartèrent et le laissèrent approcher du corps. Il gisait sur le dos à présent, la toile ensanglantée recouverte d'une toile neuve, le voile gorgé de sang changé. Les yeux clos, sans trace de sang ou de souffrance, sœur Fiacre était simplement étendue là. Il n'y avait que l'angle légèrement bizarre de sa tête (parce qu'il n'y avait plus d'arrondi à l'arrière du crâne pour la soutenir) qui trahissait l'affreuse réalité.

— De toute façon, dit-il à l'adresse de la prieure, l'enquêteur va venir pour la mort au village. Il ne sera pas possible après son arrivée de garder le secret sur le fait que ce décès est un meurtre.

Mère Edith secoua lentement la tête :

— Garder secret qu'il y a eu meurtre, non. Ce ne serait ni honnête ni sûr. Nous espérons pourtant dissimuler aux autres toute l'horreur de la manière dont elle est morte. Ce sera déjà assez dur de savoir qu'elle a été tuée.

Frevisse leva la main, sollicitant leur attention :

— Il y a autre chose.

Sœur Thomasine, mère Edith et Naylor se tournèrent vers elle; sœur Claire regarda au loin. Frevisse glissa ses mains dans ses manches et se redressa, prenant cette pose solennelle pour raffermir sa voix.

— La mort de Sym aussi était un meurtre.

Naylor fut le premier à parler :

— Comment pouvez-vous en être sûre?

— Parce qu'il y a deux blessures sur le corps du garçon, répondit sœur Claire. L'une n'est pas grand-chose. Il l'a reçue à la taverne et a pu rentrer chez lui après. L'autre a été faite alors qu'il était allongé.

— Mais supposez, suggéra mère Edith d'une voix

douce, que la seconde aussi lui ait été donnée à la taverne, pendant la rixe ?

— Le coup a atteint le cœur, répondit Frevisse, et il a dû être tué presque instantanément. Avec une telle blessure, il n'est pas allé se promener.

Après un silence pensif, Naylor reprit :

— Je veux l'examiner. Je m'y connais en blessures de couteaux. D'autre part, ajouta-t-il en s'adressant à mère Edith, mieux vaut éviter qu'aucune des moniales se retrouve seule où que ce soit, si c'est possible, tant que je n'ai pas fait enfermer ces comédiens en attendant l'arrivée de Montfort.

De nouveau, Frevisse dut se retenir pour ne pas réagir violemment. Naturellement, les comédiens constituaient un choix évident pour les deux meurtres, et il lui fallait trouver un moyen de les innocenter. Mais elle souffrait de voir la prieure accepter sans objection la décision de l'intendant, la tête penchée en avant en signe d'acquiescement.

— Mais pour l'instant le cercueil, dit-elle.

Sœur Claire s'écarta pour que Frevisse et Naylor puissent le déposer sur les tréteaux.

Ils se reculaient après avoir fini quand l'un des valets qui avaient apporté le cercueil rentra, remontant la nef à vive allure. Le nez rouge, hors d'haleine, il fit une courbette rapide à la cantonade et annonça :

— C'est l'enquêteur de la Couronne ! Il entre dans la cour, lui et ses hommes à cheval.

— Plus tôt que prévu, remarqua sœur Claire.

Frevisse se roidit mais se contenta d'ajouter :

— Si vous le permettez, ma mère, je vais aller m'assurer qu'on l'installe correctement dans notre hôtellerie. Il ne fait point de doute qu'il voudra dîner, et il va me falloir lui expliquer que son arrivée prématurée nous a prises au dépourvu.

La porte latérale de l'église s'ouvrit, et sœur Juliana entra. Elle écarquilla les yeux à la vue du cercueil, et plus encore quand elle vit maître Naylor, mais, faisant la révérence à la prieure dans sa stalle, elle lui dit :

— Mère Alys m'a envoyée vous dire que nous avons fini vêpres et elle désire savoir si nous devons revenir ici ou aller au réfectoire pour le dîner.

Mère Edith répondit doucement et sans tarder :

— Ni l'un ni l'autre. Sœur Claire, allez au chauffoir et sous mon autorité attribuez les tours de veille en commençant par sœur Lucy et sœur Emma. Elles doivent venir ici immédiatement et pourront aller à la cuisine prendre un dîner tardif quand elles auront été remplacées. Le reste sera comme vous le déciderez entre vous toutes, sauf pour mère Frevisse qui prendra le premier tour après matines et laudes, puisqu'elle a des hôtes dont elle doit s'occuper maintenant. Une fois que vous aurez décidé comment vous vous répartirez la nuit et la journée de demain jusqu'au chapitre, alors vous pourrez aller dîner.

Sœur Claire, appréciant d'un geste de la tête la solution rapide qui était ainsi apportée à une partie du problème, fit une profonde révérence.

— Comme vous le souhaitez, ma mère, murmura-t-elle.

Et elle sortit en emmenant sœur Juliana.

— Bon, reprit mère Edith, vous, maître Naylor, vous feriez mieux d'aller vous assurer que les comédiens se trouvent dans la vieille hôtellerie et qu'ils y restent, et puis que les chevaux de maître Montfort sont installés comme il faut à l'écurie. Allez, ajouta-t-elle pour le valet, donnez mes salutations à maître Montfort et dites-lui que je le verrai dans mon appartement dès qu'il pourra y passer. Sœur Thomasine m'y accompagnera maintenant. Mère Frevisse, restez ici jusqu'à l'arrivée de sœur Lucy et de sœur Emma, puis hâtez-vous de retourner à vos obligations à l'hôtellerie. Voyez s'il y a quelque chose de chaud que l'on puisse servir de notre cuisine.

Elle marqua un arrêt, réfléchissant pour savoir si elle

avait couvert ainsi tout ce qu'il y avait à faire dans l'immédiat ; puis elle hocha la tête et tendit la main pour prendre celle de sœur Thomasine.

Elle était à peine sortie qu'entrèrent les deux religieuses qui devaient commencer la vigile auprès du corps de sœur Fiacre. Frevisse leur apporta deux cierges et deux bougeoirs dorés de la sacristie, pour mettre à la tête et au pied du cercueil, et elle les alluma au cierge de l'autel, qu'ensuite elle éteignit et remit à sa place.

La nuit était presque tombée à l'extérieur, et des torches enflammées éclairaient la cour. Debout devant la porte occidentale de l'église, Frevisse compta rapidement les hommes que Montfort avait amenés avec lui et elle aperçut parmi eux le corpulent enquêteur en personne, emmitouflé dans un lourd manteau à capuche, près de son grand hongre fauve, qui donnait des instructions sévères à un valet du prieuré avant de lui remettre les rênes. À la lueur des torches, son teint était encore plus fleuri qu'en réalité et à en juger par son expression, son humeur valait sa couleur.

Frevisse fit semblant de ne pas l'avoir vu, passant en hâte dans la direction de la grande hôtellerie. La dernière fois qu'il avait dû venir à Sainte-Frideswide, elle s'était mêlée à son enquête d'une manière qu'il considérait totalement déplacée de la part d'une femme, religieuse de surcroît. Le fait qu'elle avait eu raison et lui tort ne changeait pas l'opinion qu'il avait d'elle. Elle ne voulait pas le contrarier une nouvelle fois, ni lui permettre de se livrer à ses habituelles facilités et erreurs de déduction. Il lui faudrait l'embobiner, et lui faire passer ses idées par l'intermédiaire du père Henry ou de maître Naylor, sous forme de suggestions ou de questions qui ne lui feraient pas prendre la mouche. Maître Naylor n'était pas non plus très partisan de l'intelligence chez les femmes, mais il savait du moins manipuler la stupidité chez les hommes.

Dans l'hôtellerie, les valets s'étaient déjà rassemblés,

en attente d'instructions. Elle ordonna d'abord de transporter le corps de Sym dans un appentis vide de la cour extérieure — Montfort ne serait sûrement pas favorable à l'idée de partager son logement avec le cadavre d'un vilain —, puis de faire du feu dans les cheminées de la meilleure chambre et de la cuisine de l'hôtellerie. Elle fixa leurs tâches aux autres valets et une fois que tout fut en mouvement, et qu'elle fut bien sûre que ses gens sauraient se débrouiller, elle les laissa faire.

Dans la cour, elle jeta un regard vers la vieille hôtellerie. Un serviteur qu'elle reconnut pour l'adjoint de Naylor montait la garde à la porte. Il fallait qu'elle retourne dans le cloître pour conférer avec mère Alys dans sa cuisine sur le cidre à réchauffer. Mais elle tourna le dos au cloître et marcha vers l'autre hôtellerie. Elle allait s'assurer que les comédiens savaient qu'ils ne joueraient pas ce soir.

CHAPITRE XIX

Le lendemain matin, Frevisse se réveilla, pesante de fatigue. Avoir veillé dans cette église froide, à côté du cadavre raide de sœur Fiacre, ne l'avait pas seulement privée du repos dont elle avait besoin, mais l'avait aussi déprimée. Elle était lasse de la mort, lasse d'avoir froid, d'être malade, d'être auprès d'autres femmes malades, lasse même des prières et du culte. Elle se traîna jusqu'au moment du chapitre. Puis, alors que les religieuses sortaient pour aller vaquer à leurs tâches respectives du matin et que sœur Claire se plaçait auprès de mère Edith pour la raccompagner chez elle, la prieure, en acceptant son bras, fit signe à Frevisse de venir avec elles.

Mère Edith n'avait besoin que d'une aide limitée pour marcher, mais pour la montée de l'escalier qui menait à son appartement elle s'abandonna à leurs bras avec une bonne grâce toute simple. Sous le manteau fourré et plusieurs couches de vêtements, elle semblait menue et fragile comme un oiselet.

Son appartement était plus luxueux que le reste de Sainte-Frideswide. La pièce principale, où elle recevait ses hôtes de marque ou ceux qu'elle tenait à accueillir personnellement, donnait sur la cour par trois étroites fenêtres vitrées de verre transparent. Depuis plus de trente ans que mère Edith était prieure, ses objets personnels s'étaient introduits dans cette pièce de façon si insensible que Sainte-Frideswide aurait semblé incomplet sans eux. Un tapis tissé venu d'Espagne recouvrait une table et un métier à broder sur lequel était tendue une tenture inachevée de la Vierge à l'Enfant sur un champ de fleurs était dressé près de la cheminée. Sur l'âtre était posé un panier d'âge canonique où dormait naguère son lévrier ; quoique le chien fût mort l'été précédent, mère Edith n'avait pas encore donné l'ordre d'enlever le panier et personne n'irait jamais le faire sans son ordre.

La pièce était prête pour recevoir sa maîtresse, le feu bien parti dans la cheminée et des braseros allumés dans deux angles. La seule chose qui ne fût ni accueillante ni à sa place était maître Montfort, debout jambes écartées devant la cheminée, son museau de renard manifestant clairement son déplaisir. Il avait les mains derrière le dos, et il les tapait l'une contre l'autre, remplissant le vide de l'attente de ce bruit nerveux.

En le voyant, Frevisse sentit monter en elle une grande vague de désarroi et d'inquiétude. Il n'y avait tout bonnement pas moyen de se voiler la face : maître Morys Montfort, enquêteur de la Couronne pour le nord du comté d'Oxford, était un sot prétentieux.

Mère Edith inclina la tête dans sa direction :

— *Benedicite*, maître Montfort. Je vous prie de m'accorder un instant pour achever une petite affaire avec sœur Claire.

Elle n'ôta pas son manteau quand elle se retourna pour s'asseoir dans son fauteuil, mais le garda serré sur elle. Même avant sa maladie de cet hiver, elle avait commencé à décliner un peu. Sa peau douce et ridée était si pâle qu'elle se confondait avec sa guimpe blanche. Mais ses yeux n'avaient rien perdu de leur vivacité et elle les fixa sur sœur Claire à ce moment.

— Donc... commença-t-elle, mais elle s'étrangla sur ce mot et dut s'arrêter pour s'éclaircir la gorge avant une nouvelle tentative. Donc, qu'en est-il de notre siège du rhume ? Cela sera-t-il bientôt fini, ou cela va-t-il durer jusqu'au printemps ?

— Sûrement pas jusqu'au printemps, répondit sœur Claire, un peu sur la défensive car elle avait aussi peu d'affection que Frevisse pour Montfort. Chez la plupart d'entre nous, ça va mieux au lieu d'aller de mal en pis.

— Et pour cela, nous devons vous remercier ainsi que Dieu, je le sais. Mais ce sera bénédiction quand ce sera terminé. Je suis fort lasse de ces offices que l'on dirait célébrés par un chœur de grenouilles. Merci, ma sœur.

Elle se tourna vers Montfort avec un sourire qui ne contenait pas d'excuses :

— Cela n'était pas une information que j'avais envie de solliciter en plein chapitre, de peur de susciter des rechutes. À présent, comment vont les choses pour vous ? S'occupe-t-on bien de vous, et vous aide-t-on dans vos interrogatoires ?

Montfort arrêta le bruit impatient de ses mains claquant derrière son dos.

— Votre intendant m'a assez dit qu'on allait avoir un peu de difficulté pour conclure.

Sœur Claire en savait davantage sur la mort de Sym et celle de sœur Fiacre que Roger Naylor, mais à son expression il était visible que Montfort ne l'avait pas interrogée. Montfort s'aperçut qu'elle était prête à parler et lui lança un regard si mauvais qu'elle serra les lèvres. Il renifla de satisfaction d'avoir remis à sa place une femme impertinente.

— Je croyais trouver ici un simple décès accidentel, dit-il. Un vilain cherche querelle à un gueux lors du désœuvrement de Noël et il tombe sur son couteau. J'aurais aimé qu'il en fût ainsi, car j'ai mes vacances dont j'entends profiter, lord Lovel ayant été assez aimable pour nous honorer, ma femme et moi, d'une invitation à passer les fêtes en sa compagnie.

Il essayait de faire croire qu'il recevait fréquemment de tels honneurs, mais la digression pour inclure le fait de cette invitation dans la conversation montrait à l'évidence qu'il en était honoré jusqu'à l'ébahissement. Frevisse fut amenée à se demander s'il n'aurait pas pris son temps pour arriver, voire même envoyé sa décision par messager — puisque cela semblait une si petite affaire — s'il n'avait souhaité étaler sa propre importance devant son hôte. Et il était donc là, arrivé à toute vitesse malgré la saison et les intempéries, et tout aussi impatient de repartir, sans doute pour régaler son hôte d'anecdotes sur ses capacités.

— Mais voici que j'entends dire que cette mort était un meurtre prémédité et qu'un autre meurtre l'a suivi. Deux meurtres, dont l'un dans votre propre église, souligna-t-il, d'un ton qui disait clairement qu'une telle chose était un attentat personnel contre Dieu, la paix du roi — et lui-même.

Il marqua une pause. Frevisse se demanda s'il s'attendait à des excuses de leur part, mais comme nulle ne venait, il continua :

— Et il y a une autre chose qui est d'une grande évidence, reprit-il en lançant un regard noir à Frevisse. Une certaine personne se mêle d'affaires qui ne la concernent pas. Et ce n'est pas la première fois.

Mère Edith regarda dans la direction de Frevisse avec mansuétude :

— Vous mêlez-vous des affaires de maître Montfort, ma mère ?

Les mains croisées dans ses manches, les yeux et la voix baissés, Frevisse répondit :

— J'ai posé des questions, madame. Il semblait qu'il y eût besoin de prendre note de ce qui s'était passé sans attendre, puisque nous n'étions point sûres de la rapidité avec laquelle maître Montfort pouvait arriver parmi nous.

Quelqu'un commença à gratter à la porte de la pièce. Mère Edith parut ne point l'entendre — ses servantes frappaient fermement —, mais la porte s'ouvrit alors et un homme qui perdait ses cheveux passa la tête par l'ouverture.

Montfort lui fit signe d'entrer et son geste rappela à Frevisse que l'enquêteur de la Couronne était doté d'un scribe, tellement dans l'ombre de Montfort qu'il passait d'ordinaire aussi inaperçu qu'elle. Il portait une robe ample, serrée à la taille qu'il avait maigre par une large ceinture de cuir. Accrochés à la ceinture, on voyait un encrier, une grosse bourse miteuse bourrée de carrés de parchemin, un petit canif et une lanière de cuir qui retenait un bouquet de plumes de corbeau.

— Je vous demande très humblement pardon, fit-il d'une voix fluette, s'adressant non pas à la maîtresse des lieux mais à son maître. J'ai entendu des voix et j'ai cru que, si vous étiez en train d'ouïr des témoignages, vous auriez besoin de moi pour en prendre minute.

De fait, il tenait une épaisse liasse de parchemins toute prête d'une main, et dans l'autre une plume déjà taillée pour écrire. Frevisse prit une inspiration exaspérée ; cette manière d'ignorer mère Edith était une grossièreté impardonnable.

Mais la prieure lui coupa l'herbe sous le pied.

— Entrez donc, dit-elle. Maître Montfort pourra entendre tout ce qui peut être important et vous serez présent pour le noter.

— Les ragots que l'on recueille d'une moniale dans un prieuré ont peu de chances de s'avérer précieux, fit Montfort en faisant signe au scribe de trouver une place dans un coin tandis qu'il revenait au sujet en cours.

Ne voulant pas se disputer, ni mentir en semblant tomber d'accord avec lui, Frevisse courba de nouveau la tête et rentra ses mains encore plus haut dans ses manches.

— Donc, reprit Montfort, je puis compter que maintenant que je suis arrivé vous cesserez de vous mêler de mon travail ?

— Je ne me mêlerais jamais sciemment des affaires de la Couronne, répliqua Frevisse en glissant un soupçon de surprise scandalisée dans sa voix.

— Nous avons le respect le plus haut pour la couronne d'Angleterre, surenchérit la prieure.

Montfort fit rétrograder sa mauvaise humeur au point qu'il parvint à poursuivre d'une voix presque gracieuse :

— Voilà qui est bien dit, madame. Il ne devrait donc plus y avoir de difficulté. Je voudrais vous demander, ma mère, fit-il en s'adressant de nouveau à Frevisse après s'être raclé la gorge, de m'apprendre ce qui vous a été confié.

Frevisse se mordit la lèvre. Il la réprimandait parce qu'elle se mêlait de ses affaires, mais avait l'esprit de se souvenir que, la dernière fois que leurs routes s'étaient croisées, elle avait eu raison et que peut-être en la présente occasion elle pouvait avoir encore une fois appris des choses de valeur. Maîtrisant fermement son agacement, et n'osant point lui laisser voir son visage, elle répondit :

— J'ai découvert que, pendant que Sym était tué, l'homme avec lequel il s'était battu à la taverne était avec une fille. Et il paraît qu'un grand nombre de gens avaient peu d'affection pour Sym. Il y a un voisin qui désire épouser sa mère pour récupérer leur tenure et Sym en était furieux.

— Et ?

— Et quoi ? fit-elle en le regardant.

— Les autres comédiens. Ils se sont disputés avec l'homme ainsi qu'avec sœur...

Les plis qui marquaient son front se creusèrent un peu plus pendant qu'il cherchait le nom.

— Sœur Fiacre, murmura mère Edith.

— Sœur Fiacre, sœur Fiacre, grommela Montfort. Le vilain et la religieuse se sont disputés avec les comédiens et à présent ils sont morts tous les deux. Qu'en dites-vous ?

— Je n'ai aucun élément qui indique qu'un comédien ait pu être impliqué dans les deux meurtres. Trois se sont disputés avec sœur Fiacre, mais deux d'entre eux n'avaient aucun motif de tuer Sym, et l'autre a un témoin qui dit qu'il était avec elle quand Sym a été assassiné.

— Eh bien, ils ont fait le coup ensemble, gronda Montfort. Celui qui s'est disputé avec Sym a tué la religieuse, l'un des deux autres ayant tué Sym. C'est une scandaleuse engeance que ces comédiens sans maître, fit-il en reportant son attention sur mère Edith, ils sont une menace pour les gens de bien. Peut-être que la question est de savoir lesquels des deux sur les trois se sont partagé la tâche, mais ils seront tous les trois pendus également pour ce forfait.

Montfort aimait les décisions promptes et directes. Elles rehaussaient sa réputation et réduisaient ses frais.

— Il devrait être assez aisé, reprit-il, de détruire l'histoire qu'ils ont pu concocter à eux trois. Ce genre d'individu est intelligent, mais pas loyal, surtout lorsqu'il s'agit de sauver sa peau en dénonçant les autres. Je leur ferai cracher la vérité sans tarder, en les interrogeant séparément.

Frevisse serra étroitement ses avant-bras sous la toile de ses manches, se gardant bien de rien dire et maintenant sa tête baissée. Il lui coûtait un grand effort de simplement contrôler sa respiration. Il *ne faut pas* qu'il fasse cela, pensa-t-elle.

De sa voix affaiblie, mère Edith reprit :

— Nous prierons pour que la vérité soit promptement révélée, maître Montfort.

Ce dernier grommela des remerciements et s'approcha pour s'incliner sur la main de mère Edith. Le scribe s'affaira pendant ce temps à ranger plume et bouts de parchemin en faisant des bruits feutrés, puis il suivit son maître hors de la pièce. Lorsque le son de leurs pas eut décru dans l'escalier, mère Edith respira profondément, toussa un peu et demanda :

— À votre avis, quels sont les faits, mère Frevisse ?

Frevisse mit un moment à se détendre assez pour répondre :

— Les faits sont simples et peu nombreux, guère plus que ceux que j'ai déjà mentionnés, qu'il s'agisse de la mort de Sym ou de celle de sœur Fiacre. Sym n'était vraiment guère aimé dans le village, à ce que rapporte le père Henry, et il était plus particulièrement détesté par la famille d'une jeune fille qu'il poursuivait de ses assiduités, ainsi que par son voisin Gilbey Dunn. Sym et son père s'étaient disputés avec lui. À présent que l'obstacle du fils a complètement disparu, Gilbey se fait plus pressant auprès de la mère de Sym.

— Vous avez parlé avec lui ?

— Brièvement. Il a un couteau sur lui qui a à peu près la taille de l'arme du crime. Il a une réputation de cupidité, et de rage lorsqu'il se voit opposer des obstacles.

— Que savez-vous de la femme ?

— C'est Meg, une frêle petite personne qui travaille parfois ici au prieuré. Jusqu'à présent, elle l'a refusé. Mais Gilbey ne joue pas les amoureux transis. Il parle de l'intérêt de joindre la tenure de Meg avec la sienne. Gilbey adresse ses regards lubriques à notre Annie Lauder.

— Il poursuit deux femmes à la fois ? fit mère Edith, amusée autant que scandalisée.

— Non, il y a longtemps qu'Annie lui a fait reddition de son corps et elle semble se satisfaire de la promesse qu'il lui fait de continuer leur jeu même après avoir épousé Meg. Annie travaille dur, mais elle n'a pas de terre. L'intérêt qu'il lui porte est purement charnel.

— Et mon cher frère disait toujours qu'il ne servait à rien d'acheter une vache si l'on avait du lait gratis.

Bien qu'elle fût religieuse pratiquement depuis le début de sa vie, mère Edith n'était point ignorante des manières du monde.

— Mais est-ce qu'Annie pourrait parler afin de gâcher les plans de Gilbey du côté de Meg ? demanda la prieure.

— Je n'en sais rien. J'ai l'intention de m'entretenir avec elle quand j'en aurai l'occasion. Celui que les projets de Gilbey mettaient sérieusement en colère était Sym.

— Et est-ce que quelque chose de tout cela a un rapport avec la mort de sœur Fiacre ? demanda sœur Claire.

— Pas que je puisse voir. Ce qui a un rapport avec la mort de sœur Fiacre, c'est une dispute entre son frère et les comédiens, mais de quoi il s'agissait, je l'ignore. Ils refusent de parler, sauf pour dire qu'on leur a fait du tort. Sœur Fiacre affirmait que c'était à sa famille que l'on avait fait du tort, mais elle est morte avant d'avoir pu en dire plus.

— Cette dispute était-elle assez sérieuse pour causer des ennuis aux comédiens ? demanda la prieure. Des ennuis suffisants pour qu'ils aient voulu les prévenir en la tuant ?

— Les ennuis s'étaient déjà produits, dit Frevisse. Ils ont perdu leur protecteur et par suite des membres de leur troupe. Ils avaient déjà subi tous les ennuis possibles.

— Le plus probable serait un meurtre par vengeance, reprit sœur Claire. Ils ont eu le sentiment d'être lésés par son frère et ayant soudain ce moyen de l'atteindre...

Frevisse sortit son mouchoir et se moucha si bruyamment que sœur Claire la regarda, ébahie.

— Dommage que nous n'ayons pas laissé parler sœur Fiacre quand elle le désirait, remarqua mère Edith. J'aurais dû lui demander de venir me trouver dès que sœur Lucy m'en a touché un mot, mais sœur Fiacre en colère, c'était beaucoup plus d'émotion que de bon sens, Dieu ait son âme, et je pensais la laisser se calmer un peu avant de l'appeler.

Elle soupira, puis regarda Frevisse.

— Que pensez-vous de la conclusion de maître Montfort concernant les comédiens ?

— Je ne puis que répéter ce que j'ai dit à maître Montfort, ma mère. Je ne trouve aucun indice qui montre qu'un seul des trois ait eu à voir avec l'un ou l'autre de ces meurtres.

— Vous n'êtes pas d'accord avec l'idée qu'ils aient pu être complices pour se protéger les uns les autres ?

Placée devant ce choix, Frevisse dut reconnaître :

— Je pense que c'est souvent le cas. Mais pas dans cette affaire. Ils n'avaient aucune raison de commettre aucun de ces deux meurtres.

— Non ? demanda mère Edith.

Sœur Claire fit un bruit qui indiquait qu'elle n'était pas d'accord avec Frevisse sur ce point.

— Si vous voulez bien nous laisser, sœur Claire. Je voudrais parler seule à seule avec mère Frevisse.

— Oui, ma mère. Bien sûr, ma mère.

Sœur Claire fit une révérence et sortit sans se retourner.

Avec un tel encouragement à s'exprimer ouvertement, Frevisse reprit :

— Par les nécessités mêmes de leur vie, les gens comme eux doivent se protéger de diverses façons !

Les mots sortaient plus violemment que Frevisse n'en avait eu l'intention. Elle détourna le regard et se força à parler de manière moins tendue.

— Entre autres choses, poursuivit-elle, il y a sûrement longtemps qu'ils ont appris à ne pas rendre coup pour coup au premier sot qui les provoque. Mieux vaut céder le pas à un sot que de se lancer dans des batailles rangées avec des villes entières.

Mère Edith approuva de la tête, avec un regard aigu dans ses yeux fatigués :

— Vous parlez à partir d'une expérience de première main, je suppose. Vos parents étaient souvent sur les routes et ont dû rencontrer des problèmes de ce genre.

La prieure n'avait pas porté de jugement par ces remarques, mais Frevisse se raidit, puis eut de nouveau recours à son mouchoir, essuyant son nez longuement et avec soin tout en essayant de songer à une réponse qui fût à la fois sincère et courtoise.

Mais mère Edith demanda :

— Rose a-t-elle donc beaucoup de ressemblance avec votre mère ?

— Non, bien sûr que non. Ma mère était...

Elle s'arrêta. Malgré la règle, mère Edith et son habituelle maîtrise de soi, elle reprit :

— ... moins susceptible de marcher sur les mains !

Et elle se mit à rire, jusqu'aux larmes. La surprise de les sentir couler sur ses joues lui fit recouvrer son calme.

— Je vous prie de m'excuser, murmura-t-elle en s'essuyant les yeux, baissant la tête sous l'effet de la honte.

— Êtes-vous heureuse ici ? demanda doucement mère Edith.

Surprise par cette question, Frevisse releva la tête :

— Bien sûr.

— Mais vous l'étiez aussi quand vous voyagiez avec vos parents.

— Oui, répondit Frevisse sans aucune hésitation. Oui. Oui, c'est vrai, répéta-t-elle avec plus de réflexion.

— Et même heureuse ici, cette liberté de la route doit parfois vous manquer. Toutes, nous regrettons certaines parties de notre vie hors du cloître, sinon ce serait un sacrifice dénué de la moindre valeur. Et le vôtre est plus grand que celui de certaines, peut-être, parce que vous avez aimé les changements qu'apportaient chaque jour les nouveaux lieux et les nouvelles gens. Je pense qu'il doit être plus difficile pour quelqu'un comme vous d'être ici que pour une dame bien élevée, qui n'est jamais sortie dans ses voyages des terres de ses parents. Non pas qu'il vous manque la discipline ou le désir, mais parce qu'il vous a fallu apprendre plus tard dans la vie ce que celles d'entre nous qui étaient plus attachées à un foyer ont connu dès leur plus tendre enfance — que ce sont les mêmes visages qui vous accueilleront jour après jour, partageant vos hiers, s'insérant toujours dans vos demains de façon inéluctable.

Frevisse, qui ne se cachait plus derrière son mouchoir, croisa le regard de la prieure et hocha la tête, récompensant l'honnêteté de sa supérieure de la même monnaie :

— Votre sagesse est grande.

— Et je pense, reprit mère Edith en souriant, que vous aviez oublié un grand nombre des règles de votre ancienne vie jusqu'à l'arrivée de ces comédiens, et qu'ils vous ont fait souvenir de ce à quoi pouvait ressembler une vie de voyage sur une route interminable.

Frevisse lui rendit presque involontairement son sourire.

— Mais j'étais très sincère quand j'ai voulu venir ici, dit-elle.

— Je vous crois, répondit mère Edith. Et vos voyages vous ont rendue particulièrement précieuse dans votre rôle d'hôtelière. Mais cela ne veut pas dire que vous deviez renier la joie éprouvée pendant votre jeunesse. Est-il possible que vous ne vouliez pas que les comédiens soient coupables parce que ce serait trahir une partie de votre vie que vous aimez encore ?

Frevisse ouvrit la bouche pour le nier. Mais les mots ne vinrent pas. Au lieu de cela, elle dit avec une honnêteté forcée :

— C'est possible. Mais je continue à penser qu'ils ne sont coupables d'aucun de ces deux meurtres.

— Tant que votre cœur et votre esprit travailleront à l'unisson pour arriver à cette réponse — et non pas l'un à l'exclusion de l'autre — j'accepterai votre opinion. Mais sous peine de rompre votre vœu solennel d'obéissance, je vous ordonne ceci : apprenez ce que vous pourrez sur toute cette affaire et prouvez leur innocence ou leur culpabilité. Non seulement à la satisfaction de maître Montfort, mais à la mienne. Et à la vôtre.

C'était là un défi aussi bien qu'un ordre. Le regard direct de mère Edith le disait sans aucune ambiguïté. Elle accepterait la part de Frevisse qui aimait encore la vie à laquelle elle avait renoncé ; mais en échange Frevisse devrait se consacrer à la découverte de la vérité, quelle qu'elle fût, sans égard à l'amour ni aux allégeances d'autrefois.

Comprenant tout cela, Frevisse acquiesça en silence.

S'il était petit, le sourire de mère Edith rayonnait ardemment dans ses yeux.

— Parlons donc un peu plus de cette affaire. De façon irréfutable, vous devez voir que les comédiens sont les seuls liés à l'une et l'autre de ces deux morts.

Sentant la chaleur lui monter au visage, Frevisse baissa la tête. Il était plus facile de convenir d'être impartiale que d'y parvenir.

— Oui, reconnut-elle. Ils font des coupables tout désignés. Cependant, il ne s'agit que de probabilités. Il n'y a rien de certain, ajouta-t-elle en laissant paraître sa frustration avec ce dernier mot, croisant le regard de la prieure. Toutes autres choses mises à part, je n'arrive tout simplement pas à trouver quelqu'un susceptible d'avoir tué Sym. Les gens du village avaient l'habitude de son esprit querelleur, et Gilbey semblait capable de poursuivre sa demande avec ou sans le consentement du garçon. Et la mort de sœur Fiacre paraît encore plus mystérieuse. Elle était en train de s'éteindre d'une maladie très douloureuse, donc pourquoi quelqu'un la haïssant irait-il abréger ses souffrances ? À part les comédiens, il n'y a aucun lien entre Sym et sœur Fiacre. Mais pourquoi commettre un meurtre quand vous êtes sûrs d'en être soupçonnés ? Ça serait stupide, et ils ne sont pas stupides !

Après un petit silence, mère Edith reprit :

— Peut-être ces morts ne sont-elles pas liées, si bien qu'il va vous falloir chercher deux assassins avec deux mobiles. Ou bien peut-être n'y a-t-il de mobile dans aucun des deux meurtres ; peut-être ont-ils été tués par quelqu'un qui voulait seulement tuer, sans se soucier de qui. Si c'est vrai, nous sommes à la recherche d'un fou, et toute exploration de la logique du mobile est vaine.

Frevisse se sentit envahie d'une lente horreur tandis qu'elle examinait cette éventualité. Quelqu'un de purement maléfique, vivant tout près d'elles, qui frapperait encore et encore jusqu'à ce qu'on le surprenne en flagrant délit... Elle secoua la tête, refusant de croire à une telle hypothèse.

— Non, je n'arrive pas à le penser. Il faut qu'il y ait un motif derrière ces morts. C'est seulement affaire de le trouver. Je voudrais que ce rhume me lâche pour pouvoir réfléchir avec clarté. Je voudrais...

Qu'aucun de ces derniers jours ne soit arrivé. Passer le reste de la journée à dormir au lit.

De légers bruits de pas sur l'escalier les avertirent de la venue de quelqu'un. Au coup rapide frappé sur la porte, mère Edith répondit :

— *Benedicite.*

Eda entra, faisant la révérence.

— Madame, une femme de l'hôtellerie voudrait vous voir. Elle est du groupe des comédiens.

— Faites-la monter, ordonna mère Edith.

Une fois la servante sortie, elle regarda Frevisse qui secoua la tête, incapable d'imaginer ce qui pouvait amener Rose ici.

Elles n'eurent pas à attendre longtemps pour voir revenir la servante qui introduisit Rose puis se retira. Restée debout devant la porte refermée, la chaude couleur brune de sa robe se mariant avec les teintes vives des coussins brodés arrangés sur le banc de la fenêtre, Rose ne trahissait nullement qu'être dans un lieu si éloigné de ses habitudes pût la mettre mal à l'aise. Elle ne regardait même pas autour d'elle avec étonnement. Elle s'avança avec la grâce que Frevisse avait vue en elle auparavant et vint s'agenouiller devant mère Edith.

— Madame, dit-elle humblement, comme il est plus convenable pour moi que pour les autres membres de notre troupe de pénétrer à l'intérieur de votre enceinte sacrée, je suis venue de leur part solliciter une faveur, si vous daignez nous en accorder une.

Elle avait une voix aussi riche et charmante que celle de Thomas Bassett, une voix affûtée sans doute par des années passées à annoncer le programme de leurs spectacles, à quémander des deniers pour son propre étalage de talents acrobatiques. Mère Edith ne laissa nullement paraître qu'elle n'avait pas l'habitude de se voir confrontée dans ses appartements privés à des gueux sans terre, mais inclina la tête et répondit avec autant de grâce :

— Une requête aussi aimable mérite un don généreux, pourvu qu'il soit convenable et relève de mon pouvoir.

— L'enquêteur de la Couronne est arrivé, madame, et nous nous demandons si cela signifie la fin de notre espoir de jouer pour votre prieuré.

Son regard papillonna de visage en visage comme elle prononçait ces derniers mots, essayant de lire une réponse à cette question ainsi qu'à d'autres choses. Frevisse du moins essaya de toutes ses forces de ne rien laisser paraître. Rose reporta son regard sur mère Edith :

— Avec votre permission, nous demandons donc si nous devons jouer ou pas la pièce dont nous étions convenus, pour vous remercier avant de partir de la générosité avec laquelle vous nous avez traités ici. Sinon, nous devrions nous remettre en route.

Mère Edith inclina la tête pour répondre :

— Cette saison sainte a manqué d'une bonne part de sa gaieté habituelle entre nos murs cette année. Une pièce qui représente joyeusement cette époque de l'année serait la bienvenue. Mais pas dans l'église, où repose sœur Fiacre. Ce serait mal, connaissant ses sentiments concernant les comédiens (mère Edith était trop diplomate pour ajouter « et surtout vous »), d'autoriser leurs jeux où elle pourrait les entendre.

— Je doute qu'elle prête beaucoup l'oreille ces temps-ci à ce qui se passe dans les parages, intervint Frevisse avant qu'elle pût s'en empêcher.

Mère Edith lui imposa silence d'un seul regard.

— Mais l'hôtellerie fera l'affaire, je pense, reprit-elle. Nul ne devrait s'en scandaliser. Cela conviendrait-il à vos besoins ?

— Je suis sûre que ce sera parfaitement adapté.

— Qu'en pensez-vous, mère Frevisse ? demanda la prieure en lui jetant un coup d'œil.

— Je dirais qu'une pièce sur les Rois mages serait édifiante pour nous toutes, convint Frevisse.

Et elle songea qu'elle savait ce que mère Edith avait en tête. Une diversion après la mort de sœur Fiacre et les terreurs qu'elle avait semées serait bénéfique pour toutes les religieuses.

— Alors, cet après-midi vous irait-il ? Entre vêpres et complies, comme nous l'avions prévu à l'origine ? Pourriez-vous achever les préparatifs pour cette heure-là, mère Frevisse ?

— Si je puis déplacer les candélabres de l'église à l'hôtellerie, il ne reste pas grand-chose à faire. Mais ils seront nécessaires, car la salle n'a pas de fenêtres à l'ouest qui pourraient laisser entrer la lumière du soir.

Mère Edith inclina la tête pour donner son assentiment et reporta son attention sur Rose.

— Vous avez notre permission. Et nos remerciements.

Rose se leva et fit la révérence jusqu'à terre.

— Votre enfant, demanda mère Edith, va-t-il mieux ?

Un plaisir tranquille épanouit le visage de Rose.

— Chaque jour qu'il a eu la permission de passer

ici, il a regagné un peu plus ses forces. Tous mes remerciements, madame, pour nous avoir autorisés à rester.

— Nous accueillons nos hôtes pour obéir au commandement de Dieu, répondit mère Edith. Et avec joie car il est écrit : Souvent nous recevrons des anges sans le savoir.

Elle fit un signe de croix pour bénir Rose, qui se signa à son tour et sortit en s'inclinant.

CHAPITRE XX

Le rhume de mère Alys avait commencé à se dissiper. Toujours enrouée, mais ayant recouvré son énergie, elle s'attaquait au laisser-aller qui s'était insinué dans la cuisine pendant sa maladie. Rôdant entre les tables, elle passa la matinée à harceler ses aides, la grosse cuillère tordue prête à frapper tout en observant et détaillant leurs défaillances.

— C'est de la pâte à pain, pas de la pâte feuilletée, que vous maniez, ma fille ! Mettez plus de nerf pour me pétrir ça, ou c'est moi qui irai chercher le nerf de bœuf ! Nous avons onze bouches supplémentaires à charge à présent, parce que c'est à peine s'il y a quelque chose dans la cuisine de l'hôtellerie pour les nourrir — et voilà ce qu'il faut penser de l'idée que « nous ne recevons jamais d'invités à Noël ». Meg ! C'est un couteau à découper, pas une hache. Les poulets ont déjà été trucidés. Vous n'avez qu'à les couper en dés, il ne s'agit pas de les tuer une seconde fois.

Elle tapa de sa cuillère sur la table à côté de Meg, la faisant sursauter et la rendant encore plus affairée, à découper la chair de cinq poulets bouillis pour préparer des tourtes. Sœur Amicia, prenant son tour pour aider à la cuisine et éminçant des légumes que l'on mélangerait aux morceaux de poulet, éclata en sanglots. Mère Alys s'arrêta, les mains plantées sur les hanches, et lui lança un regard noir.

— Et pourquoi ces larmes, ma sœur ? Ce sont des carottes que vous coupez, pas des oignons. Et je ne vous ai même pas encore dit que vous les coupez si menu qu'on n'en retrouvera plus rien dans les tourtes, une fois cuites. Utilisez votre cervelle plus sagement, ainsi que votre temps, et cessez de pleurnicher.

Sœur Amicia sortit un mouchoir de sa manche.

— C'est quand vous avez parlé de trucider, sanglota-t-elle. Ça m'a fait penser à sœur Fiacre.

Le calme tomba dans la cuisine. Mère Alys elle-même se tut. Elle n'avait jamais beaucoup aimé sœur Fiacre, qui piquait des crises d'hystérie ou s'écroulait dans des accès de désespoir chaque fois qu'Alys lui reprochait son inefficacité en cuisine. Bien longtemps avant qu'elle ne tombât gravement malade, on avait convenu dans le couvent que tout le monde vivrait plus paisiblement si sa route ne croisait plus celle de mère Alys. Mais même un esprit aussi morose que l'était sœur Fiacre ne méritait pas une mort aussi affreuse.

Sœur Emma tapota le bras de sœur Amicia.

— Il est louable de pleurer son trépas, dit-elle, mais rappelez-vous qu'elle est en Paradis à l'heure qu'il est et que tout va mieux pour elle.

— Pas encore le Paradis, à mon avis, grogna mère Alys. Elle a d'abord son temps de Purgatoire à faire et cela pourrait prendre un bon moment.

— Oh, certainement pas ! protesta sœur Emma. Préparée à la mort comme elle l'était, et étant morte comme elle est morte, en prières à l'autel, sûrement son âme est aussi pure que possible.

Mère Alys se fâcha.

— Vous me permettrez d'en douter. Rappelez-vous, Dieu lui avait envoyé une épreuve...

Ici, elle plaça la main sur son sein en faisant une grimace significative.

— Il lui avait imposé une épreuve et elle ne l'a pas menée à son terme. Donc il y a au moins cela dont elle devra répondre. Mon avis est plutôt qu'elle est au Purgatoire et qu'elle y passera d'autant plus de temps pour compenser le fait qu'elle n'a pas vécu jusqu'au bout sur terre l'épreuve qui lui avait été envoyée. Et peut-être qu'elle souffrira d'autant plus au Purgatoire pour cette raison.

— Oh non... commença sœur Emma, qui ravala toutefois rapidement ses protestations.

Mère Alys ne supportait pas calmement la contradiction.

Mais à côté d'elle, Meg émit un son de protestation. Mère Alys pivota sur ses talons pour lui faire face, criant :

— Quoi, qu'est-ce qui ne va pas ? Si vous allez vous évanouir, éloignez-vous simplement de ce bol, pour ne pas le renverser en tombant. Et posez-moi ce couteau, ou vous allez couper quelqu'un.

Meg posa le couteau. Elle n'était pas sur le point de défaillir, mais elle tremblait de tout son corps, avec une sorte de colère farouchement rentrée. Entrouvrant des lèvres raides, sans oser vraiment regarder mère Alys, elle affirma :

— Elle est allée droit en Paradis, plus sûrement qu'aucune autre âme. Elle était pure, au service de Dieu dans Son église, et elle Le priait purement quand elle est morte, et donc c'est sûr qu'elle est allée droit en Paradis pour y être heureuse et délivrée de sa souffrance pour l'éternité. Vous êtes celle qui commettez péché — c'est péché que dire autre chose !

Si l'une des carcasses de poulet s'était relevée de la table et lui avait parlé, mère Alys n'aurait pas pu être plus surprise. Jusque-là, Meg n'avait jamais prononcé un mot plus haut que l'autre, en fait elle avait rarement desserré les dents. Elles en restèrent toutes bouche bée, puis l'on vit la mâchoire de mère Alys qui se remettait à fonctionner et il y eut une angoisse générale à la pensée de l'orage qui allait sûrement suivre.

Mais depuis le seuil, Frevisse dit d'une voix qui était le calme même :

— Il se peut que vous ayez raison sur ce point, Meg. Mais ce n'est guère à nous d'en décider, n'est-ce pas ? C'est une affaire entre Dieu et chaque âme qui se présente devant Lui. Et nous avons tous été avertis qu'il fallait nous garder de juger, de crainte d'être jugés nous-mêmes.

Ce dernier mot était une attaque directe contre mère Alys, qui, ravalant visiblement sa bile, serra le poing encore plus fort sur le manche de sa cuillère et grogna :

— Qu'est-ce qui vous amène ici ? Je ne puis en faire plus pour Montfort que ce que je fais déjà.

— Ce que vous faites sera splendide, reprit Frevisse.

C'était à peine exagérer la vérité. Ce qui sortait de la cuisine de mère Alys valait d'être mangé, malgré la mauvaise humeur et les avanies qui en accompagnaient la préparation.

— Je voulais seulement vous dire que la cuisine de l'hôtellerie pourra se charger de lui et de ses hommes à l'heure du dîner.

— C'est bénédiction, marmonna mère Alys. Mais pardonnez-nous si, au lieu de continuer notre conversation, nous poursuivons nos tâches présentes et urgentes. On est en période de fêtes, il faut bien qu'on ait un peu de friand, et tant pis pour ce qui nous pend au nez par ailleurs.

Frevisse ne releva pas. Comme pour un chien qui aboie tout le temps, ce que disait mère Alys pouvait être ignoré dans sa plus grande partie en toute sûreté. Elle reprit :

— Puis-je interroger vos gens céans pourvu que je ne dérange pas leur travail ? Il s'agit de sœur Fiacre. Notre mère prieure m'a donné pour instruction de poser des questions.

Ainsi empêchée de se plaindre davantage, mère Alys grogna et gesticula pour signifier sa permission.

Frevisse savait que, si elle avait été strictement fidèle à son vœu d'obéissance, elle aurait dû aller à l'hôtellerie. Mais elle se dit qu'il fallait rechercher la vérité aux endroits où on pouvait la trouver, ce qui voulait dire : partout. Elle passa tranquillement de servante en servante, en demandant si elles avaient vu quelque chose la veille dans l'après-midi, ou entendu quelque chose à ce moment-là ou plus tard qui aurait pu être important. Elle prit bien soin de parler toujours à voix basse, ce qui encourageait les servantes à faire de même, en apparence pour satisfaire mère Alys, mais en réalité pour les empêcher d'entendre mutuellement leurs réponses. Mais chacune se contenta de dire qu'elle avait été occupée à la cuisine, et aucune n'avait approché l'église de près ou de loin la veille, pour voir ou entendre quoi que ce soit qui aurait pu être important.

Puis elle arriva auprès de Meg et lui demanda :

— Avez-vous vu Gilbey Dunn récemment ?

Sans lever les yeux de son travail, Meg répondit, d'une voix à peine plus forte qu'un murmure :

— Quand je suis rentrée chez moi ce matin, oui. Il est venu quand il a vu que j'étais chez moi.

— Qu'est-ce qu'il voulait ?

— C'était pour me dire qu'il s'était occupé de mes bêtes puisque Hewe n'était pas rentré hier soir.

— Est-ce qu'il veut toujours vous épouser ?

Une couleur terne se répandit sur les joues de Meg, mais elle ne demanda pas à Frevisse comment elle était au courant de ça, et se contenta de répondre :

— Oui.

— Vous avez déjà vu Hewe aujourd'hui ?

— Il est rentré un peu après moi. Il était avec des amis. Il avait oublié les bêtes. C'est ce qu'il a dit. Qu'il avait été avec des amis et avait oublié les bêtes, répéta-t-elle, continuant toujours pendant ce temps à émincer la chair des poulets cuits. Il ne s'intéresse pas aux soins des bêtes, et c'est normal. Il n'est pas fait pour être villageois. Il sera prêtre.

C'était quelque chose qu'il faudrait qu'Hewe et sa mère débattent et décident entre eux, et Frevisse ne s'avança donc pas à donner d'opinion. Elle lui demanda :

— Vous connaissiez sœur Fiacre ?

Meg fut assez surprise de cette question pour lever les yeux vers elle.

— Oui, souffla-t-elle, en s'étranglant un peu sur le mot. Elle a été bonne pour moi hier matin à l'église. Mais je suis contente qu'elle soit morte, reprit-elle en rabaissant les yeux vers son travail. Elle ne souffre plus maintenant. Elle est en Paradis et elle ne criera plus de douleur.

Sur ces derniers mots, elle avait lancé un petit coup d'œil rancunier vers le dos de mère Alys.

— C'est vrai. Le seul regret, c'est qu'elle ne soit pas morte à l'heure choisie par Dieu pour elle.

Alors, Meg la regarda droit dans les yeux.

— Mais si, elle est morte à l'heure choisie par Dieu. Nous sommes entre les mains de Dieu en toutes choses, c'est ce que disait le père Clement. Toute chose est Sienne.

— Sauf le mal, dit Frevisse.

Meg écarquilla les yeux et regarda autour d'elle, apeurée ; elle se signa avant de se remettre à l'ouvrage, avec acharnement.

— Étiez-vous à l'église hier après-midi ? lui demanda Frevisse.

— Pendant un instant. Je suis allée prier à nouveau. Les prières font plus de bien à l'église.

— Sœur Fiacre y était à ce moment-là ?

— Elle était agenouillée sur les marches de l'autel quand je suis entrée, répondit Meg en déglutissant péniblement. Elle m'avait dit que c'était son emplacement de prière favori.

— Vous avez parlé avec elle ?

Meg fit non de la tête, sans rien dire.

— Quelqu'un d'autre était-il là ? Avez-vous vu quelqu'un d'autre dans l'église ?

Meg fit encore non de la tête, hésita, regarda à droite et à gauche, baissa les yeux et les releva pour finir à nouveau sur Frevisse. Elle se força à dire :

— Mais après j'ai vu l'un des voyageurs — un des comédiens — le blond — qui marchait vers l'église.

Frevisse sentit un nœud terrible se contracter quelque part dans son ventre. Se méfiant de sa voix, elle parvint à dire :

— Combien de temps après ?

Ayant commencé, Meg semblait moins rétive pour en dire plus :

— Peu de temps après. Je revenais ici. C'est alors que je l'ai vu marcher vers l'église.

— Vous savez quelle heure il était ?

Meg réfléchit, puis elle serra trois de ses doigts qu'elle tendit parallèlement au sol :

— Le soleil était juste au-dessus de l'horizon de ça.

— Il est entré dans l'église ?

Meg hésita avant de répondre :

— Je n'ai pas regardé. Mais c'est dans cette direction qu'il allait.

— Et vous savez que c'était l'un des comédiens. Vous avez vu son visage ? Où étiez-vous quand vous l'avez vu ?

Meg hésita, ne sachant pas à quelle question répondre en premier.

— Je n'ai pas vu son visage, il me tournait le dos. Mais j'ai vu ses cheveux, tout blonds. Et ils ne s'habillent pas comme nous, ces gens-là. Et il est grand. C'était lui.

Joliffe. Ou quelqu'un déguisé pour lui ressembler, suggéra résolument l'esprit de la nonne.

Frevisse rejoignit mère Alys, qui méditait tristement sur une marmite, dans laquelle bouillonnait un épais consommé. Frevisse inhala le riche fumet de la vapeur et devina :

— Du lapin ?

— Du lapin, acquiesça mère Alys à contrecœur, comme s'il s'était agi d'un secret. C'est la friandise particulière de notre mère prieure pour le Nouvel An — pourvu que cette viande s'attendrisse assez, à force de cuire, pour qu'on en fasse une tourte. Il prend son temps, laissez-moi vous le dire. Tous les lapins qu'il m'a portés cette année étaient durs comme du cuir tanné.

— Qui vous envoie des lapins ? demanda Frevisse.

Si un vilain parvenait à prendre un lapin au collet, il le gardait pour lui et sa famille en général, et bien peu de valets avaient le temps d'aller courre les lapins. Alors qui les apportait à mère Alys ?

— C'est le père Henry. Avec son petit chien de chasse, il semble qu'il n'arrive jamais à attraper autre chose que le plus vieux lapin de toute la garenne. C'est fatigant, oui vraiment. Il en a apporté un hier qu'il va falloir laisser faisander quelques jours avant qu'il ne fasse l'affaire. Mais celui-ci est resté une semaine et il est aussi dur que s'il venait d'être tué. Et il n'est pas aussi gros que celui qu'il m'a apporté au temps de la moisson. C'est qu'il avait la taille d'un cochon de lait, et probablement vingt ans.

Elle aurait continué à comparer ses différents lapins jusqu'à ce que la viande se soit dissoute en fragments invisibles dans le bouillon, mais Frevisse se sauva. L'air froid du cloître lui fit mal au nez et à la tête et elle s'arrêta un moment, s'appuyant contre l'une des colonnes pour se remettre tandis qu'elle réfléchissait. Meg avait vu Joliffe près de l'église la veille dans l'après-midi. Et elle l'avait probablement dit à quelqu'un d'autre que Frevisse. Ce qui signifiait que Montfort finirait par l'apprendre.

Mais pire encore, Joliffe lui avait menti. Elle se sentait trahie. Elle avait fait confiance à ces gens et l'un d'eux — ou bien tous ? — lui avait menti.

Elle ressentait une telle colère qu'elle n'osait pas aller tout droit à l'hôtellerie ; c'était une mauvaise idée que les comédiens la vissent en colère. Mais elle voulait aussi parler une nouvelle fois à Gilbey Dunn. Ainsi qu'au père Henry sur ce qu'il avait pu apprendre. Et à Annie Lauder.

Aujourd'hui, Annie était seule dans la buanderie, les bras plongés jusqu'aux coudes dans une cuve remplie de lessive, avec à côté d'elle une pile de nappes blanches toutes mouillées. Musclée par des années passées à porter des seaux d'eau et des paniers de linge humide, elle ne paraissait pas aussi grande qu'elle l'était. Elle se retourna quand Frevisse entra et la salua de la tête, mais elle continua à battre une autre nappe dans l'eau.

— Pas de fêtes pour les lavandières, dit-elle en suivant le rythme de ses mouvements. Elles seront propres juste à temps pour être salies à nouveau le soir des Rois. Une occupation idiote, la lessive, mais Dieu demande que je gagne mes deniers et j'obéis. Y a-t-il quelque chose que je puisse faire pour vous, ma mère ?

— Peut-être, dit Frevisse. Et il y a sûrement quelque chose que je peux faire pour vous.

— Alors, l'échange est juste, sourit Annie.

— L'enquêteur de la Couronne est venu pour mener des recherches sur la mort de Sym et l'assassinat de sœur Fiacre.

— Oui. L'information est connue de tous au prieuré depuis longtemps.

Apparemment son travail ne la coupait pas des nouvelles qui pouvaient circuler à Sainte-Frideswide.

— Pouvez-vous me dire où était Gilbey Dunn le soir où Sym est mort ?

Annie fit une pause dans ses mouvements, manquant deux coups de battoir, puis elle reprit :

— Comment le saurais-je ?

— Était-il avec vous ?

— Ici ? fit-elle en regardant autour d'elle d'un air sombre. Je n'ai jamais cru qu'il serait du genre à beaucoup s'intéresser à la lessive.

Frevisse jugeait que ce n'était pas là une réponse et son visage le disait clairement. Annie reprit un ton au-dessous :

— Je ne suis pas de celles qui courent après les hommes, lui ou un autre. J'ai bien assez de mal avec les tabliers et les serviettes. Et au moins eux ne vont pas se resalir en douce après que je les ai lavés.

Mais Frevisse ne trouvait toujours pas que cela constituait une réponse. Elle attendait.

Annie finit par lancer, d'une voix chargée de défi :

— Et qu'est-ce que j'irais faire avec lui ? Je connais mon intérêt, et vivre aux ordres d'un homme, à sa disposition, pendant qu'il dépense mes bonnes pièces d'argent, ce n'est pas mon idée d'une bonne affaire. J'ai ce que je veux et je veux garder ce que j'ai, et si cet enquêteur dit qu'il a découvert des choses dont le premier imbécile sait qu'elles n'existent pas, eh bien tout le monde sait qu'on ne pend pas les gens sur la parole d'un imbécile.

— J'ai un témoin qui pourra jurer que vous et Gilbey Dunn avez fait un commerce de chair ici même dans cet appentis, et que d'après votre conversation il était clair que c'était là une occupation régulière pour tous les deux.

Annie se remit au lessivage dans sa cuve :

— Je ne sais pas de quoi vous parlez.

— Annie, je crois qu'il est possible que Gilbey ait tué Sym, parce qu'il considérait que ce garçon était un obstacle au mariage qu'il propose à Meg Shene. Vous devriez être plus prudente lorsque vous distribuez vos affections. Vous enfreignez la loi de Dieu et celle des hommes, et vous vous exposez à être accusée de complicité avec un assassin.

— Ce n'est pas lui ! Non, ce n'est pas lui !

— C'est ce que vous dites. Mais pouvez-vous le prouver ?

Annie jeta la nappe dans l'eau et s'assit sur le banc humide à côté de la cuve.

— Pitié, Seigneur ! murmura-t-elle.

— Qu'est-ce que Gilbey vous a dit ?

— Seulement qu'il n'est pas malheureux de la mort de Sym. Il me l'a dit avant-hier, fit-elle avec un nouveau soupir. J'ai épargné presque assez pour racheter ma liberté, remarqua-t-elle de manière intempestive.

— C'est une raison de plus d'être contente de ne pas être sa femme.

— Bah ! Il pourrait se libérer s'il le voulait. Mais il faudrait qu'il renonce à sa tenure, et à quoi bon être libre si vous êtes sans terre en même temps ? Non, non, ce qui me navre, c'est que pour sauver son sale cuir, je vais devoir payer l'amende, car nous étions ensemble toute la nuit le soir où Sym Shene a été tué.

La cloche sonnait sexte au moment où Frevisse sortit de la buanderie. Après la lourde chaleur humide qui régnait dans l'appentis, l'air de janvier était d'une vigueur tranchante, et elle s'arrêta pour le respirer, puis saisie d'un frisson soudain, mains remontées dans ses manches et menton baissé pour protéger son cou, elle se hâta de gagner le chauffoir, où les offices se tenaient, maintenant que l'église avait été profanée par un crime.

Les textes des leçons et de l'Évangile qui étaient lus aux offices couvraient sur un cycle d'un an la totalité de l'Ancien Testament et trois fois le Nouveau. Présentement, entre Noël et l'Épiphanie, elles lisaient le livre de Daniel. Avec ses rudiments de latin et sa pratique de la Bible anglaise de Wycliffe, Frevisse pouvait tout juste comprendre et apprécier les psaumes et les lectures. Aussi est-ce avec un certain degré d'agacement qu'elle s'efforça de suivre, à travers les toux douloureuses de ses sœurs, la prophétie compliquée de conquête révélée par l'homme dont le visage a l'aspect de l'éclair et les bras comme l'éclat du bronze poli.

« Il excitera sa force et son cœur contre le roi du Midi, avec une grande armée. Le roi du Midi se lèvera pour la guerre avec une armée très grande et très puissante ; mais il ne tiendra pas, car des stratagèmes seront tendus contre lui[1]. »

Frevisse se moucha, se demandant, égarée dans les pronoms personnels, quel était le roi qui ne tiendrait pas à cause des stratagèmes de son adversaire. Était-il important de le comprendre ?

Était-il important d'essayer de *tout* comprendre ?

Peut-être sœur Fiacre, enveloppée dans le plus profond de tous les silences, dans sa boîte près de l'autel, comprenait-elle enfin ce qui était important : elle laisserait tomber ce qui ne l'était pas comme une tunique sale et mouillée. Était-ce là ce qu'elle, Frevisse, devait faire ? Mais n'était-il pas important de comprendre les leçons de la Bible ? Et de découvrir qui parmi eux était un assassin ?

Mais était-ce vraiment important ?

La mort était-elle une paix passant tout entendement — ou bien l'entendement révélé par la mort apportait-il enfin la paix ?

Après la fin de l'office, mère Edith donna sa bénédiction aux moniales, ayant l'œil sur Frevisse pendant tout le temps — et Frevisse ne put lui rendre ce regard avec la moindre fermeté — et elles furent libres d'aller vaquer à leurs tâches. Frevisse soumit sa volonté à l'obéissance, et sortant du cloître elle rejoignit la vieille hôtellerie de l'autre côté de la cour.

Deux des hommes de Montfort se tenaient juste derrière la porte, appuyés contre le mur. Ils lui jetèrent un coup d'œil mais son habit de religieuse la plaçait hors de leur autorité ; elle ne leur adressa pas la parole mais resta un moment silencieuse entre eux, à regarder les comédiens.

Ils avaient bien avancé dans la préparation de la salle en vue de la représentation. L'espace qui serait la scène, devant la cheminée, avait été balayé et nettoyé de toute paille. Bassett et Joliffe avaient presque fini de

1. Daniel, 11.25. *(N.d.T.)*

dresser une charpente pour soutenir les rideaux tandis qu'Ellis et Hewe déplaçaient le reste des affaires à l'abri des rideaux où elles seraient invisibles aux spectateurs. Assis sur une large panière, Piers exprimait un mélange de douleur et de patience tandis que Rose égalisait par-derrière les mèches en désordre de ses cheveux blonds avec une paire de petits ciseaux.

Hewe fut le seul à se retourner au bruit de la porte qui s'ouvrait et il la vit. Mais il continua de fourrager dans l'une des panières, tête basse, semblant croire que s'il ne la regardait pas, elle ne le verrait pas. Peut-être devrait-elle lui donner l'ordre d'éviter cet endroit, mais on voyait bien qu'il leur était utile, à présent du moins, et donc elle se dit qu'elle ne le ferait peut-être pas.

Tenant deux perches verticales en place pendant que Joliffe, monté sur un escabeau, y fixait la perche transversale avec des cordes, Bassett prit la parole :

— Dieu merci, cette vieille prieure tient à nous voir jouer. Avoir quelque chose à faire évite les mauvaises pensées. La prochaine fois que nous voyons mère Frevisse, il faudra réclamer ces bougies qu'elle avait promises. On a besoin d'autre chose ?

— De ficher le camp d'ici, grogna Ellis.

— Il fait exprès d'être idiot ou bien cela lui vient-il aussi naturellement que cela en a l'air ? observa Joliffe.

Frevisse faillit ouvrir la bouche, inquiète de son humeur et craignant que cet incorrigible manque d'humilité des comédiens ne contribue à les perdre aux yeux de Montfort.

Ellis referma violemment le couvercle d'un coffre.

— Je ne sais pas s'il est idiot, mais il peut nous faire pendre quand il lui plaira ! Ah, si nous n'avions jamais vu ce bonhomme dans le fossé, ou si nous avions joué les pharisiens et passé notre chemin !

— « Mon Dieu, je te remercie de ne pas être comme les autres hommes... » commença Joliffe, jouant le Pharisien d'une autre parabole, mais Ellis l'interrompit en lançant un petit panier dans sa direction.

Joliffe l'attrapa et se mit à rire en sautant à bas de l'escabeau. Mais sa mine n'avait rien de jovial quand il s'éloigna.

— L'un de nos problèmes, gronda Bassett sans amertume, c'est que tu es si peu comme les autres hommes que les sergents, les prévôts et les enquêteurs meurent d'envie de te prendre la main pour te forcer à t'expliquer. Mais tu n'es pas un assassin, et nous non plus. Ce qui m'inquiète, c'est que nous devons être à Oxford pour le soir de l'Épiphanie.

— Tais-toi, Thomas, répliqua Rose. C'est ridicule de se faire du mauvais sang pour ça. De deux choses l'une, soit nous serons à Oxford pour le soir de l'Épiphanie, soit nous n'y serons pas, et si nous n'y sommes pas ça ne sera pas la fin du monde. Et arrêtez de faire les ânes, vous autres, et commencez à essayer de penser comme les Rois mages.

Ellis gronda sans mot dire. Rose lui montra du doigt un point de l'autre côté de la cheminée et lui dit :

— Assis. Mange quelque chose. Ce que tu as pris aujourd'hui ne suffirait pas pour nourrir un moineau. Et c'est vrai aussi de vous deux, ajouta-t-elle à l'adresse de Bassett et Joliffe. Et toi, Hewe, viens ici, et prends un morceau avec eux.

Surpris, le garçon la regarda, puis il lança un coup d'œil méfiant vers Frevisse. Comme elle ne faisait toujours pas mine d'intervenir, il s'avança.

Rose, sans tenir compte de son hésitation, passa les doigts dans les cheveux de Piers, emmêlant ses boucles dorées et les lissant aussitôt.

— Pour ma part, je suis contente de traîner ici encore un peu ; ça ne fera pas de mal à Piers de rester au chaud un jour de plus.

— Et encore un jour et puis un autre jour après ça, marmonna Ellis.

Il s'était rapproché, mais au lieu de manger il marchait de long en large, faisant le tour du rideau qui venait d'être suspendu. Les autres s'en désintéressèrent, Bassett, Joliffe et Hewe trop occupés à mâcher leur pain et leur fromage tandis que Rose en coupait des tranches pour son fils.

En la regardant, Frevisse sentait, dans l'énergie contrôlée de ses mouvements, à quel point l'enfant comptait pour elle — autant et plus peut-être que la survie de leur groupe. Ou peut-être l'enfant et le groupe ne faisaient-ils qu'un pour elle.

Frevisse n'avait jamais été l'objet d'une telle affection. L'amour farouche de ses parents était essentiellement un amour de couple, où l'enfant qu'elle était ne faisait qu'un appendice bienvenu, et elle était arrivée dans la maison de Thomas Chaucer comme un rajout agréable à un ordre établi. Elle sonda rapidement ses sentiments pour voir à quel point cela comptait pour elle et elle ne trouva pratiquement aucun regret. Elle avait eu de l'amour, de la bonté, et la liberté d'être elle-même. C'était de bonnes choses. Elle en était contente.

Joliffe déclamait sur un ton hardi et dramatique :

— « Sur les grand-routes, je vais au gré de mon cheval. Grand Roi des rois, envoie-moi un guide qui me... », non, s'interrompit-il.

Il se racla la gorge et reprit, cette fois-ci d'une voix douce et rêveuse :

— « Sur les grand-routes, je vais au gré de mon cheval... »

Piers gloussa. Joliffe se racla la gorge une nouvelle fois et entonna :

— V'là des œufs et d'la bière, c'est pour fair'bonne chère, ha, ha, ha. « Grand Roi des rois, envoie-moi un guide, *un* guide, un *guide...* »

Il fit silence, pensif.

— Si tu pouvais être juste un peu plus convaincant, dit Ellis caché par le rideau, peut-être que cet idiot d'enquêteur nous laisserait partir et suivre notre étoile.

Après une grande respiration, Frevisse s'avança vers eux. Elle n'aurait fait qu'affaiblir sa résolution à attendre plus longtemps ; il était temps de poser les questions importantes.

— Joliffe, je veux vous parler, dit-elle.

Il sursauta et se leva, les yeux sur elle. Elle avait oublié comme ils étaient clairs et limpides, et avec quelle facilité ils voyaient la sottise d'autrui.

Se détournant, elle dit à Bassett sans préliminaires :

— Bassett, Montfort est informé de votre querelle avec sœur Fiacre. Vous a-t-il interrogé à ce sujet ?

— Oui.

— Que lui avez-vous dit ?

— Que nous nous étions disputés et que lord Warenne nous avait chassés de son service.

— Qu'avez-vous dit quand il vous en a demandé la raison ?

Bassett ne répondit pas. Ellis, qui venait de sortir de derrière le rideau, était le seul à la regarder. Les autres avaient les yeux obstinément fixés sur le sol devant eux.

— Mère Edith m'a autorisée à poser les questions auxquelles maître Montfort ne penserait pas, pour essayer de découvrir ce qui s'est vraiment passé ici. J'ai besoin de vérités et non pas de silences.

— Dites-lui, fit Rose.

Ils tournèrent tous les yeux vers elle avec surprise.

— Lord Warenne... commença Bassett

— ... va raconter sa version à l'enquêteur si cette affaire n'est pas bientôt réglée. Dites-lui. Je ne vois pas à quoi ça peut servir, mais elle ne s'en servira pas non plus pour nous nuire. Dites-lui.

Bassett interrogea du regard Ellis et Joliffe. L'air tendu et pensif, Ellis hocha la tête pour donner son assentiment. Joliffe, le visage figé par la colère, haussa les épaules comme s'il n'y attachait plus d'importance. Bassett se retourna vers Frevisse.

— Nous avons été pendant trois ans la troupe du feu lord Warenne. Vous savez, je crois, ce que cela signifie pour nos semblables.

Frevisse hocha la tête. Une troupe émérite, sillonnant le pays, pouvait chanter les louanges de son protecteur par monts et par vaux. Et elle le faisait car le nom d'un grand seigneur, outre sa protection, valait garantie de leur bonne conduite et leur assurait bon accueil en tous lieux, aussi longtemps qu'il leur maintenait sa faveur. Trouver un protecteur puis le perdre était normalement le chemin rapide de la ruine.

— Nous étions alors une troupe plus importante. Nous étions six à monter sur scène, et pouvions donc jouer de meilleures pièces. À la mort de lord Warenne, il nous a recommandés à son fils, le frère de votre sœur Fiacre. Il était disposé à reconduire notre accord, mais, la première année, lorsque nous sommes venus au printemps pour jouer devant lui nos spectacles de la saison, comme nous l'avions fait chaque printemps devant son père, il nous a fait comprendre qu'il connaissait les mœurs des comédiens et qu'il voulait que, sur notre route, de temps en temps, nous « ramassions » — c'était son mot — une jeune femme au passage. Nous étions libres de nous amuser avec elle, mais il nous aurait été reconnaissant, financièrement, de la lui ramener, pour finir. Il a dit qu'il connaissait nos manières de faire, et que nous pouvions séduire facilement. Il a dit que les jeunes villageoises se trouvaient facilement et qu'elles étaient un mets fort délicat pourvu qu'on les cueille assez tôt, conclut-il d'un ton neutre et avec une mine figée qui démentait la légèreté que les mots qu'il employait auraient pu suggérer.

— Il a aussi dit, ajouta Joliffe avec une dérision amère, qu'il nous paierait davantage à chaque fois que nous lui en fournirions une qui aurait toujours son pucelage.

— Joliffe ! fit Bassett pour le faire taire. Madame, excusez notre langage, mais il n'y a pas moyen de dire cela d'une manière moins choquante.

Cette excuse était superflue pour Frevisse, mais elle l'accepta d'un petit signe de tête.

— Vous avez rejeté sa proposition.

— Comme vous le voyez, répondit Bassett en désignant ses camarades. Nous ne sommes plus que trois comédiens, avec le petit et Rose, et nous voyageons sans nous réclamer du nom d'un grand seigneur.

— Rose nous aurait tués si nous avions accepté, expliqua Joliffe.

Le sourire amer et découragé de Rose confirmait ces paroles.

— Et, chose aussi importante, reprit Bassett, il nous a menacés, au cas où nous soufflerions mot de cette histoire à âme qui vive, de répandre le bruit que c'était nous qui lui avions proposé la chose et qu'il nous avait chassés avec indignation.

— Sa parole pèserait infiniment plus que la nôtre, reprit Ellis. Et puisqu'il peut nous faire tous jeter en prison sans espoir d'en sortir, nous nous taisons et prenons soin d'éviter les terres de lord Warenne. Enfin, ce qu'il reste de notre troupe.

Regardant successivement chacun de leurs visages graves, Frevisse fut certaine qu'ils lui disaient la vérité.

— Vous voyez que cela ne nous aide pas dans nos ennuis actuels. Si pour notre défense nous nous attaquons à la réputation de lord Warenne, nous nous exposons à un plus grand danger, sans nous laver de ce soupçon de meurtre qui pèse sur nous aujourd'hui.

Frevisse hocha la tête lentement.

— Mais je dois vous poser encore des questions. Il faut que je vous pose encore des questions.

— Nous vous répondrons si nous le pouvons.

— Alors je voudrais parler en privé avec Joliffe.

Avec une ébauche de salut, il l'accompagna de l'autre côté de la salle.

— D'après un témoignage, on vous a vu allant dans la direction de notre chapelle hier vers quatre heures.

— Cela n'est pas vrai, madame.

Sa réponse avait été facile, et cette facilité aurait très bien pu être le fait d'un comédien.

— Accusez-vous mon témoin de mensonge ? demanda Frevisse.

— Je ne puis accuser qui que ce soit de quoi que ce soit, puisque je ne sais pas qui il est, ou elle si c'est une femme. Je ne puis dire que ce que je sais. J'étais dans l'église hier matin avec Ellis et Bassett pour voir où nous allions jouer. Mais pas depuis.

Cela avait davantage le ton de l'authentique vérité.

— Alors où étiez-vous hier à l'heure en question ?

Étonnamment, son regard bleu limpide ne vit pas qu'elle n'avait fait que deviner son absence de l'hôtellerie à cette heure-là.

— Après notre répétition, je suis allé me promener et j'ai marché pendant plusieurs heures.

— Seul ? demanda Frevisse avec en tête le souvenir de la jeune fille du village.

— Seul, reconnut Joliffe.

— Sans voir personne ?

— Personne. À moins, ajouta-t-il avec un sourire moqueur, que vous ne comptiez un petit chien de chasse tacheté, mais je doute qu'il témoigne pour moi. Il avait l'air bien trop occupé à chasser un lapin à ce moment-là. C'est très imprudent de ma part d'être si solitaire, mais voilà.

Découragée, et sentant sa migraine la reprendre, Frevisse tourna les talons et s'éloigna lentement, plongée dans ses pensées.

CHAPITRE XXI

Pendant le reste de la matinée, Frevisse se consacra à ses obligations d'hôtelière, laissant ses réflexions se résoudre toutes seules sans qu'elle y mît consciemment du sien. Les valets étaient bien rodés à ses manières de faire, mais cela ne pouvait jamais nuire de leur laisser voir qu'elle leur prêtait attention. Comme toujours, il y avait de menus détails qui requéraient son avis ou sa décision, et entre une chose et une autre, elle fut occupée jusqu'au moment où la cloche sonna pour l'appeler à none. Elle finit de s'entendre avec Eda dans la vieille hôtellerie pour décider qui devait récurer les seaux à eau et s'excusa pour aller à l'office. Elle était un peu en retard, et si concentrée sur l'idée de traverser la salle sans voir les comédiens qu'elle faillit rentrer dans deux hommes qui pénétraient dans l'hôtellerie au moment où elle en sortait. Elle ne les connaissait pas et supposa vaguement qu'ils appartenaient à Montfort sans trop y réfléchir.

Ils échangèrent des excuses et elle poursuivit son chemin jusqu'au moment où, parvenue au milieu de la cour, elle se rendit compte de la raison pour laquelle ils s'étaient présentés à l'hôtellerie et, se retournant, elle les vit ressortir, encadrant Joliffe qu'ils tenaient chacun par un bras, et emmenaient sans courtoisie particulière.

Elle faillit revenir sur ses pas, mais la cloche continuait de sonner son appel aux prières. Et elle n'aurait rien pu faire pour empêcher ce qui allait se produire. Tout ce qu'elle avait, c'était des questions sans réponse ou aux réponses imparfaites, et aucune n'aurait aidé Joliffe dans son triste sort.

Impuissante, tiraillée entre ses sentiments et ses réflexions, elle suivit des yeux les deux sbires de Montfort qui traînaient Joliffe dans l'escalier de la nouvelle hôtellerie. Il continuait à marcher, mais tout juste, et devait pour ce faire résister à leur emprise. Elle les vit lui tordre les bras, lui faire mal, pour mieux garder leur prise. En réaction, la colère et la peur montèrent en elle. Elle refusait furieusement de le voir blessé.

Cette fureur même était un avertissement, mis en valeur par celui de mère Edith un peu plus tôt. Elle tenait trop à Joliffe, au lieu de la vérité. Elle était censée trouver la vérité, quel que puisse être le coupable. Les comédiens ne devaient pas l'occuper, sauf dans cette mesure.

Finalement, elle affrontait la réalité en face dans sa totalité. Mère Edith avait raison, ces gens avaient réveillé en elle un amour depuis longtemps endormi pour les vagabondages constants de sa jeunesse. Ils avaient ressuscité une partie d'elle-même qu'elle avait aimée et qu'elle n'avait jamais entièrement quittée. Elle voulait les voir libres de poursuivre leur route, puisqu'elle n'avait plus la liberté de partir.

Mais Joliffe lui avait menti.

Elle fit demi-tour, la mine sévère, pour courir jusqu'au cloître, loin de Joliffe et des autres, sinon loin de ses pensées.

Parmi les religieuses dans le chauffoir, la tête courbée ostensiblement pour prier, elle regardait fixement son épaisse robe noire et sentait la guimpe qui serrait ses tempes et soutenait son menton. Toutes ces années où elle les avait portées, elles étaient devenues trop familières pour qu'elle les remarque ; elles faisaient partie d'elle-même. Mais à présent elle ressentait leur étroitesse contraignante et leur signification. Elle savait ce qu'elles lui donnaient. Et ce qu'elles lui refusaient.

« Non, pensa-t-elle. Non, c'est *ici* qu'est mon chez-moi et c'est bien ceci qui est ma destinée. Ici. C'est maintenant que je suis vivante, et non pas dans je ne sais quel souvenir d'enfance. »

Chassant de son esprit le souvenir de Joliffe traîné par deux des hommes de Montfort, elle se donna à l'office qui commençait, se perdant dans la répétition chantée des psaumes, absorbant les mots avec son esprit et son âme, guettant avec la ferveur d'une novice des réponses qui devaient être là.

Et elle en trouva une partie dans la leçon du Nouveau Testament :

— « Pour cette même raison... ayez donc d'autant plus de zèle pour affermir votre vocation et votre élection. Ce faisant, pas de danger que vous tombiez jamais[1]. »

Elle avait été près de tomber. De renoncer non pas à ses vœux, bien sûr, mais à la passion qu'elle éprouvait pour sa vie. À son obéissance et son acceptation.

Mais là, la pensée s'exprimant en mots clairs, elle sut que le danger était écarté. Les sentiments venaient et passaient, mais l'assurance de la raison de sa présence ici était plus profonde dans son esprit et dans son cœur que des sentiments ou l'inclination passagère d'un jour.

À la fin de l'office, elle se sentit aussi purifiée et limpide que si elle revenait de la messe de Pâques et de sa communion : ses pensées ne faisaient plus la guerre à ses inclinations, mais étaient fixées et résolues sur ce qu'elle devait accomplir.

Le déjeuner vint après none. Frevisse dit les grâces au réfectoire avec les autres, s'assit à sa place sur le banc et décida de prêter attention pour un moment à la lecture du jour plutôt qu'à ses pensées. C'était toujours

1. Deuxième Épître de Pierre, 1.10. *(N.d.T.)*

l'histoire du peuple anglais telle que l'avait écrite Bède le Vénérable et que la lisait sans grâce sœur Thomasine.

— « En Northumbrie, il y avait un chef de famille, entonna Thomasine, qui menait une vie dévote avec toute sa maisonnée. Il tomba malade, son état se détériorait constamment, jusqu'au moment de la crise, et il mourut aux premières heures de la nuit. Mais au point du jour, il revint à la vie et se redressa, à la consternation de ceux qui pleuraient autour de son corps. »

« Comme il fallait s'y attendre, pensa Frevisse en trempant son pain dans le ragoût de mouton pour le ramollir et lui donner goût. Nous serions choquées et terrifiées si sœur Fiacre se redressait et nous parlait. Il nous faudrait des heures avant de recouvrer suffisamment nos esprits pour nous réjouir de ce miracle. »

Thomasine continuait de sa voix monotone. Le Northumbrien divisa son bien en trois parties et en donna un tiers à sa femme, un tiers à ses fils et un tiers aux pauvres avant de partir se faire moine.

« Qu'est-ce que ferait Fiacre ressuscitée, puisqu'elle était déjà religieuse ? » se demanda Frevisse.

Des visiteurs vinrent voir cet homme, pour entendre des histoires de son expérience dans le monde de l'au-delà, et il racontait qu'il avait vu des âmes de damnés qui bondissaient entre les flammes et un gel mordant, cherchant en vain un peu de réconfort, et pour les élus une campagne merveilleuse et parfumée.

— « Je répugnais grandement à rentrer dans mon corps, car l'agrément et la beauté du lieu me charmaient, dit l'homme dans le texte de Bède lu par Thomasine. Mais je n'osai douter de mon guide et je me retrouvai soudain en vie parmi les hommes. »

Sœur Fiacre aussi serait peut-être malheureuse à son retour, pleurant et se tordant les mains de se retrouver parmi les gens ordinaires.

Bède décrivait l'homme comme vivant dans son monastère de façon extrêmement austère, brisant la glace d'une rivière en hiver pour s'y plonger, récitant des psaumes debout dans le courant, tout le corps immergé, jusqu'au moment où le froid devenait insupportable et le forçait à sortir, mais refusant alors d'ôter ses vêtements trempés pour se changer, disant à ceux qui l'interrogeaient qu'il avait vu bien pire dans un autre endroit.

Ici sœur Thomasine s'arrêta, non point pour apprécier cette plaisanterie lugubre mais pour dire : *Tu autem, Domine, miserere nobis*, signifiant par là qu'elle avait achevé la lecture du jour.

Frevisse répondit avec le reste des religieuses : *Deo gratias*, mais le déjeuner n'était pas tout à fait terminé. Le repas se poursuivit en silence, et maintenant qu'il n'y avait plus de voix à écouter, les pensées de Frevisse reprirent leur cours. Cet homme de Northumbrie avait-il vraiment été juste et bon dans ce qu'il avait fait ? Elle avait vu cela se produire — quelqu'un qui utilisait résolument la discipline et la privation pour chasser la capacité de jouir des bonnes choses de la vie. Mais est-ce que cela ne rendait pas aussi impossible de jouir des plaisirs de la prairie parfumée promise aux élus ? Ayant ainsi attaché leur cœur sur terre aux misères, de telles personnes ne seraient-elles pas plus heureuses au milieu des rigueurs de l'Enfer ?

Frevisse saisit cette pensée et en refoula sévèrement l'étrangeté. Il ne faisait pas de doute que des disciplines impitoyables pouvaient mener à la sainteté, toutes les autorités étaient d'accord là-dessus.

Incapable de méditer utilement sur la lecture, elle s'aperçut que son esprit dérivait vers les meurtres. Mère Edith avait-elle raison ? Pouvait-il y avoir deux meurtriers dans la nature, l'un avec un couteau et l'autre avec une massue ?

Et la dérive de son esprit l'entraîna, à partir des meurtres, vers ce que Montfort était en train d'infliger à Joliffe en ce moment même.

Violemment, elle rejeta cette pensée. Il fallait qu'elle

trouve une réponse — des réponses — à ces meurtres, et vite.

Ce besoin de réponses immédiates lui serra le cœur. Elle reposa son pain sur la table, hors d'état d'avaler.

L'un des meurtriers devait être Gilbey Dunn. Il détestait Sym, qui faisait barrage entre lui et son profit. Annie Lauder aurait-elle menti pour le sauver s'il lui avait promis de payer son amende ? Et où était le père Henry, lui qui avait les réponses à des questions qu'elle avait besoin de poser ? Il avait été absent toute la matinée. « Encore dehors à la chasse aux lapins, songea-t-elle amèrement, tandis que je suis prisonnière ici. » Presque toujours, les murs de Sainte-Frideswide avaient été pour elle un refuge et une clôture et non des limitations, mais à présent elle ressentait un désir fou de les effacer d'un bond, de poursuivre son interrogatoire là où il voulait la mener, au village, chez lord Warenne, n'importe où plutôt que de tourner en rond perpétuellement au prieuré, dans l'impuissance, immobilisée par la règle.

Ses doigts, qui étaient en train de pétrir son pain en une boulette informe, se figèrent. La chasse aux lapins. Avec son chien.

L'excitation qu'elle ressentit fut telle qu'elle bondit presque sur ses pieds. Elle eut beaucoup de mal à se contenir pendant le peu de temps qui restait avant la fin du repas. Elle dit les grâces avec toutes les autres, d'une voix où l'impatience était perceptible, se leva avec elles et s'éloigna tranquillement de la table, sortant du réfectoire pour passer dans la galerie du cloître. Mais là, comme les religieuses se séparaient pour aller à leurs tâches de l'après-midi, elle fit vivement demi-tour et rattrapa mère Alys avant qu'elle ne pût disparaître dans la cuisine.

Avec des gestes rapides, Frevisse lui demanda de l'accompagner dans la glissière, cet étroit boyau qui débouchait sur le verger. De brèves conversations qui ne pouvaient attendre d'autres temps ou de meilleurs lieux y étaient autorisées, et dès qu'elles se trouvèrent dans ce refuge Frevisse commença :

— À propos du lapin pour la tourte de mère Edith...

— J'ai fait la croûte moi-même, et s'il n'y a pas eu quelque sotte pour gâter la viande en salant trop quand j'avais le dos tourné...

Frevisse avait trop d'expérience pour laisser mère Alys s'échauffer sur ce thème et l'interrompit :

— C'est hier que le père Henry vous a apporté ce lapin ?

Pour toute réponse, mère Alys, surprise, hocha la tête sèchement.

— Quand ça, hier ?

— Juste avant le dîner. Il est entré tête basse, l'air coupable, comme un écolier qu'on a pincé à faire l'école buissonnière alors qu'il aurait dû suivre ses classes, et il a fallu que ce soit moi qui lui apprenne la mort de sœur Fiacre. Il était si choqué qu'il en a presque oublié de me remettre le lapin, il serait sorti tout droit de la cuisine en le tenant encore par les oreilles si je ne le lui avais pas arraché. C'est peut-être un saint homme, mais c'est un grand niais par-dessus le marché, je l'ai dit souvent...

— Vous m'avez dit qu'il va courre le lapin avec un chien de chasse ?

— Un petit chien tacheté, qu'on qualifie de chien de chasse pour la seule raison que c'est à ça qu'il ressemble le plus. Il le garde au village dans la maison du meunier, car mère Edith ne veut pas d'une bestiole aussi minable céans...

— Merci ! coupa Frevisse, quittant mère Alys qui resta bouche bée, encore une fois abasourdie par son manque de politesse.

Sur le chemin de la nouvelle hôtellerie, elle arrêta un valet dans la cour et lui demanda de trouver pour elle le père Henry :

— J'ai besoin de le voir le plus tôt possible. Je vais être avec l'enquêteur pendant un moment, mais après cela il faudra qu'il me cherche. Dites-lui que j'ai besoin de le voir très vite.

L'homme hocha la tête et décampa, et elle reprit sa route. Peut-être aurait-il mieux valu attendre de parler effectivement avec le père Henry, mais elle voulait savoir jusqu'où était allé Montfort dans l'interrogatoire de Joliffe, et si possible apprendre ce qu'il avait découvert de plus qu'elle.

Il était dans sa chambre, la meilleure de la nouvelle hôtellerie, debout près du feu et l'air fort satisfait de lui-même. Son scribe était assis à une table, à l'autre bout de la pièce, penché sur un parchemin qu'il était en train de lire au lieu de griffonner dessus.

Quand elle entra, Montfort lui jeta un coup d'œil et faillit sourire.

— Je vous disais bien que j'allais résoudre cette affaire et sans traîner.

— Quelqu'un a avoué, alors ? Le comédien ?

— Ha ! Pas lui. Mais ça n'a plus d'importance. Encore une ou deux personnes auxquelles je veux parler et tout sera fini : je pourrai retourner chez lord Lovel.

— À qui donc avez-vous besoin de parler ?

— Pas à vous, ma mère. Encore que vous pourriez tâcher de faire grouiller vos valets. On me fait attendre.

— Est-ce un de nos valets que vous voulez voir ?

— Nullement. C'est ce maraud du village. Celui qui s'est disputé avec le garçon qui est mort.

— Gilbey Dunn ?

— Oui, c'est le nom du vilain. On me raconte que personne ne peut le trouver. On dit qu'on ne l'a plus vu depuis hier, et c'est une sottise. C'est un vilain et non pas un noble parti visiter l'un de ses manoirs à l'autre bout du comté.

Frevisse sentit un frisson d'espoir. Gilbey Dunn avait pris la poudre d'escampette quelque part et personne ne savait où ?

Reculant un peu plus près du feu, Montfort ajouta :

— Certains voudraient me faire croire que c'est lui le coupable, qu'il s'est enfui pour échapper à la justice. Mais j'ai mon assassin sous la main en sûreté et tout ce qu'il me reste à faire est de régler les choses concernant ce Gilbey Chose, pour que je puisse partir. Lord Lovel m'attend pour le soir de l'Épiphanie.

Frevisse feignit d'être impressionnée en entendant pour la seconde fois la mention du nom des Lovel, et elle demanda, comme dans une totale ignorance :

— Lequel d'entre eux avez-vous sous la main ?

— Le blond. Joliffe, on l'appelle. Il avait des motifs à la fois contre le mort et votre religieuse, et on l'a vu dans les deux endroits, le village et l'église, quand les meurtres se sont produits.

Comme si elle cherchait vraiment des éclaircissements et non pas pour disputer avec Montfort, Frevisse reprit :

— Mais on m'a dit qu'il était avec une femme du village au moment où Sym a été tué. Tibby, elle se nomme.

Montfort eut un geste de la main pour balayer ce témoignage :

— Ah, oui, Tibby. Elle mentirait devant Dieu pour le joli minois de ce comédien, j'en suis persuadé, donc sa parole ne vaut rien.

Frevisse, qui voulait des renseignements, se retint de discuter et demanda :

— On l'a vu qui entrait dans l'église ? Qui ça ?

— La mère du jeune garçon mort. Cette bonne femme si maigre... fit Montfort en agitant la main de manière vague, incapable de se rappeler son nom. Elle avait si peur de me parler que j'ai cru qu'elle allait fondre sous mes yeux, mais elle a dit ce qu'elle avait à dire. En fait, elle est venue témoigner de son plein gré. Ça a suffi pour tout régler.

— Je l'ai entendu dire qu'il n'était pas au prieuré

l'après-midi de la mort de sœur Fiacre, osa objecter Frevisse.

— Il m'a dit la même chose mais c'est un menteur, comme tous les comédiens. C'est leur métier. On l'a vu aller vers l'église et il s'y est probablement caché pour attendre sa chance. Quand il l'a vue seule, il l'a saisie.

— Pourquoi ?

— Pour se venger de son frère sur elle ! s'écria Montfort dont l'impatience commençait à se faire sentir.

— Et son motif pour suivre Sym au logis et le tuer ?

— Ils venaient de se battre et, au dire de tous, Sym était un animal hargneux. Le comédien a eu peur que Sym ne s'en prenne à lui par la suite, en rameutant la moitié des marauds du village. D'ailleurs, voyez ce qui s'est passé — ils sont bien venus le chercher. Ils le connaissaient pour ce qu'il est. L'affaire est claire et simple. Ce sont des gens infâmes, ces comédiens sans maître, pires que les pires des vilains. Les faits sont les faits et je pense que nous avons trouvé notre meurtrier.

— Donc, à part Gilbey qui a disparu, l'affaire est réglée ?

Montfort fronça le sourcil.

— À part ça, convint-il sèchement.

Soudain pris de soupçons, il lui lança un regard mauvais.

— Vous aviez une intention en venant me trouver ici, ma mère ?

— C'était pour m'assurer que vous étiez confortablement installé (ce qui était vrai, c'était l'une de ses tâches en tant qu'hôtelière) et pour demander aussi s'il serait possible pour Joliffe de jouer cet après-midi avec ses camarades. Ils doivent représenter un mystère dans la vieille hôtellerie.

— Un mystère ? Ici ? s'étonna Montfort.

— Nous faisons de notre mieux, même si c'est peu, pour faire honneur à la saison, murmura Frevisse, surprise de son intérêt.

— Eh bien, si je m'attendais à ce genre de chose dans un lieu pareil ! s'exclama Montfort, son visage illuminé d'enthousiasme et se frottant les mains avec jubilation. Un mystère, dites-vous ? Lequel ?

— J'ignore le titre, mais il doit être question des Rois mages.

— Et bien sûr, il faut trois hommes pour jouer cela. Bon, nous avons assez de gardes, je suppose. Nous pourrions barricader les portes de la cour, l'escorter jusqu'au lieu de la représentation et ensuite garder toutes les issues. Ce devrait être possible. Espérons, ajouta-t-il en retombant dans sa morosité habituelle, que ces comédiens seront meilleurs que leur apparence ne le laisse supposer. Je sais reconnaître les spectacles de qualité.

Frevisse restait abasourdie de cet aspect inattendu de la personnalité de l'enquêteur de la Couronne. Avant qu'elle n'ait pu rassembler ses esprits, il y eut un coup discret à la porte.

— Oui ? hurla Montfort.

Le père Henry entra. Il n'avait pas encore fini de saluer maître Montfort que Frevisse était devant lui, le questionnant d'un ton pressant.

— Où étiez-vous ? J'avais besoin de vous voir !

Les deux hommes se trouvèrent interloqués. Le père Henry jeta un regard incertain vers Montfort, dont le visage prenait une teinte brique, mais Frevisse reprit avant que l'enquêteur pût intervenir :

— Êtes-vous allé courre le lapin hier ? Après être passé au village, êtes-vous allé courre le lapin ?

Le père Henry rougit comme il le faisait toujours quand il était gêné et commença à bafouiller :

— Oui. Pendant un moment. Je n'y suis pas resté longtemps.

— Avez-vous vu quelqu'un pendant la chasse ? Quelqu'un vous a-t-il vu ? Ou votre chien ? Où est votre chien ? À quoi ressemble-t-il ?

Le père Henry resta bouche bée, l'esprit accablé par tant de questions, puis, se saisissant de la dernière :

— Il n'est pas très grand, dit-il en indiquant du plat de sa main un niveau légèrement inférieur à celui de son genou. Le poil dur, blanc avec des taches brunes. Pas un chien de race, se hâta-t-il d'assurer à Montfort. Rien de tout ça. Juste un corniaud qui tient assez du chien de chasse pour aller courre le petit gibier. Hal le meunier le garde pour moi et puisque j'étais déjà dans le coin hier...

— Et c'est un beau lapin que vous avez apporté à mère Edith pour sa friandise du Jour de l'an, personne n'y trouve à redire, l'encouragea Frevisse. Mais avez-vous vu quelqu'un pendant la chasse ? Quelqu'un qui se promenait dans la campagne ?

— Ah, oui. Un des comédiens. Le blond. Je ne l'ai pas salué. Je n'ai pas grande estime pour ces gens en général, et celui-ci, eh bien, il tient un peu plus... de la fille que du garçon, observa le père Henry en rougissant encore et avec un haussement de ses épaules viriles. Et puis, n'est-il pas un peu timbré ? ajouta-t-il en se tapant le front. Il se promenait tout seul et il se parlait à lui-même, faisant des gestes comme un de ces moines qui prêchent des sermons, mais je n'ai pas entendu ce qu'il disait.

— Mais il ne vous a pas vu ? questionna Montfort, intéressé malgré lui.

Le chapelain rougit encore plus.

— Je m'étais tapi dans un fourré, je ne voulais pas être vu à ce moment-là. Mais il a vu Trey. C'est mon chien. C'est de cela qu'il s'agit ? C'est que je chasse ? Mère Edith est-elle fâchée pour cette raison ?

— Vous ne risquez rien, le rassura Frevisse. Quand est-ce que vous l'avez vu, et à quel endroit ?

— Du côté de Long Hill, près du gué au bout de la prairie.

— C'est à quelle distance d'ici, à pied ?

Il réfléchit un moment avant de répondre.

— Une bonne demi-heure, au pas le plus rapide, en passant par le village. Et davantage si on fait un détour.

Joliffe, qui était à la recherche de la solitude, n'était pas passé par le village sinon on l'aurait vu.

— Et c'était combien de temps avant vêpres ?

Le père Henry roula les yeux au plafond en calculant.

— Une heure avant, peut-être ? Au soleil, je dirais peut-être une heure.

— Et vous êtes bien sûr que c'était ce comédien-là ? demanda Montfort.

Le père Henry eut un franc hochement de tête, qui indiquait qu'il était content d'être sûr de quelque chose :

— Pas de doute sur lui. Celui qui s'habille en femme pour jouer.

Frevisse se tourna vers l'enquêteur :

— Mais Meg a dit qu'elle avait vu Joliffe qui allait vers l'église trois quarts d'heure avant vêpres, d'après la hauteur du soleil. Même si Joliffe avait coupé par le village, il n'aurait pas pu arriver là à temps.

— C'est donc qu'elle s'est trompée. Il a commis le meurtre avant d'aller se promener dans les champs, répliqua Montfort. Oui, et c'est pour cela qu'il est sorti seul. Pour dire ses prières, pour penser à la pénitence, pour...

— Elle ne s'est pas trompée sur l'heure à laquelle elle l'a vu, elle m'a montré avec ses doigts la hauteur du soleil au-dessus de l'horizon. Et il n'est pas possible que sœur Fiacre ait été tuée plus tôt. On l'aurait découverte — Meg la première, sinon l'une d'entre nous.

— Donc, la bonne femme s'est trompée ? Qui a-t-elle confondu avec Joliffe ?

— Je ne crois pas que quiconque ressemble beaucoup à ce personnage, observa le père Henry.

— Dans tous les cas, Joliffe est innocent de la mort de sœur Fiacre, insista Frevisse.

Plissant le front et les yeux fixés sur le sol, Montfort reprit d'un ton rogue :

— Apparemment. Mais cela ne veut pas dire que lui et ses pareils ne soient pas coupables de quelque méfait. Ce n'est pas pour rien, vous savez, qu'ils sont tenus pour gens de peu.

Frevisse ne releva pas cette remarque et préféra rester sur le sujet de l'enquête :

— En attendant, il faut encore considérer Gilbey Dunn.

— Ah, lui. Le problème, c'est : quel motif aurait-il eu pour tuer une nonne ?

Frevisse était près de mettre sur le tapis l'idée de mère Edith qu'il y avait peut-être deux assassins, ou bien un seul assassin mais fou, quand Montfort tapa brusquement des mains en manifestant une grande satisfaction.

— À moins, bien sûr, qu'il y ait eu quelque chose dont nous ne savons rien pour le moment entre ce Gilbey Dunn et sœur Fiacre !

Le visage effaré du père Henry reflétait assurément celui de Frevisse à l'idée très hautement improbable de sœur Fiacre et Gilbey Dunn trouvant un terrain commun.

Mais, trop ravi de sa trouvaille pour prendre garde à leurs réactions, Montfort reprit :

— Oui ! Voilà le chemin que je dois prendre ! C'est à cet homme qu'il faut que je parle ! Vous avez sûrement raison, fit-il en se tournant vers Frevisse et en lui souriant presque, Gilbey Dunn s'est rendu coupable d'un crime pour se débarrasser d'un obstacle à son profit, à savoir Sym. Et maintenant voilà, semble-t-il, qu'il a poursuivi sa carrière meurtrière en ce saint lieu. Mais, ajouta-t-il en se rembrunissant, tout cela ne vous regarde pas. Ne vous mêlez pas de ça ou je me plaindrai de vous à votre supérieure.

Après cela, Frevisse se garda de faire état de la version fournie par Annie Lauder des faits et gestes de Gilbey la nuit de la mort de Sym. Elle courba humblement la tête et se glissa vers la porte.

— Comme il vous plaira. Mais au moins il n'y aura nul besoin de faire garder le comédien ce soir. Il peut être libéré dès maintenant, n'est-ce pas ?

En dépit de l'apparente humilité de l'hôtelière, Montfort perçut quelque chose qui lui fit décocher à la moniale un regard noir sous lequel elle aurait dû tomber en poussière. Mais il ne resta pas longtemps dans cette humeur et, s'adressant sèchement à son scribe toujours assis derrière lui :

— Veillez à le faire relâcher. Et maintenant, mon père, si vous voulez avoir la bonté d'emmener avec vous cette dame qui se mêle de ce qui ne la regarde pas de façon à me permettre de poursuivre ma tâche ?

Elle sortit de la chambre puis de l'hôtellerie précipitamment, suivie avec peine par un père Henry hors d'haleine. Elle ne s'arrêta que dans la cour, avec l'intention de remercier le chapelain d'être apparu à point nommé.

Mais il était encore sous le choc de leur expérience récente. Gêné et souriant bêtement d'un air hilare, il s'exclama :

— Sœur Fiacre et *Gilbey Dunn* ? Comment peut-il imaginer ça ?

— Je ne sais pas comment il fait pour penser quoi que ce soit, répondit Frevisse en secouant la tête.

— Et si ce n'est pas le comédien que Meg a vu entrer dans l'église, qui est-ce ?

Frevisse réfléchit en appuyant les doigts sur ses paupières. Dans l'air glacé de la cour, sa tête recommençait à lui faire mal.

— L'un des autres portant perruque, peut-être ? Mais pourquoi ? Sauf si c'est un coup monté entre eux — mais non, Joliffe aurait sûrement fait attention alors d'être vu en train de se promener si loin de l'église à l'heure du crime.

— Le seul autre qui soit aussi blond que Joliffe, c'est Hewe.

— Mais Hewe est un enfant, qui n'a pas du tout la taille de Joliffe. À moins que...

— À moins que quoi ?

— Meg a peut-être vu Hewe. Et elle savait que si elle l'avait vu, d'autres pouvaient l'avoir vu aussi. Mieux valait dire qu'elle avait vu un grand blond comme Joliffe allant vers l'église plutôt que son fils. Ainsi, un autre témoin venant raconter qu'il avait aperçu Hewe, ou du moins un garçon blond, pouvait être contredit par Meg. Parce qu'une mère doit pouvoir reconnaître son propre fils, et affirmer qu'elle avait identifié un homme pouvait semer la confusion suffisamment pour protéger son fils.

Le père Henry semblait en être la preuve vivante.

Il fallait qu'elle parle à Hewe. Était-il effectivement entré dans l'église ?

— Meg en voulait à Joliffe d'avoir blessé Sym à la taverne, observa le père Henry.

— Oui, vous avez raison.

Peut-être cela aussi avait-il joué un rôle dans cette histoire de mensonge. Peut-être d'ailleurs y avait-il beaucoup de faits qui entraient ou n'entraient pas dans cette histoire. Il y en avait trop. Elle voulait découvrir la vérité.

— Avez-vous parlé à Gilbey Dunn pour savoir ce qu'il faisait pendant le meurtre de Sym ? reprit-elle.

L'air un peu surpris, comme toujours quand on changeait de sujet de conversation sans crier gare, le père Henry secoua la tête :

— Je n'ai pas pu le trouver dans sa ferme ce matin, ni ailleurs. On ne l'a plus vu au village depuis hier matin tôt.

C'était donc vrai. Gilbey Dunn avait disparu. Le malaise crût dans l'esprit de Frevisse, mais le père Henry reprit :

— Pour ce qui est de cette nuit-là, certains des hommes disent qu'il a passé un moment à la taverne mais qu'il est ressorti, sans qu'ils puissent dire vers quelle heure. Je sais qu'il n'y était pas quand je suis arrivé, mais on n'en sait pas plus. Et je n'ai pas pu le trouver pour lui poser la question. Dois-je raconter tout cela à maître Montfort ?

— S'il vous fait mander. Si vous allez le trouver de ma part, peut-être dira-t-il que je me mêle encore de ce qui ne me regarde pas.

Elle s'éloigna, sans voir le sourire flatteur que lui lançait le père Henry.

Après quoi, ce fut bientôt l'heure pour elle d'assurer la vigile auprès du cercueil de sœur Fiacre avec sœur Emma. Elle ne fut pas mécontente de ce prétexte pour s'absenter des deux hôtelleries et s'écarter de tous ceux qui s'y trouvaient, pendant le restant de l'après-midi ; et elle ne réussit pas mal à s'abîmer dans ses prières pour l'âme de sœur Fiacre et celle de son assassin, qui avait sûrement un besoin bien plus grand de prières que sa victime.

Son esprit était quelque peu plus tranquille quand vint l'heure de vêpres et de sa délivrance.

Elle demanda, et la permission lui fut accordée, de quitter tôt la table du dîner, afin d'aller s'assurer que tout était prêt pour la pièce avant l'arrivée de mère Edith avec les autres. Déjà, quand elle traversa la cour, l'obscurité commençait à avoir raison du faible crépuscule hivernal, et avec elle le froid augmentait. Frevisse dépassa vivement deux serviteurs qui s'efforçaient de transporter vers l'hôtellerie un des bons fauteuils de mère Edith. Il fallait qu'elle pense aussi à un siège confortable pour Montfort. Mieux valait autant que possible éviter de l'offenser en ce moment.

À l'intérieur de l'hôtellerie, tout était prêt. Quelques-uns des serviteurs du prieuré avaient quitté leur poste plus tôt que d'habitude et ils s'étaient groupés contre un mur, gardant un œil sur les rideaux des acteurs et discutant gaiement entre eux. Ils firent silence à son entrée mais elle se contenta de hocher la tête dans leur direction et contempla la salle, les ignorant, si bien qu'ils reprirent leur conversation. Les lanternes attendaient d'être allumées, de part et d'autre de l'espace réservé au spectacle. Dans la salle plongée dans la pénombre, tout signe des affaires de la troupe avait disparu, mis à part les perches supportant les rideaux. Les comédiens eux-mêmes étaient invisibles mais on entendait du bruit derrière le rideau. S'étant assurée que tout était prêt, Frevisse se retourna pour indiquer aux porteurs l'endroit où ils devaient poser le fauteuil de la prieure, les envoya en chercher un pour l'enquêteur dans l'autre hôtellerie, ordonna à un valet d'allumer les bougies et décida d'aller dire elle-même à Montfort, en signe de courtoisie, que mère Edith allait bientôt arriver.

Il reçut le message avec satisfaction :

— Bon. Bon. Une distraction appropriée pour les fêtes et à laquelle je ne m'attendais certes point ici. J'arrive tout de suite.

Les religieuses arrivaient à peine par la porte du cloître quand elle repassa dans la cour. Mère Edith, bien emmitouflée dans ses robes fourrées et soutenue de part et d'autre par sœur Lucy et sœur Claire, marchait à leur tête, leur imposant la lenteur de son pas. Le plus discrètement possible, Frevisse se glissa à sa place dans la double file et entra avec elles.

Les serviteurs du prieuré étaient tous rassemblés, à présent, en rang le long des murs pour laisser les places de choix aux religieuses. Tandis que sœur Lucy et sœur Claire installaient mère Edith dans son fauteuil au bord de l'espace réservé au jeu, Frevisse eut le temps de remarquer Roger Naylor qui se tenait sur un côté. Près de lui, elle vit une petite femme brune. Leurs mains à tous les deux reposaient sur les épaules de deux petites filles et d'un solide garçon légèrement plus âgé, debout devant eux. La famille Naylor, songea Frevisse, se rendant compte qu'elle avait déjà vu ces enfants au prieuré mais qu'elle n'avait jamais fait le rapport entre eux et l'intendant.

Puis Montfort arriva avec ses hommes. L'enquêteur s'avança à grands pas pour s'incliner devant mère

Edith et prit place dans son fauteuil à sa droite. Tandis que ses hommes s'effaçaient d'un côté, à l'écart des gens du prieuré, il se pencha vers mère Edith pour lui confier une quelconque observation, à laquelle elle répondit d'un hochement de tête, lui murmurant à son tour quelque chose avant qu'ils ne se redressent sur leurs sièges et ne s'immobilisent.

Le calme ne fut plus alors troublé que par quelques chuchotements venus des bords de la salle et par le frôlement des pieds sur la paille qui couvrait le sol, jusqu'au moment où un chalumeau commença à jouer derrière le rideau, si doucement qu'on l'entendit à peine d'abord. Mais les auditeurs se turent progressivement et la musique se fit plus forte, pour faire entendre une douce et subtile mélodie, qui sonna claire dans le silence de la salle. Mis à part le mouvement de la musique, tout était immobile, dans l'attente, sous la lumière dorée des bougies, quand surgit de derrière le rideau une étoile aux reflets argentés qui s'éleva avec une majestueuse lenteur, tenue par la petite main de Piers. Piers lui-même suivit. Mais ce n'était plus Piers. Au lieu de l'enfant souriant, on vit paraître un ange serein et éclatant avec ses ailes, qui contempla la foule rassemblée, tenant toujours l'étoile d'une main au-dessus de sa tête tandis que de l'autre — soupçonna Frevisse — il se tenait à la barre horizontale au-dessus de la scène pour ne pas tomber de son perchoir, au sommet de la pyramide des panières qui lui avait permis de monter au Ciel. Mais elle oublia cette vision pratique des choses en entendant Piers commencer à chanter : *Gloria in excelsis Deo, et in terra pax hominibus...* d'une voix si claire, d'une douceur si perçante qu'il était bien possible qu'elle vînt en effet de quelque part au-dessus du monde.

Dans la salle régnait à présent le calme le plus complet, chacun était emporté dans une transe extatique, prisonnier de la vision angélique. Pendant juste le temps d'une brève respiration après la fin de son chant, l'ange jeta un regard sur son public et, dans le silence frissonnant, il dit d'une voix claire et forte :

— Sages Rois mages, sachez qu'Il nous est né. Dieu s'est fait homme en ce matin sacré. Il veut qu'à Bethléem vous vous rendiez pour voir l'enfant sacré qui va libérer l'homme. Venez donc le trouver, allez-y maintenant. C'est Dieu qui vous ordonne d'aller lui rendre hommage.

Thomas Bassett fit son apparition à un bout du rideau, dans son costume de Premier Roi mage, l'air aussi superbe que si sa robe avait vraiment été en soie bleue brodée de toutes les couleurs et doublée d'hermine, au lieu de lin teint bordé de lapin, et que si les joyaux de sa couronne peinte n'avaient pas été du verre de couleur. Il portait dans ses mains un coffret doré et proclama de sa riche voix rocailleuse à l'adresse du public :

— Or béni soit Dieu de Son doux Fils ! Car je vois là-haut un bel astre brillant. Le voici parmi nous descendu, comme jadis l'avait annoncé le prophète. Il avait dit qu'un enfant naîtrait pour racheter le genre humain perdu. Par l'étoile là-haut, il m'a fait cette grâce de pouvoir jusqu'en ce lieu me rendre pour l'adorer devant Sa sainte face.

Il prit la pose, comme s'il cherchait quelque chose dans le lointain, et Ellis fit son entrée d'un pas martial, vêtu d'une robe gris sombre, noir et argent, porteur lui aussi d'un coffret, mais cette fois peint en rouge sang et en violet pénitentiel. Il regarda autour de lui, l'air malheureux et nerveux, et déclama :

— Fort égaré je crains d'être à présent, car je ne trouve aucun signe de mon pays. Ô Dieu, Toi qui fis l'homme sur terre, envoie-moi un repère de l'endroit où je suis !

Il se retourna, aperçut l'étoile que la main ferme de Piers continuait à brandir bien haut et s'exclama avec joie :

— Regardez son éclat ! Un bel astre éclatant au-dessus de ma tête je vois, signe assuré que le Fils de Dieu l'homme délivrera. Adorer cet enfant, telle est mon intention. Assurément c'est la raison que Dieu a envoyé ce signe.

Puis, comme il se retournait pour partir, il ajouta en voyant le Premier Roi :

— Qu'est ceci que je vois en ce jour béni ? Un autre Roi est en chemin. Écoute, ô Roi superbe ! Je te prie, où t'en vas-tu par ce beau jour ?

— La quête d'un enfant, telle est mon intention. Le moment est venu qu'il nous est envoyé, par l'étoile là-haut le voir bien le pouvez.

— Alors, je vous en prie, cheminons ensemble par ce temps sec et glacé.

Tandis qu'Ellis allait rejoindre Bassett, Joliffe sortit à son tour de derrière le rideau, figurant le Troisième Roi. Il portait une cotte-hardie[1] d'un pourpre intense qui faisait ressortir à la perfection son teint blond, et des chausses vert foncé qui moulaient étroitement ses longues jambes. Il secouait une bourse, qui faisait un bruit métallique suggestif, et la couronne sur sa tête semblait tellement à sa place qu'on aurait dit qu'il était né pour la porter. Sa voix, plus aiguë et plus claire que celle de Bassett ou d'Ellis, paraissait aussi dorée que la lumière des bougies :

— Sur les grand-routes, je vais au gré de mon cheval. Grand Roi des rois, envoie-moi un guide qui me mène où je veux aller, devant Ton trône m'agenouiller et Te voir dans Ta gloire.

À son tour, il vit l'étoile, s'exclama sur sa beauté et au moment de se retourner aperçut les autres Rois et se joignit à eux. Alors, s'adressant au public, ils dirent en chœur :

— À présent nous prions le bon Dieu tout-puissant qu'il nous soit donné de voir Sa précieuse personne.

1. Sorte de tunique courte et flottante en usage au XVe siècle. *(N.d.T.)*

Ils se séparèrent, Bassett et Ellis d'un côté, Joliffe de l'autre, et se tournèrent vers les rideaux qui s'ouvrirent, à cet instant précis, tirés par un câble invisible — ce n'était pas Piers qui était toujours sur son perchoir, éclairant la scène de son étoile.

Et pas Rose non plus, car elle apparut aux regards, assise sur un coffre couvert d'un riche brocart d'or et d'argent — ou, plus vraisemblablement, d'une toile peinte —, portant dans ses bras la forme emmaillotée d'un nourrisson.

La magie du moment était telle qu'on ne vit plus une acrobate dans une minable robe bleue qui tenait un oreiller bien enveloppé mais la Sainte Vierge elle-même et son enfant. Avec ses longs cheveux tombant sur ses épaules, nimbés d'un halo formé par les bougies placées derrière elle, et son nouveau-né serré contre son sein avec amour, Rose faisait une icône très adorable.

Un soupir envoûté se fit entendre, émis à l'unisson par tous les spectateurs. Les trois Rois mages se mirent à genoux et, avec des discours pleins de force, présentèrent leurs offrandes : l'or, l'encens et la myrrhe. Marie leur tendit la main en signe d'acceptation et chacun d'eux s'avança pour contempler l'enfant. Pendant que le tableau s'immobilisait, l'ange chanta à nouveau le Gloria. Puis le rideau retomba, dissimulant la scène, et l'ange et son étoile disparurent. Et ce fut tout.

Pendant un fragile moment, aucun son ne s'éleva dans la salle, aucun mouvement ne fut perceptible. Puis Montfort lança d'une voix ferme :

— C'est bien fait ! Voilà qui est bien !

Mère Edith commença à applaudir, immédiatement imitée en cela par toutes les mains de la salle. Des voix ajoutèrent des observations flatteuses alors que les applaudissements diminuaient, un petit enfant commença à pleurer et les Rois mages ainsi que l'ange apparurent de derrière le rideau pour venir saluer, déclenchant une nouvelle volée d'applaudissements.

Avec un sens aigu des convenances, Marie ne vint

pas saluer, en partie pour préserver intacte la puissance de sa vision, et en partie parce que, en tant que femme, elle n'aurait tout simplement pas dû figurer dans la pièce.

Lorsque tout fut retombé dans un semblant d'ordre et que les comédiens se furent de nouveau éclipsés derrière leur rideau, mère Edith se leva. Les serviteurs du prieuré et les hommes de Montfort se reculèrent à nouveau vers les parois, pour mieux laisser le passage au lent cheminement de la prieure vers la porte, suivie du cortège bien réglé des religieuses. Jetant un coup d'œil dans la salle, Frevisse aperçut Roger Naylor portant dans ses bras l'une de ses filles, et tous les deux se souriaient. Annie Lauder se tenait avec un groupe de femmes qui se récriaient toutes sur les merveilles qu'elles venaient de voir. Le fils de Meg, Hewe, passa la tête devant le rideau et se cacha de nouveau dès qu'il se vit observé. Il souriait comme un enfant qui vient de chiper un bocal de sucreries.

À son côté, mère Alys marmonnait à propos du cidre chaud aux épices qui les attendait selon les ordres de mère Edith dès qu'elles auraient dit complies.

— Il n'en restera plus pour carême-prenant, retenez bien ce que je vous dis, et alors vous entendrez les récriminations.

Frevisse se retint d'observer que, puisqu'elle entendait des récriminations de toute façon, autant profiter du cidre épicé pour compenser. Elle fit abstraction entièrement de la voix de mère Alys, désireuse de préserver un peu de la joie que le jeu avait créée en elle. Les comédiens étaient une bonne chose, ils dispensaient un plaisir innocent et même une inspiration divine avec de simples mots et des attitudes. Elle refusait de croire qu'ils étaient damnés pour leur pacotille, quand bien même tous les évêques d'Angleterre affirmaient que tel était le cas.

CHAPITRE XXII

L'aube vint tard et à contrecœur, teintant les murs de gris. Une batterie de cloches disposée près de la porte du dortoir fut mise en branle par une converse, signal du réveil pour prime. L'air humide et glacé pénétrait immédiatement la chair jusqu'à la moelle des os dès que les couvertures étaient rejetées. Les religieuses s'habillèrent, frissonnantes, dans une hâte que troublaient les reniflements et les quintes de toux, et elles se massèrent en une brève double file qui s'empressa de gagner le chauffoir où aucun feu n'avait été encore allumé et qui était donc encore plus glacé que le dortoir. Il fallut attendre qu'elles passent dans le réfectoire pour que leurs tremblements trouvent quelque répit car, attenante à la cuisine, cette pièce était chaude et embaumée par les fours et leur charge matinale de pain frais, quoiqu'elles dussent attendre midi pour goûter à ce délice. Frevisse serra ses deux mains autour de la seule nourriture de la matinée, un breuvage brûlant, doux, au goût âpre, à base de miel et de boutons de rose, qui apaisait à la fois le visage et l'intérieur quand on le buvait.

Après quoi, elle alla se presser avec les autres devant le feu qui venait de partir dans le chauffoir, en attendant le chapitre, et lorsque l'assemblée quotidienne eut commencé elle rapprocha doucement son tabouret de la chaleur. Elle ne trouva rien à redire, même mentalement, ce jour-là à la longueur de la réunion, parce qu'elle y emmagasinait de la chaleur. Il y avait des chances pour que ce fût sa seule occasion de s'approcher d'une cheminée, jusqu'à fort avant dans l'après-midi, quand il lui faudrait passer trois heures glacées dans l'église, à veiller auprès du cercueil de sœur Fiacre.

Le chapitre terminé, la sortie était inévitable et Frevisse décida qu'elle commencerait par celle de ses tâches qui était la plus plaisante et se dirigea vers la vieille hôtellerie à l'autre bout de la cour. À l'intérieur, toutes les décorations de la veille avaient été enlevées, rangées dans les coffres et les panières placés contre le mur. Les comédiens, qui avaient remis leurs costumes ordinaires, étaient rassemblés près du feu, avec Piers allongé sur un tas de couvertures à côté de sa mère, la tête sur ses genoux ; et Ellis tout proche, qui plantait sa dague dans une malheureuse bûche, l'arrachait et la fichait à nouveau, tandis que Bassett et Joliffe étaient en grande conversation avec Hewe. Elle voulait lui parler sur l'heure. D'après les gestes de Bassett, Frevisse songea qu'il racontait une histoire au garçon ; et elle se dit aussi qu'il se passerait bien du temps, après leur départ, avant que l'enfant perde le souvenir de leur prestigieux éclat.

Joliffe fut le premier à la voir, il leva une main pour l'accueillir et se mit à parler, mais Ellis se dressa d'un bond et demanda :

— Des nouvelles de l'enquêteur ? Nous croyions qu'il nous laisserait repartir aujourd'hui, et tout ce que nous avons appris, c'est qu'il n'en avait pas fini avec nous et que nous devions rester.

Frevisse secoua la tête :

— Il continue à interroger.

— Ce n'est pas juste ! s'écria Ellis en se rasseyant et en reprenant son jeu avec la bûche.

Le visage figé dans une expression têtue, Hewe

n'essaya pas de disparaître à l'arrière-plan, même s'il ne levait pas les yeux vers Frevisse, mais continua à parler tout bas avec Bassett.

Piers leva la main d'un air languissant pour se gratter le nez, et Frevisse lui dit :

— Tu as très bien chanté hier soir. Tu n'es pas à nouveau malade, j'espère ?

Piers secoua la tête alors que sa mère soulevait un coin de couverture pour en recouvrir ses genoux.

— Non, je vais bien. C'est seulement qu'elle...

Il roula les yeux vers sa mère.

— ... elle dit qu'il fait trop froid pour que je risque d'aller faire un tour dehors pour jouer.

Son exaspération était manifeste.

— Nous ne t'avons pas couvé toutes ces journées pour que tu ailles dehors te rendre encore malade, intervint Rose. Il fait un froid mordant, aujourd'hui. Nous pouvons seulement espérer qu'il y ait de la neige pour le faire tomber quelque peu.

— Oh, oui ! De la neige pour que nous ne puissions aller nulle part, même si cet idiot d'enquêteur nous en donne la permission, gronda Ellis.

Pendant ce temps, on entendit soudain Hewe s'écrier :

— Je pourrais jouer ce rôle ! Je saurais faire Hérode ! Je me mettrais dans un état comme vous n'en avez jamais vu de pareil. Laissez-moi vous montrer !

Il bondit sur ses pieds et commença à prendre une pose d'une effrayante férocité. Mais Bassett se mit à rire et le prit par un de ses bras qu'il avait levés pour dire, amicalement :

— Non, jeune coq, le rôle d'Hérode est pour un homme fait, comme moi, lorsque notre troupe aura assez grandi pour le faire. Tu es encore un oison tout dégarni.

— Il pourrait faire le valet de mon Roi mage, dit Joliffe. Nous avons une robe qui lui irait, si l'on reprenait l'ourlet.

Hewe se tourna vers lui, les yeux brillants d'impatience. Avec un commencement de malaise, Frevisse se rendit compte que Bassett et Joliffe n'étaient pas absolument en train de le taquiner. Hewe, quant à lui, était parfaitement sérieux.

— Je crois, dit-elle prudemment, que vous semblez oublier peut-être que c'est un vilain de lord Lovel, et qu'il n'est pas libre de partir sur la grand-route, avec ou sans vous. Sans parler de ce que dirait sa mère là-dessus.

Hewe pivota vers elle, le visage de nouveau assombri par l'entêtement.

— Lord Lovel a des vilains à foison, proclama-t-il. Je ne manquerai pas à son receveur, il ne me cherchera même pas. Et la mère épousera le vieux Gilbey, donc elle sera casée elle aussi.

— Elle veut te voir prêtre, lui rappela Frevisse, consciente qu'elle aurait dû s'offenser de son discours trop présomptueux. Es-tu allé dans l'église du prieuré ces derniers temps ?

Hewe donna un coup de pied rageur dans la paille.

— Je me tiens à l'écart des églises, pour que ma mère n'aille pas croire que ma résistance faiblit. Peut-être qu'elle veut me voir prêtre, mais pas moi. Je veux être comédien !

Sur ces derniers mots, il avait relevé les yeux vers Bassett avec passion.

— Hewe, dit Meg depuis le seuil de l'hôtellerie, ce n'est pas vrai.

Tous se tournèrent vers sa mère, debout, les mains nues serrées sous ses bras, les épaules courbées pour conserver la chaleur de son maigre corps. Elle n'avait ni manteau ni chaperon, rien que sa robe rêche et son tablier de cuisine couvert de taches. Son visage était rouge brique à force de froid et elle était enrouée, mais son regard était fixé sur son fils de façon inflexible.

— Je te l'ai dit et répété, de rester avec ton frère. Il

y a des villageois qui vont venir bientôt pour le ramener chez nous. Quelle honte, s'ils le trouvaient tout seul !

— Mais l'enquêteur... commença Hewe.

— L'enquêteur nous a donné l'autorisation de le ramener chez nous. La veillée funèbre va avoir lieu aujourd'hui et tu dois rester avec lui en attendant qu'ils se présentent, pour pouvoir m'annoncer qu'ils sont arrivés.

Hewe donna de nouveau un coup de pied dans la paille : il refusait de croiser son regard.

— Ah, la mère, il fait si froid là-bas...

— Et le seul endroit que tu aies trouvé pour avoir chaud, c'est ici avec cette engeance ?

— Ce ne sont pas de mauvaises gens... cria-t-il dans un réflexe.

— Si, répondit-elle, d'une voix non pas irritée mais lasse. Suis-moi. Il faut que tu pries, et que tu fasses pénitence aussi, pour avoir négligé Sym malgré ton devoir, et pour ne pas avoir fait ce que ta mère te dit.

De nouveau, Hewe s'enflamma :

— Il ne m'a jamais aimé ! En tout cas, j'en ai assez de prier ! Comment pouvez-vous dire que je serai prêtre ? Je n'ai rien en moi de ces prêtres geignards et maniérés !

— Tais-toi tout de suite ! Ne dis pas un mot de plus, répliqua Meg dont la voix était neutre, et toujours pas furieuse. Viens avec moi, répéta-t-elle, et maintenant.

Il s'exécuta, d'un pas lent. Quand il se fut suffisamment rapproché d'elle, la main de Meg jaillit pour lui saisir le bras, avec assez de force pour le faire sursauter et susciter en lui un mouvement de recul. La mère, refusant toujours de prendre conscience de la présence d'autres personnes, sortit en l'emmenant avec elle.

Ellis exhala bruyamment :

— Voilà une femme qui sait ce qu'elle veut. Qui l'aurait cru ? Dommage, l'enfant ne reviendra pas.

— Oui, c'est dommage, dit Bassett, il avait des possibilités.

— Vraiment ? demanda Frevisse, surprise.

— Si fait. Il a une meilleure voix que la plupart et tout l'enseignement de curé dont elle l'a gavé lui a donné une excellente mémoire. C'était lui qui manipulait le rideau hier au soir, et il s'est bien débrouillé. Il brûle de nous rejoindre et j'aimerais que ce soit possible, car il pourrait nous faire honneur.

— Bah, à quoi bon pleurer sur les neiges d'antan ? reprit Ellis. Il y en aura d'autres sur notre chemin, et je prie pour que ce ne soit pas un long voyage, car avec plus de comédiens nous pourrons représenter plus de pièces.

— Devrai-je lui parler plus tard ? demanda Piers.

— Non, dit Joliffe. Il a peur d'elle, ajouta-t-il, les yeux encore fixés sur la porte fermée par laquelle Hewe et Meg avaient disparu.

— Et il a bien raison, remarqua Ellis. Vous avez vu le soufflet qu'elle lui a envoyé hier ? Je suis sûr que son oreille lui en cuit encore.

— Tu ne comprends pas, intervint Rose.

Comme Joliffe, elle avait les yeux fixés sur la porte, avec sur son visage une expression étrange. Le ton sur lequel elle parla faisait écho à celui qu'il avait utilisé.

— C'est d'autre chose qu'il a peur.

— Il déteste ce qu'elle veut faire de lui, expliqua Bassett. Comme si nous n'avions pas déjà assez de mauvais prêtres. Et c'est grand-pitié quand on voit, récita-t-il dans la vieille langue des proverbes, des ouailles propres et un berger merdeux. Sauf votre respect, madame.

— Puisque ces mots sont l'œuvre de mon grand-oncle, je ne puis guère y trouver à reprendre.

— Le vieux Geoffrey est votre... s'exclama Bassett, à la fois surpris et impressionné. L'avez-vous jamais vu ? Non, bien sûr que non, vous n'êtes pas assez vieille. Mais vous devez connaître son fils.

— J'ai grandi en partie dans sa maison. Il m'a raconté de nombreuses anecdotes de son illustre père.

— Ah, mince alors, si j'avais pu penser ! Sur ma vie ! Madame, vous me laissez sans voix !

Frevisse faillit presque lui rire au nez, se couvrant la bouche de la main pour dissimuler un sourire. Être apparentée par alliance au fils d'un écrivain célèbre, ce n'était guère être soi-même célèbre aussi. Pourtant le plaisir et l'admiration qu'il exprimait réchauffaient le cœur de celle qui avait pratiqué trop longtemps l'humilité et l'autodénigrement.

— Mais nous avons des remerciements à donner à mère Frevisse pour ce qu'elle a elle-même fait pour nous. Joliffe, c'est toi qui devrais prendre la parole, déclara Rose.

— J'essaie encore et encore, mais on n'arrête pas de m'interrompre, répliqua-t-il en se levant d'un mouvement coulé, long et gracieux, et faisant à Frevisse un profond salut. Madame, vous m'avez rendu hier un signalé service. Mes remerciements envers vous seront éternels, ma gratitude, infinie, et mon paiement de cette dette, perpétuel, si cela devient possible.

Frevisse répondit à son salut par une révérence plus profonde que nécessaire et dit :

— Je vous remercie pour vos généreux mercis, mais restez assuré que j'ai ma récompense entière quand je vois que justice est faite. En outre, ajouta-t-elle avec une pointe d'ironie contenue tout en se redressant, je doute fort que nous puissions supporter très longtemps un tel fardeau de gratitude, l'un comme l'autre.

— Mais c'est tellement magnifique tant que ça dure, sourit Joliffe.

Frevisse sourit elle aussi et s'en alla, ne commençant à marcher vite qu'une fois revenue dans le froid. Elle traversa la cour jusqu'à la nouvelle hôtellerie pour voir ce que préparait Montfort. Un coup d'œil à la ronde en entrant lui apprit que tout était en ordre dans la salle. Frevisse rejoignit la chambre de Montfort. L'homme de garde devant sa porte secoua la tête à son approche :

— Il est occupé en ce moment, ma mère, il interroge quelqu'un d'autre.

Un interrogatoire à très haute voix, au point que Frevisse n'avait pas besoin de faire beaucoup d'efforts pour entendre. La voix de Montfort parvint fortement à travers la porte fermée, puis juste ensuite celle d'un autre homme, qui déclarait que non, ce n'était pas vrai.

— Gilbey Dunn ! s'exclama Frevisse.

— Il s'est livré ce matin de son plein gré, fit le garde avec obligeance. Il a dit qu'il était rentré tard la nuit dernière et qu'il avait appris ce matin qu'on le recherchait, il est arrivé avant même que nous ayons su qu'il était dans les parages.

Peut-être s'était-il livré de son plein gré, mais Montfort ne semblait guère en être impressionné.

— J'ai le droit d'aller où ça me plaît, pourvu que je rentre en temps et en heure, et c'est bien ce que j'ai fait ! Dites donc, j'ai passé une journée à Banbury. J'ai une sœur qui y habite, elle est libre, et j'ai eu bonne envie d'aller la voir, et ça ne regardait personne si j'avais l'intention d'y aller, alors je ne l'ai dit à personne, pas vrai ? Et comment j'allais savoir que vous seriez ici à vous énerver et à me chercher justement ce jour-là ? Et je ne me suis pas enfui, je suis là, alors pourquoi me hurler dessus ?

— Attention à ta langue, ou tu pourrais bien avoir à la chercher un de ces jours, menaça Montfort.

— Ah, c'est que vous ne connaissez pas aussi bien mon maître que vous le croyez, répliqua Gilbey. Il est juste, son receveur aussi, et ils ne punissent pas un homme qui dit ce qu'il pense, même si c'est un vilain. Surtout moi, parce que je suis le meilleur laboureur de tout le village et je suis un honnête homme.

Une voix vint s'intercaler entre les deux autres, trop faiblement pour que Frevisse saisisse ses paroles, mais assez fort pour qu'elle la reconnaisse.

— Le père Henry ? demanda-t-elle au garde.

— Votre prêtre ? Oui, convint-il. Eh là, attention, s'empressa-t-il d'ajouter, vous ne pouvez pas entrer.

Mais Frevisse avait déjà soulevé le loquet. Montfort convaincrait le père Henry de dire n'importe quoi — ou bien il croirait ce qu'il voulait, saisissant le moindre prétexte dans ce que disait le père Henry — si on le laissait faire, et elle voulait la vérité vraie telle qu'elle était, et non pas telle que Montfort préférait qu'elle fût.

Le visage rouge, Montfort, penché en avant au-dessus de la table où son scribe s'activait à griffonner tout ce qui se disait, pivota brusquement en l'entendant arriver et lui lança un regard mauvais.

— Vous êtes encore en train de mettre votre nez dans mes affaires, la bonne femme ! Vous m'envoyez ce prêtre poser des questions qui ne vous concernent pas. Ça va vous attirer des ennuis et très vite, croyez-en mes paroles.

Frevisse murmura avec une humilité feinte :

— Je vous prie encore une fois de m'accorder votre pardon. Vous a-t-il été de quelque utilité ? ne put-elle s'empêcher ensuite de demander.

— Peut-être. Un peu.

Détestant concéder même ce peu de terrain, Montfort se retourna brusquement sur Gilbey Dunn qui se tenait au centre de la pièce, comme un taureau obstiné, avec son cou épais. Ils firent assaut de regards meurtriers.

— Ainsi, tu as quitté la taverne tôt, juste après la rixe entre ce comédien et Sym, et tu es rentré te coucher, dis-tu.

Dans la bouche de Montfort, il s'agissait d'un crime.

— Ouais. Je suis rentré chez moi. Il était tard et je n'ai jamais envie de dormir à la taverne.

— Et tu as entendu le tumulte lorsqu'on a découvert Sym et tu es quand même resté couché dans ton lit ?

— J'ai entendu du bruit, mais j'étais dans mon lit bien douillet. Ce que j'ai entendu ressemblait à une bande d'ivrognes imbéciles et je n'ai pas bougé.

— Il est illégal de ne point répondre quand l'alarme est donnée.

— Ce n'était pas vraiment une alarme, il s'agissait

d'une bande d'imbéciles qui voulaient se lancer dans une quête inutile.

— Tu es donc resté chez toi tout le reste de la nuit ?

— Ouais.

— Seul ?

— ... Ouais.

Frevisse pensa que ce n'était pas vrai mais n'intervint pas.

— Ce Sym n'était pas de tes amis, n'est-ce pas ?

— Vous aurez du mal à trouver quelqu'un qui l'ait apprécié, bagarreur comme il était.

— Et qu'avais-tu à reprocher à sœur Fiacre, la religieuse ?

Cette attaque impromptue prit Gilbey de court pendant un moment.

— Qui ?

— La sacristine du prieuré. C'est elle qui s'occupe de tenir l'église en ordre. Elle aussi, elle a été assassinée.

— C'est elle ? J'ai entendu dire qu'on avait fait passer le goût du pain à une sœur dans l'église, mais je n'avais pas saisi son nom. Je ne sais même pas à quoi elle ressemblait. Pour ce que j'en sais, je ne l'avais même peut-être jamais vue de mes yeux, alors de là à lui adresser la parole ! Qu'est-ce que j'aurais bien pu avoir à lui reprocher ?

— Et tu as quelque chose à dire pour expliquer où tu étais l'après-midi où elle a été tuée ? On t'a vu entrer dans le couvent par la porte de derrière vers cette heure-là, c'est tout ce que je peux te dire.

Montfort avait donc trouvé effectivement quelque chose qu'elle ne savait pas. Mais en voyant le visage de Gilbey Dunn se creuser de profonds sillons, elle pensa à autre chose.

— Il y a des gens, dit-il d'un ton rogue, qui sont toujours en train de surveiller les autres, alors qu'ils devraient s'occuper de leurs propres affaires.

— Peut-être bien que oui, mais qu'est-ce qui t'amenait céans cet après-midi-là ?

— Rien qui ne soit privé et personnel. Et je ne me suis pas approché de l'église où elle a été tuée ! Vous ne pourrez trouver personne qui puisse soutenir le contraire sans mentir.

— Mais alors où étais-tu, l'homme ? demanda Montfort. Dis-le.

La bouche de Gilbey se serra pour montrer son refus sans équivoque. Il faudrait bien qu'il parle tôt ou tard, mais il était assez têtu pour faire durer le plaisir autant qu'il pourrait. Frevisse, mue par un excès d'impatience dirigé contre les deux hommes, dit vivement :

— Si vous voulez vraiment le savoir, allez le demander à Annie, notre lavandière. Elle pourra probablement vous dire où il était cet après-midi-là. Et elle sait mieux que quiconque pourquoi son lit était chaud au point qu'il ne veuille pas en sortir la nuit où Sym a été tué !

Le visage de Gilbey pâlit et rougit par intermittence, tandis qu'il la regardait bouche bée. « Idiots », pensa-t-elle, et elle pivota sur ses talons pour quitter la pièce à grands pas.

Frevisse franchit la porte et aperçut Roger Naylor de l'autre côté de la cour, qui parlait avec un homme debout sur un chariot chargé d'un énorme fût.

Tournant la tête, Naylor la vit s'approcher.

— Madame, fit-il avec un large sourire, Thomas Chaucer vous a envoyé du cidre en cadeau, quoique je trouve méchant de sa part de croire que vous soyez affligée d'une telle soif.

Frevisse redressa le menton devant une telle impertinence.

— Je crois que c'est la soif du prieuré qu'il a voulu assouvir, maître Naylor. Il m'avait demandé si j'avais un vœu pour Noël et le voilà. Voulez-vous faire porter ceci à la cuisine ? Je vais prévenir mère Alys de cet arrivage.

Mais une fois à portée de voix de la cuisine, elle sut que mère Alys avait un autre problème sur les bras pour l'instant.

— Encore partie ! Je tourne le dos et cette femme fiche encore le camp ! À quoi bon donner la permission de faire une chose à l'une d'entre vous si vous ne jugez jamais bon de prendre la peine de la faire quand je vous l'ai dit ? Où est-elle partie, je vous le demande ?

L'une des femmes qui récurait une poêle à frire de toute la force de son bras, sur une table près de la porte, dit du ton humble que le personnel de la cuisine jugeait préférable d'utiliser quand mère Alys était présente :

— Peut-être pour aller voir encore son fils. Le mort, vous savez. Sa veillée funèbre est prévue pour cet après-midi.

— Et ça n'est pas trop tôt. Peut-être alors arrêtera-t-elle de s'épuiser si durement avec toutes ces allées et venues. Et que j'entre, et que je sors. Elle aurait pu dire qu'elle ne restait pas quand elle est arrivée. Autrement je ne lui aurais pas demandé de s'occuper des oignons, et maintenant nous voici en retard pour les oignons parce que j'ai cru qu'elle les faisait.

Mère Alys, arpentant la cuisine de long en large et faisant claquer sa lourde cuillère sur chacune des épaisses tables en passant, se retourna et aperçut Frevisse :

— Et vous, ma mère, fit-elle d'une voix étranglée, n'allez pas réclamer encore du cidre, sous quelque prétexte que ce soit, je vous le dis. Et pourquoi vous ne coupez pas menu le petit bois comme je vous l'ai dit, vous ? reprit-elle en s'adressant à une autre servante, avant que Frevisse ait pu lui répondre. Vous croyez que c'est moi qui vais le faire aussi, et que c'est moi qui vais penser pour vous par-dessus le marché ? Si ce feu s'éteint, c'est sur votre cuir que l'on inscrira les comptes de l'année prochaine, j'y veillerai personnellement.

Debout près du tas de bois dans le coin le plus proche, la femme montra ses mains vides :

— La hache a disparu. Je suis en train de la chercher.

— La hache a disparu. Votre cervelle a disparu. Ma patience, elle, est partie il y a longtemps, très longtemps. Avant-hier non plus, vous n'avez pas pu la trouver. C'était Meg qui l'avait prise pour tuer des poulets pour les tourtes et vous n'arriviez pas à le deviner. Alors, qui est-ce qui l'a prise aujourd'hui ? Personne. Personne ne tue rien aujourd'hui et cet objet stupide est quelque part par là, cherchez-la donc, pauvre sotte. Ramassez quelque chose et cherchez. Mais qu'est-ce que vous voulez donc, mère Frevisse ?

Frevisse prit la parole avant de laisser fuir cette occasion de répondre :

— Je voulais seulement vous dire, mère Alys, que mon oncle Thomas Chaucer nous a envoyé un grand fût de cidre. Maître Naylor le fait transporter de la cour dans votre magasin. C'est au moins un chagrin et un souci de moins pour vous.

Puisque le chagrin et le souci — traduits en humeur et en persécution — étaient le principal plaisir de mère Alys dans l'existence, elle ne fut peut-être pas aussi heureuse de cette nouvelle qu'elle aurait pu l'être. Elle fronça le sourcil gravement, mais avant qu'elle eût pu trouver quelque chose à redire à cet excès de cidre, l'une des femmes brandit la hache et s'écria :

— Là ! Je l'ai trouvée !

Mère Alys s'en prit à elle.

— Eh bien, ce n'est pas trop tôt, croyez-moi ! Et vous, lança-t-elle à une autre, pourquoi ne hachez-vous pas les oignons ?

— Je ne trouve pas le couteau.

Mère Alys leva les bras au ciel en poussant un cri inarticulé. Frevisse décida que ce n'était pas le moment d'embêter davantage mère Alys à propos du cidre et elle se retira. Ces malheureuses servantes de cuisine allaient devoir résister sans elle.

Le tour de Frevisse de participer à la vigile pour le corps de sœur Fiacre, avec une autre sœur, était revenu cet après-midi. Elle eut le temps d'enfiler ses confortables chaussures de nuit, celles qui étaient fourrées en peau de mouton, avant de gagner l'église.

Sœur Emma arriva peu après et les deux religieuses qui achevaient leur tour leur firent des saluts empreints de gratitude en se levant, adressèrent une génuflexion à l'autel et partirent.

Avant de se mettre à genoux, Frevisse regarda un instant le visage de sœur Fiacre. Il était devenu cireux, maintenant, et légèrement marbré, d'une couleur trop artificielle pour que l'on pût croire que son immobilité était du sommeil ; mais son expression était sereine. Il n'y avait aucune trace — grâce à l'habileté de sœur Claire — de l'horrible dommage qu'avait souffert son crâne. Il aurait pu s'agir d'une simple mort, songea Frevisse en s'agenouillant et en penchant la tête sur ses mains jointes.

Mais ce n'était pas une simple mort. Elle était décédée d'une manière qui n'avait pas de sens, et ce manque de sens tourmentait Frevisse autant que le meurtre lui-même. On ne savait même pas avec quoi elle avait été tuée. Quelque chose de lourd, et donc peut-être grand, et sûrement difficile à cacher. Ou bien deux armes, l'une tranchante et l'autre pas. Mais nul ne semblait avoir rien vu. Il y avait un vide, comme pour le motif du meurtre de sœur Fiacre, si l'on écartait la thèse d'une vengeance des comédiens.

Et avait-elle tort de l'écarter ? se demandait Frevisse.

Parce qu'ils étaient le seul lien entre la mort de Sym et celle de sœur Fiacre. Avait-elle laissé intervenir ses propres sentiments ?

Oui.

Elle s'était souciée davantage de prouver l'innocence de Joliffe que de trouver l'assassin. Ellc se souciait presque davantage de ne pas voir arrêter les comédiens que de faire démasquer l'assassin. Même cela elle pouvait l'admettre, pourvu qu'elle le regarde en face. Et c'était dangereux, car qu'arriverait-il si c'était eux les coupables après tout ? Pas uniquement l'un d'eux mais tous ensemble, ce qui avait l'air d'être inévitable si un seul d'entre eux était coupable.

Frevisse appuya ses mains jointes sur sa bouche jusqu'au point de se blesser les lèvres contre ses dents. Elle avait appris autant de choses qu'elle avait pu sur les deux meurtres et elle n'avait rien résolu. Elle était là dans le but de prier pour sœur Fiacre et c'est ce qu'elle allait faire.

Après tout, la mort de sœur Fiacre était peut-être une sorte de geste de clémence, torturée comme elle l'était par le chancre qui la rongeait, sans autre perspective devant elle que des mois d'une souffrance cruelle et de plus en plus forte. À sa façon atroce, c'était une mort aussi miséricordieuse que peut-être celle de Barnaby l'avait été, lui que n'attendait plus qu'une vie d'infirme.

Frevisse se rendit compte de l'horreur de ses pensées au moment même de leur apparition. C'était l'erreur la plus vile que de se substituer à Dieu pour choisir ce qui était de la clémence et ce qui n'en était pas, ce qui était juste et ce qui ne l'était pas. Elle inclina encore la tête, humiliée par la veulerie de son esprit, et pressa les jointures de ses doigts contre son front, produisant une douleur nouvelle pour détourner son esprit d'un jugement déformé et de ces vies estropiées.

Son esprit se figea un instant, puis se concentra sur cette pensée.

Des vies estropiées. Sœur Fiacre et Barnaby étaient tous les deux des estropiés, chacun souffrant à sa manière.

Tant de vies estropiées si on les regardait sous un certain angle, un angle déformant. Barnaby. Sœur Fiacre. Et Sym. Et si on regardait les choses d'une certaine façon, c'était aussi le cas de...

Sans s'en rendre compte, elle s'était remise debout. Ce qu'elle était en train de penser possédait une réelle logique, quelque répugnance que son esprit ressentît à cette idée. Une réelle logique qui expliquait ce qui restait inexpliqué dans la mort de Sym et celle de sœur Fiacre. Qui l'expliquait d'une manière voisine de la folie.

— Mère Frevisse ? demanda sœur Emma, hésitante.

Frevisse secoua la tête une seule fois, vivement, pour repousser toute intervention qui viendrait interrompre le cours de ses pensées qui filaient maintenant à une vitesse effrayante.

— Mère Frevisse, qu'est-ce que c'est ? insista sœur Emma.

Frevisse pivota, lui saisit le bras, lui cria : « Trouvez-moi sœur Claire ! » et la bouscula.

— Mère Frevisse !

Le cri de sœur Emma s'éleva derrière elle, mais Frevisse avait maintenant cessé de s'en soucier. Elle courut jusqu'au bout de la nef, franchit le portail occidental et se retrouva dans la cour, sous un pâle soleil. Elle ne vit d'abord personne, mais continuant sa course, traversant la cour, franchissant le portail voûté qui conduisait dans l'avant-cour, elle vit Naylor parlant à deux valets à la porte d'une écurie. Sa précipitation l'attira bientôt et il s'élança vers elle, ouvrant la bouche pour la questionner, mais elle ne s'arrêta pas.

— Venez avec moi ! cria-t-elle.

Il la suivit, gagné par l'urgence qu'elle transmettait.

— Ô mon Dieu, priait-elle tout en courant, faites qu'il ne soit pas trop tard !

Et elle continuait à courir.

L'odeur la frappa au moment où elle arriva à la porte fermée de l'étable où vêlaient les vaches. Elle reconnut cette odeur chaude et cuivrée dans le froid limpide de cette journée. Elle hésita, ne voulant pas voir ce que, elle le savait, signifiait l'odeur.

Naylor tendit la main derrière elle et ouvrit la porte.

Meg l'avait tué à côté du cercueil de son frère. Son sang se figeait en une large flaque où elle avait dû le tenir jusqu'à la fin. Mais quand le sang avait cessé de s'écouler, elle l'avait mis sur un tas de paille fraîche. C'était là qu'ils étaient à présent, ensemble. Meg assise, ses jambes repliées sous elle, Hewe la tête sur ses genoux, les mains croisées sur sa poitrine, par-dessus le plastron brodé du surplis du père Henry. Elle avait dû le lui enfiler après, parce qu'on n'y voyait pas de sang, juste un filet autour du cou, qui s'était égoutté du linge saturé qu'elle avait enroulé pour couvrir la plaie béante par où sa vie s'était échappée.

Meg avait transformé le cercueil de Sym du mieux qu'elle l'avait pu en une parodie d'autel : elle l'avait recouvert de l'une des nappes d'autel blanches, y avait posé la patène et le calice, le tout sorti de la sacristie. À la place des cierges qu'elle n'avait pas osé prélever sur l'autel, une lampe répandait sa lumière sur cette scène tranquille. Dans le moment qui précéda l'arrivée des autres et le début des hurlements, Meg regarda Frevisse et Naylor et dit avec sérénité, comme si leur horreur lui était invisible :

— Il est en Paradis maintenant. Il ne craint plus rien.

CHAPITRE XXIII

Tout avait été si simple.

Meg pensait qu'ils comprenaient. Elle s'était expliquée très méticuleusement à mère Frevisse, à eux tous, et ils étaient bienveillants envers elle, c'était donc qu'ils devaient comprendre à quel point c'était simple.

Si Barnaby avait vécu, il serait retombé dans ses mauvaises habitudes et, pis encore, il aurait empêché que quoi que ce soit de bien arrive jamais à Sym, à Hewe ou à elle-même. Mais pendant ce tout petit moment seulement, il avait été bon. Il s'était montré gentil, s'était confessé et il avait atrocement souffert, en pénitence pour ses péchés. Pendant ce tout petit moment, il s'était comporté en bon chrétien, qui méritait le Paradis. Ç'aurait été mal de permettre qu'une telle chance se perdît. Et ça n'avait pas été difficile. Elle n'avait maintenu l'oreiller sur son visage qu'un instant et puis il était mort, libre d'être bon à jamais, de ne plus être mauvais ou en peine.

Et Sym. Ce pauvre Sym, qui n'avait jamais rien compris vraiment. Il avait eu si peur à la vue de son sang, qui sortait de cette petite blessure à son côté, qu'il s'était allongé et avait fait tout ce qu'elle avait dit : il avait récité son acte de contrition, promettant d'amender sa vie, avait embrassé la petite croix faite de deux morceaux de bois liés, la seule chose sacrée qu'elle avait dans la chaumière, et avait désiré aller en Paradis

— toutes les choses qui suffisaient, avait dit le père Clement, pour purifier une âme s'il n'y avait pas de prêtre sous la main pour le faire avec les paroles sacrées, l'huile sainte et l'hostie. Ensuite le couteau était entré si facilement — il devait toujours être bien affûté pour découper le pain et les rares poulets ou lapins — que c'est à peine s'il avait semblé s'en rendre compte, il l'avait seulement regardée avec plus de surprise que de douleur, puis il s'était tordu un peu quand elle l'avait retiré et il s'était endormi, aussi sagement que le bébé qu'il avait été autrefois, et il ne se ferait plus mal et ne ferait plus de mal aux autres.

Pour sœur Fiacre, elle avait saisi l'occasion périlleuse d'un moment. Mais Meg avait vu une femme mourir du chancre qui la rongeait, et elle savait à quel point l'agonie traînait en longueur. Sœur Fiacre était une sainte femme, qui manipulait chaque jour des objets sacrés et qui disait comment parfois, en priant, elle se sentait entourée de l'amour de Dieu et de ses bienheureux saints. Elle n'avait jamais nui à personne, ni péché très gravement; Dieu n'avait sûrement pas voulu qu'elle souffre autant bien longtemps. Et quand elle s'était montrée sainte et bonne devant Meg, le plan de Dieu pour la faire mourir était devenu clair aux yeux de celle-ci. Assurément, Dieu n'aurait pas placé sœur Fiacre si évidemment sur son chemin s'il n'avait pas voulu que Meg lui facilite la mort.

Elle n'avait eu aucune difficulté à se procurer la hache. Elle était là dans la cuisine, et elle s'en était servie pour tuer les poulets dont on devait faire des tourtes — elle n'avait jamais appris le tour de main nécessaire pour leur tordre le cou, elle avait toujours eu besoin d'une hache. Un seul coup avec le bout rond pour les paralyser et puis deux avec le côté tranchant pour être bien sûre. Personne n'avait eu la moindre idée en la voyant nettoyer la lame ensuite.

Et Hewe. Elle regrettait qu'il ait eu si peur. Elle n'avait pas voulu cela, mais l'effroi qu'elle éprouvait pour lui était le plus fort. S'il était parti avec les comédiens, ils l'auraient corrompu et il aurait terminé damné pour l'éternité. Elle savait que Dieu voulait qu'il fût prêtre, mais il semblait s'être résolu à s'égarer loin du chemin qui lui avait été tracé, pour aller se perdre dans le péché. Il ne restait plus que ce seul moyen de le sauver, de le mettre hors d'atteinte malgré lui.

Elle l'avait amené voir son frère et l'avait laissé là en prière. Elle était allée à la cuisine chercher le couteau et à l'église pour les objets du prêtre. Hewe n'avait pas compris, pas même en voyant les ornements d'autel et les habits. Il n'avait pas compris, jusqu'à ce qu'elle lui eût expliqué, qu'elle l'eût forcé à s'agenouiller, à jurer qu'il était le serviteur de Dieu avant tout et à prier en contrition pour obtenir l'absolution, là devant l'autel qu'elle avait édifié. Elle avait apporté tout ce qu'il fallait pour en faire un vrai autel. Il avait compris à ce moment-là qu'elle était en train de le sauver. Il l'avait compris et s'en était réjoui. Elle savait qu'il était heureux, parce qu'elle avait vu couler ses larmes de repentir quand elle s'était penchée pour mieux assurer son coup avant de lui ouvrir la gorge.

Tous ces soucis pour sa famille, depuis si longtemps. Et à présent, si simplement, c'était fini et ils ne craignaient plus rien.

Meg leva les yeux vers le ciel, renversant la tête pour sentir la neige molle tomber sur sa joue. C'était bizarre d'avoir si chaud ainsi dans le froid mais on lui avait donné un manteau, en laine épaisse double poids, parce que la route était longue jusqu'à Banbury, avait dit mère Frevisse.

Meg n'y était jamais allée bien sûr, mais aujourd'hui ça semblait ne plus avoir d'importance qu'elle y allât. Elle savait pourquoi elle devait y aller, et qu'elle ne reviendrait pas. Elle avait les idées bien claires là-dessus, mais ça n'avait guère d'importance. Elle avait fait ce qu'il fallait faire. Elle était lasse ; ils pouvaient bien l'emmener où ils voulaient, ça n'avait plus d'importance. Tout était réglé et il y aurait un prêtre là-bas pour elle. Cet homme courroucé, au visage de renard, l'enquêteur, le lui avait promis. Donc, entre une chose et l'autre, ça ne prendrait pas si longtemps, songeait-elle, avant qu'elle non plus ne craigne plus rien.

Le fin tapis de neige qui recouvrait la cour étouffa le bruit des sabots de l'équipage, quand Montfort et ses hommes partirent. Serrant les bras autour de sa poitrine, comme pour se réchauffer, Frevisse se tenait à la fenêtre, surveillant leur sortie par le portail, des formes sombres que leurs manteaux estompaient. Seule la coiffe blanche de Meg la différenciait des hommes qui l'entouraient. Puis ils disparurent et la cour fut vide.

Tout le monde était parti à présent, les comédiens au point du jour dans l'espoir d'atteindre Oxford le lendemain, à temps pour participer aux fêtes du soir de l'Épiphanie. Les hôtelleries étaient vides et elle n'avait plus d'obligations, en attendant que de nouveaux hôtes se présentent. Frevisse se sentit vide et glacée, et elle ne voyait pas dans un proche avenir quel feu ou quelles pensées pourraient bien la réchauffer ou la remplir.

— Mais comment a-t-elle pu sortir ces objets de l'église sans être vue ? s'étonna sœur Claire.

— Qui remarque les servantes ? demanda mère Edith.

Mère Frevisse approuva :

— Et les seules personnes présentes dans l'église étaient sœur Perpetua et sœur Amicia, qui se concentraient sur les prières qu'elles disaient pour sœur Fiacre. Elles ont tout au plus remarqué que c'était Meg, et pas ce qu'elle était en train de faire.

Debout à côté d'elle, mère Edith se détourna en secouant la tête :

— Toutes ces choses qui se passaient à l'intérieur de cette femme, et nous n'en avons rien su.

— Trop tard seulement, dit Frevisse. Il était trop tard quand j'ai compris.

À ses propres oreilles, ses mots sonnaient creux, vides comme tout le reste de sa personne.

Mère Edith avait accepté le bras de sœur Claire et commencé de s'acheminer vers son fauteuil, mais elle s'arrêta et étendit sa main diaphane sur le bras de Frevisse.

— Vous avez été la plus alerte de nous toutes, lui dit-elle avec douceur.

— J'aurais dû...

Savoir quelque chose. Voir quelque chose. Deviner quelque chose. Ne pas être si préoccupée de prouver l'innocence d'un homme ou de marquer des points contre Montfort, jusqu'à ignorer la logique qui unissait tout cela.

— J'aurais dû savoir, insista-t-elle.

— C'est de l'orgueil, ma mère, et donc un péché. Comment auriez-vous su ?

Frevisse croisa les yeux âgés de la prieure et se trouva réduite au silence par leur regard, essayant de lire en elle le chemin que la prieure semblait y discerner.

— Je ne sais pas, finit-elle par dire.

— Et nul ne le sait sinon Dieu. Qu'avez-vous à la main ?

Frevisse avait oublié qu'elle tenait quelque chose. Or, pour répondre à la douce question de la prieure, elle amena sa main sous ses yeux et entrouvrit ses doigts pour montrer quelques fragments d'écorce d'orange séchée.

— Le père Henry les a trouvés sur les pierres du foyer chez Meg, quand il est allé dans sa chaumière chercher les quelques pauvres choses dont elle pourrait avoir besoin à Banbury. Il n'était pas sûr de ce dont il s'agissait mais il les lui a apportés et elle m'en a donné lors de notre dernier entretien. Elle a dit...

Mère Edith et sœur Claire attendirent mais Frevisse finit par secouer la tête. Peut-être plus tard seraitelle en mesure de répéter les paroles de Meg : « Prenez-en un peu en souvenir de moi. » Mais pas maintenant.

Mère Edith gagna son fauteuil, appuyée sur le bras de sœur Claire.

— Elle a parlé avec le père Henry, également ?

— Elle s'est confessée à lui la nuit dernière, répondit sœur Claire. Elle a beaucoup répété qu'il le fallait.

— Je l'aurais bien pensé, soupira mère Edith en se laissant aller dans son fauteuil.

— Mais pas sur les morts, reprit sœur Claire.

— Et comment pouvez-vous le savoir ?

— Parce qu'elle me l'a dit quand je lui ai porté sa potion somnifère, afin qu'elle prenne une nuit de repos avant d'être confiée à la garde de maître Montfort.

— Elle semblait vouloir que tout le monde soit bien sûr qu'aucun tort n'était venu de son unique péché, intervint Frevisse. Elle me l'a dit aussi.

— Son unique péché ? répéta la prieure, laissant paraître l'incrédulité et le doute dans sa voix.

Frevisse hocha la tête.

— Elle a menti quand elle a dit qu'elle avait vu Joliffe près de l'église le jour de la mort de sœur Fiacre. Elle l'a dit parce qu'elle voulait le faire souffrir un peu pour avoir blessé Sym. Mais le mensonge est un péché et elle a souhaité s'en confesser. Bien sûr le père Henry lui a refusé l'absolution, parce qu'elle ne se repent pas de ses meurtres.

Mère Edith soupira et baissa la tête.

— Ils la pendront à Banbury, absoute ou pas.

— C'est vrai, convint Frevisse, baissant aussi les yeux vers ses mains croisées sur ses genoux.

La tenure de Meg allait probablement passer à Gilbey Dunn, sa chaumière et ses biens iraient à quelqu'un du village.

Et les seules paroles que Frevisse avait échangées avec les comédiens avant leur départ pour Oxford étaient de joyeux remerciements, de gais adieux, et la quasi-promesse de repasser par le couvent un de ces jours.

En attendant... Elle releva la tête :

— Sœur Thomasine toussait ce matin dans la galerie du cloître. Je crois qu'elle a attrapé le rhume.

Imprimé en France sur Presse Offset par

BRODARD & TAUPIN

GROUPE CPI

La Flèche (Sarthe), 5842
Dépôt légal : février 2001
N° d'édition : 3220